根深叶茂

——庆祝改革开放四十周年"深入生活，扎根人民"作品集

滕贞甫 主编

辽宁省作家协会 编

北方联合出版传媒（集团）股份有限公司
春风文艺出版社
·沈阳·

图书在版编目（CIP）数据

根深叶茂：庆祝改革开放四十周年"深入生活，扎根人民"作品集 / 滕贞甫主编；辽宁省作家协会编. — 沈阳：春风文艺出版社，2018.11（2021.1重印）
ISBN 978-7-5313-5557-1

Ⅰ.①根… Ⅱ.①滕… ②辽… Ⅲ.①中国文学 — 当代文学 — 作品综合集 Ⅳ.①I217.1

中国版本图书馆CIP数据核字（2018）第247498号

北方联合出版传媒（集团）股份有限公司
春风文艺出版社出版发行
http://www.chunfengwenyi.com
沈阳市和平区十一纬路25号　邮编：110003
永清县晔盛亚胶印有限公司印刷

责任编辑：韩　喆	责任校对：陈　杰　于文慧
装帧设计：留白文化	幅面尺寸：155mm×230mm
印　　张：20.5	字　　数：305千字
版　　次：2018年11月第1版	印　　次：2021年1月第2次
书　　号：ISBN 978-7-5313-5557-1	
定　　价：45.00元	

版权专有　侵权必究　举报电话：024-23284391
如有质量问题，请拨打电话：024-23284384

在大地上生根

滕贞甫

在大地上汲取创作营养，在火热的生活中寻找创作灵感，是时代的召唤，也是文学发展的内在要求。习近平总书记在文艺工作座谈会上指出，人民是文艺创作的源头活水，要虚心向人民学习、向生活学习，从人民的伟大实践和丰富多彩的生活中汲取营养，不断进行生活和艺术的积累，不断进行美的发现和美的创造。应该说，习近平总书记的讲话，对广大作家在深入生活、扎根人民中进行无愧于时代的文学创作指明了方向。

2014年11月，中宣部等五部委联合发出通知，号召在文艺界广泛开展"深入生活、扎根人民"主题实践活动，活动开展以来，辽宁作家积极投入到火热的社会实践中去，先后有六十位作家在中国作协和省作协的安排下，参加了有创作计划的定点深入生活活动。他们认真感受生活，悉心文学创作，有的作品在《人民文学》《中国作家》《天涯》《鸭绿江》等重要文学期刊上发表，有的作品被《小说选刊》《小说月报》《诗选刊》等转载，有的作品获得"辽宁文学奖"等奖项，有的作品被选入各种文学年度选本。这些作品深刻展示了改革开放四十年以来我国社会生活和人民精神面貌的巨大变化，书写了新时代辽宁精神，体现出辽宁作家坚持思想精深、艺术精湛、制作精良相统一，坚持现实主义题材创作的艺术追求，展示出了"文学辽军"骄人的阵容和风采。

对一个优秀作家来说，如何表现和认识现实，本身就是一个核心问题，这个时代如此丰富、复杂，各种观念相互激荡，如何表达人民日益增长的美好生活需要和不平衡不充分的发展之间的矛盾，这是个重大命题，需要作家深入思考，以更宽广的视野来看待当下的现实主义题材创作，既不能简单地图解生活，也不能以偏概全，只见树木，不见森林。在庆祝改革开放四十周年之际，辽宁省作协推出这三十二篇定点深入生活作家的作品，其目的就是借此鼓励和倡导作家们能够在广袤的大地上，在生活的深处，不断地观察、记录、融入、思考，以更高的艺术水准，更有见地的思想呈现，推出更多讴歌党、讴歌祖国、讴歌人民、讴歌英雄的精品力作，为讲好辽宁故事，传播新时代辽宁精神，弘扬和践行社会主义核心价值观，营造良好文学氛围，推动"深入生活、扎根人民"活动持久开展下去。

（作者系辽宁省作家协会党组书记、主席）

目 Contents 录

小说

- 畸道　于晓威　/ 003
- 织补　尹守国　/ 016
- 回家过节　叶雪松　/ 026
- 诺洁斑马线　安　勇　/ 039
- 过年　邸玉超　/ 051
- 水边的阿迪利亚　李　铁　/ 060
- 水雁（节选）　张艳荣　/ 074
- 幸福王阿牛　张鲁镭　/ 091
- 王大花的革命生涯（节选）　郝　岩　/ 105
- 红豆黏糕和奔跑　赵　颖　/ 121
- 玉虫（节选）　唐大伟　/ 132

- 太阳花　阎耀明　/ 145
- 香格里拉118号（节选）　常　君　/ 152
- 雁叫寒林　薛　涛　/ 165

散文

- 三条养育我的大河　巴音博罗　/ 181
- 水吻　孔庆武　/ 189
- 辽河湾的蒲草，媳妇鱼，水泡子……　李　箪　/ 196
- 奔跑的树　李广智　/ 204
- 已是不惑踪迹不惑心（节选）　李学英　/ 210
- 读你，冬天的土地（外一篇）　张日新　/ 219
- 父亲的匆匆流年　庞　滟　/ 226
- 我的备考　洪兆惠　/ 233
- 长长的三月　高海涛　/ 236
- 父亲的烟笸箩　郭宏文　/ 241

诗歌

- 孤独的花园（组诗）　李见心　/ 249
- 我得坐车去一趟普兰店　李　皓　/ 254

- 两地书·三沙情（组诗） 宋晓杰 / 260
- 工厂的声音（外一首） 张笃德 / 270
- 深扎诗歌（组诗） 林 雪 / 275

报告文学

- 闪光的青春 刘文艳 / 283
- 我爱四嫂 赵 凯 / 299
- 梦里边防 黄 瑞 / 308

小说

根深叶茂
——庆祝改革开放四十周年"深入生活,扎根人民"作品集

畸 道

于晓威

一

　　左子凌在奉天接到他父亲的来信是1938年春初的一天下午。父亲在信中以严厉的口吻示意他立刻回去完婚。虽然眼下已面临毕业，同学们在尖厉的警报声和卖报人的摇铃声中各自忙着未卜的前途和去向，根本无人注意到他，但他还是感到一种难言的苦楚如芒刺背。

　　他将那封简短的信迅速看了三遍。窗外疲惫的阳光让他感到无比躁闷。

　　父亲已经不止一次敦促他了，此次甚至为他择定了喜庆日期。父亲在最后这封信中不无决然地警告他：何去何从，但请自便。

　　两天后，左子凌决定回到千里之外的硌山村完婚。

　　火车载着他穿过春季一个湿湿的雾夜。黎明的时候，他搭乘一辆遮篷马车回到自家门口。驾车人离去时的一声清脆的鞭响，让他实在地意识到自己应该踏前一步，叩动那橙黄色的门环。

　　父亲对左子凌的出现没有表现出太多意外，这已然在他意料之中。他那略显浮肿的面庞被连日来迎接吉日的操劳奔忙渲染出某种自信。家丁们凑上来向左子凌问候，左子凌几乎重复着用一种单调的鼻音敷衍着他们。一些陌生的男女乡人在大院内穿梭忙碌，脸上露出不禁琢磨的笑容。左子凌知道，他们的兴奋是发自心底的。在一种农事闲落、性情凋敝的季节性苦闷中，能够遭逢本地最大户主的喜庆活动，足以使他们欢愉和快慰。

左子凌表情沉郁、步伐缓慢地踱遍了整座四合院套。雾已散尽，炊烟开始袅袅升起。阳光从青灰色的屋脊洒下来，场院上好像铺满了金色的谷子。廊道和石阶上被人用细喷壶洒过，隐约残留着淡淡的水痕。远处的山谷里吹来一阵轻风，左子凌并未感觉到，场院南边两座高大敦实的炮台遮住了他以及背后的一切。眼下这个以经营药材为基业的左家大院，几年前不乏各色人等光顾：杨靖宇带领的小分队，不三不四的乡痞，往来无踪的胡子——排着马队的胡子从这里拉走足有三车的玉米和大豆。杨靖宇需要一些为战士们疗伤的药品，因为所存多为中药，所以只拿走一点平热散和云南白药。此后，左子凌看到父亲几乎花费半年的时间，修筑了两座炮台，同时雇来六名家丁。

山道漫漫，车马辚辚。左家大院能随着岁月的推移逐渐殷实起来，全部倚仗父亲的辛苦奔波。父亲在年轻的妻子去世多年后竟没有续弦，这不能不让人吃惊。

左子凌这样想着，忽然感到面部隐隐发热。

婚礼在第三日黎明如期举行。卯时左右，迎亲队伍从硌山村向邻村进发，不久又绕道返回。彩红轿车在山路曲行中沾满了榆树和枯草的混合气息。鼓乐师的伴奏自始至终未曾停歇，这刺激得随行的马匹中不时传来厚重的响鼻。左子凌在轿内与新娘坐得很近，父亲在二十年前为他定下的一桩指腹为婚的情缘终于得以实现。他将目光从彩绫纷飞的窗口投出去，内心有一瞬间感到原始的自足。遮着红盖头的新娘悄悄用一只手理正腰间颠乱的环佩，一路上这已经是第三次了。左子凌平静地看着，内心涌起些许感动。如果没有以后的离家求学，他想，自己是该在余霞消隐的暮霭和牛群归栏的哞叫中，在邻村用柳笛来召唤她的。

鼓乐声的骤然停息，使左子凌的思想出现短暂空白。"下轿了。"一个嘶哑的老者的声音再度响起。左子凌在老者的指引下，来到场院的天地桌前，面北叩首，接着站起来，踏前一步，轻轻揭去新娘的红盖头。

在他按照当地风俗转身将红盖头系在房檐的一瞬，耳边传来众人对新娘的轻轻的赞叹声。左子凌看到一片湛蓝的天，一只油黑的燕子在房檐上一掠而过。

掌灯时分，一阵出奇的郁闷使左子凌感到焦躁不安。他避开众人的喧闹，独自向村外走去。看不见月亮，只是远处山顶后面扩散出淡淡的清辉。黑暗的田野让他重温年幼时的某些传说。鼻息中混入清新的异味，那是吸入了被白天的阳光所融化的雪的覆盖下的菖蒲草气息。他几乎不假思索地想起了远在奉天的一位年轻女子。

瑜。

迈动的脚步开始回挪，空气中传出野草倒伏的摩擦声。左子凌想，也许，用不了多久，我会离开这里的。

走进场院大门，他平静地看了一眼烛花跳荡的东厢房，转身回到自己卧房。

当天晚上十时许，日军守备队进驻硌山村。

1990年8月，经过硌山村全体村民一致选举，左河山再次当选为该村村委会主任。至此，他已经成为全县境内任村委会主任历史最长的一位。

二

冈村少佐来到左家大院，是在翌日黎明时分。

从谷底蒸腾起的雾气一点点弥漫开来。除了一两声鸡的啼鸣，整个村子沉浸在一片寂静之中。左子凌早起来到父亲的起居室，父亲正安坐在一把椅子上用早茶。室内弥漫的熏香使左子凌感到一种暖意。他不经意地看了一眼几上的香炉，那里已经残留一截香灰了。饮食有度，起居有节，这是父亲多年来养成的习惯。父亲在年轻时读书颇多，只是因为家庭贫困在别人的怂恿下一度做过胡子。左子凌隐约听人讲起过，他的母亲是多年待字闺中时被父亲抢来的。另一种说法是，母亲当年是怀情暗慕父亲的，她不相信这个文雅魁伟的年轻人会真的终身沦为流寇之辈，主动向家人坦言愿意嫁给一个胡子，不仅违反礼法还会遭人耻笑。母亲只好与父亲私下商定演出一幕被抢的悲剧。命运之神似乎不愿迁就他们的人生构想，三年之后，母亲遗下幼小的儿子早逝而去。父亲为了治愈母亲的疾病曾经四方奔波，他搞来各种配方复杂的中药。屋子的每个空隙似乎都常年氤氲了熬药的古怪气味。无法确认这是不是父亲以后经营药材的一个契机。母亲在次年迟来的春天离去了。她的娘家得知这个消息后喑哑无语。他们只能认为女儿在异乡受尽了抑郁的折磨而离世，并为此痛惜和哀叹不已。只有母亲自己知道，她短暂的三年生活是幸福和美好的。"好"往往就是"了"，"了"往往才是"好"，这是命定的某一类劫数。

左子凌曾几次试探地询问父亲能否续娶。他觉得父亲渐添的霜鬓和蹒跚的步履时时隐现一种寂寥之气。终于，父亲在他最后一次轻声的发问中怫然作色："我们夫妻之情，甚于父子，你不要多说了。"左子凌记起父亲长置案头的一册线装古书，是沈复的《浮生六记》。他感觉父亲是在同命运做某种信念的抗衡。这种顿悟的意念像大海一样瞬间包围了他，让他满怀崇敬又若有所失。

此时，左子凌站在父亲面前。起居室只有他们两个人，左子凌感到隐隐的愧怍。

一阵高亢的狗吠声被止住不久，一个家丁轻轻走进来通报："老爷，有日本人要见。"

　　左子凌看到父亲沉吟了一下，目光在家丁的脸上凝定一会儿，然后仰起，漫不经心地说了一句："知道了。"几上香炉里的熏香快要燃尽了，父亲轻轻为它续了一炷，然后缓缓地走到会客室。

　　来人几乎和家人一样动作轻捷没有声息。廊前花格窗的光线渐次明暗，冈村少佐和一个卫兵走进来。门外的日光大亮了，室内斑斑缕缕的光线中升腾着水一样的细密尘埃。冈村少佐穿着一身用皮带捆扎得非常利落的制服，冷峻的面庞反衬出目光的些许谦恭意味。父亲命家人奉上茶水，然后用杯盖轻轻抿了抿自己的杯沿，缓缓地说："本大院连月银资匮乏，生意入不敷出。如若募捐，恐难奉出。"

　　"哪里。"冈村衣领处的纽扣折现出一丝纯铜的光泽，随即消失。

　　"至于谷粮，也所存不多。眼下未到收获季节……"

　　"先生多疑了。"冈村的话音里流动一股潜在的笑意，"不需财力物力，只求您一人之力。我知道府上少爷是奉天铁路技术学校的高才生，在下此行奉命修建一条由县城通往这里的轻便铁路，有请左少爷出山亲自设计筹划。"

　　空气中出现短暂的沉默。左子凌双颊隐隐发热，内心像潜伏着一个马达一样由远及近地轻微振动起来。冈村少佐相当年轻，他的一口流利沉稳的汉语使左子凌感到某种吸引力和震慑力。连日来他的心情一直在懈怠和躁闷中发酵，此时才注入一股猝然的紧张。他隐约地感觉到置身在一种半真半幻的情境之中。他想起此次回乡之行的那个湿湿的黎明，似乎是多舛的命运向他揭开了不祥的一角。

　　"这里是穷乡僻壤，山水相连，地势陡险。公路尚且不多，不知修铁路做什么？"父亲沉默中轻轻地笑了起来，说。

　　"因为此地的矿藏。"冈村的语气相当坦直。左子凌看到父亲微微惊了一下，手中的茶杯无声息地一倾，一线亮体瞬间滋润了半个茶杯。

"哦？"

"据家父早年所著《东北矿产分布概要》一书，此地硼矿资源位列东北第一。其他如金、铜、锌等矿产也藏量颇丰。这些都是大东亚共荣圈亟待开发的事业，我相信先生和左少爷会鼎力相助的。"

"你父亲早年——"

"本世纪初发生在中国东北地区的日俄战争中，一名驻中国的文职官员。"冈村说。他的坦直和略略仰视的目光似乎要牵引着内心的话语继续说下去，但是他适时停住了。

这该是一个侵略世家。左子凌想。在省城灰色天空和杂乱电话线覆盖下的马路上，在邮局内，在商店里，人们经常可以目睹这些年轻的异域军人，他们接触事物的目光有一种病态的执拗和高傲。左子凌常居校内，环境和习惯使他除了对这些军人有一种潮湿的腐殖质样的怨怼外，还有一种冷眼旁观的意味。冈村少佐这时将目光移向他，左子凌感到肩上窗外射进的阳光立时增加了重量，内心像是一股深洞中下坠的风，目光如阳光下的尘埃一样涣散和飘忽不定了。

冈村少佐从卫兵手里接过一只精致的包装盒，上前放到赭红色的八仙桌上，然后稍微欠了一下前身，转身和卫兵离去了。

左子凌看清那是一盒日本昭和式奶酪。

续任村委会主任伊始，左河山倾注全部心力一如既往地投入那项硌山村人渴望已久的事件的筹划之中。他决定在圆满完成这一使命之后功成身退。

这一年的左河山，丝毫没有意识到 8 月的夏季是出奇的炎热。

三

夜幕仿佛是被归林的倦鸟叼衔而至。

随着朱漆宅门沉重的合拢，左子凌听到一个长长的叹息充当了震动后的回响。父亲的身影在薄暗的庭院中几乎与树干同僵，这使左子凌的内心闪过一缕莫名的疼痛。

　　"这里当真有矿吗?"一周前，左子凌在饱吸了一口庭院中清新的雾气之后，不无随意地向父亲问道。廊前一扇暗亮的窗棂蒙蔽了岁月的风尘，在阳光并不强烈的早晨有一种湿冷的效果。

　　"如果铁路修到这里，你认为怎样?"父亲没有回答他，沉默了半晌之后，反问道。

　　左子凌以专业的敏感喃喃自语："如果……那样，北接凤城、奉天，东至桓仁、通化、延吉，纵深至大兴安岭，南经安东进朝鲜釜山，水路通日本下关。"

　　左子凌说完，连自己都微微吃了一惊。沿线各地特殊物产的运输链条竟历历在目。及至想到连接邻省军事通道的战略意义时，左子凌连拂去襟前的草芥都犹豫再三才举起手臂。

　　父亲就是在这个时候嗓音沙哑而剧烈地咳嗽起来。

　　此时，户外的暮霭更加深重地弥漫起来。左子凌重新将目光投出去，时间流逝造成户外天色的偏差使左子凌恍若隔世。新娘在晚饭后来到这屋已经是第三次了。她的纤秀的服饰与结婚那天同样亮丽，不同的是端庄的面庞在散发着淡腥气味的油灯下显得忧郁凄楚。她的手轻轻垂在衣襟下摆的玉佩旁，失血的洁净让人感觉它已失去抚摸一切的渴望。左子凌静立风中如垣墙般凝固的背影阻滞住她如水的目光，一阵灯火摇曳之后，左子凌听见一声细若游丝的叹息伴她悄然离去。

　　左子凌呆立在那里，眼前再次浮现出一个年轻女子的面庞……

　　单调枯燥的学习生活在省城那所高墙壁垒的学校内渐渐令人莫名厌倦。对于一个各门课程都在优秀之列的铁路建筑专业学生来说，有限的学习内容和匮乏的书籍资料已无法激起他求知的欲望。闲暇之时，唯一使左子凌内心涌起某种尝试和跃动渴望的，是立在操场一角的几副如铁轨般平行的双杠。每到夕阳西下、钟声漫起的黄昏，左子凌都独自信步在那里，将自己颀长的身影在上面悠成一只永远转不圆满的风车。一阵清风吹过来，左子凌的衣袖在光滑的双杠上颤动成一种节奏，让他感觉袖口内钻进一只硕大的蝴蝶。他顺着风的来向望去，在一排稀疏的桦树底下，一个抱膝静读的女孩的侧影无声地映入他的眼帘。

他决定从那里走回去。那种恬静闲适的画面使他对刚才的自己感到无比疲惫。女孩对他的悄然莅临浑然不觉，一片半黄的树叶从空中倏然飘落在她身旁，左子凌听到一声缓慢而从容的翻书响动。轻风拂乱她耳后的纤发，在黄昏的薄暮中，一抹白皙凝腻的颈子隐约闪现。远处的操场已显得空旷寂寥了。左子凌感觉忘却时间流逝的女孩眼前的字体，已该渐渐同远处的景物一样漫漶成一片缥缈的雾气了。那时候，他不知怎么涌起一股伸手轻轻捂住她双眼的渴望。

女孩感觉到他了。在她扭头回视的一瞬间，左子凌看到一双略带惊慌却并不躲避的目光。

无法回忆起经历的日子中一切现实和想象的细节。左子凌知道，真正用双手轻轻捂住一个人双眼和她对生活未知的懵懂是在几个月后的一天下午。那是一间普通的小家碧玉式少女的卧房。钢蓝色的窗栏杆无声地滑入街上市声的喧嚷和午后透明的阳光。质地纯朴洁净的窗帘如同人松懈的意念一样悬垂着，它使左子凌预感到生命中即将发生的某种转折。那时候，他看到一双略带惊慌却并不躲避的眼睛。"瑜！"他喃喃地唤道，用手轻轻地捂住了它们。在他终于解开胸前温热躯体的衣饰的一刹那，他嗅入一缕淡淡的馨香。那是在他的家乡，广袤的雪野被阳光融化后小草弥散的青春气息。

左子凌在一个偶然的机会结识了瑜的大哥，一个身材魁伟相貌堂堂的男人。他的一些莫名其妙和诡秘莫测的举动，令左子凌在偷偷和瑜约会的窘迫不安中有一种对比之下的坦然。一个酷似下午的迷蒙的清晨，左子凌忽然觉得瑜好像同自己说过他从事一种特殊的职业。这使左子凌在那个酷似下午的清晨里一连打了好几个似是而非的哈欠。

瑜轻声地安慰地否定了他这种想法。她说："地下共产党员？你或许是在梦中这样想过吧！"

他看了看瑜的眼神，他记得瑜也同样看着他。后来他把目光挪向别处。

夜已经如铅一样沉重了。堂屋里的某个角落里，传来一只耗子嗑动尖硬木器的嘎吱声。半掩的松木门扇上，月光投映出庭院桃树的点点枝杈，斑驳陆离一如年久的裂痕。左子凌凝视着那里，不由得想起了连日来倍显苍老的父亲。

晨阳升出山巅后最是浑圆的那一刻，父亲赶着一辆平板马车从城里风尘仆仆地赶回来了。车上载着一袋袋散发浓郁异味的中草药，它们使得几摊新鲜的马粪落地后淡然无臭。父亲面色涨得通红，一抹金色的晨阳令周围人的面庞与他并没有什么不同。左子凌在和家人将这些麻袋抬进仓库的时候，从里面散落出一枚暗红色的冰冷的子弹。

父亲若无其事地弯腰将它拾起来，揣进自己的青布衣兜里。

只那短短的一瞬，左子凌再一次印证自己为什么能在一个湿湿的黎明非常冷静地回来的原因了。这或许正是父亲的威严所在。

几乎所有的人都能感觉到，潮湿的季节酝酿的一场雨水将至了。

次日凌晨，左家大院少了两名家丁。

第三日傍晚，又同时少了三名家丁。

父亲站在异常清冷的场院当中哈哈大笑起来。木栅前的黄狗不知道这种怪异的声音是唤它还是斥它，只好在晦暗的阳光下不安地来回走动。

父亲再一次咳嗽并且吐血。左子凌看见庭院里的青砖地面上，一滴鲜血在那里如同一枚暗红色的冰冷的子弹。

距离与对方签约的日子愈来愈近了。左河山知道，如果不发生什么意外，签约仪式应该在三天内如期举行。

贫穷落后的硌山村将为之焕然一新。

四

转眼间已是芒种时节。阳光使野外的群山日渐丰满起来。谷底的河水缓缓流淌，和煦的风在它上面溯流掠过，摩擦出不为人知的纤细声响。季节性的工事使大片大片的农田濒于荒芜，在视线的极尽处，一条闪着刺眼光芒的轻便铁路蜿蜒深入山谷。大批劳工聚集在铁路旁边，宛如数不清的蚂蚁麇集在一根颀长的肋骨四周。这样的时候，左子凌即使坐在家中，也能隐约听见冈村少佐领唱的那首渐飘渐遥的《协和进行曲》：

　　我们共居此土，
　　而为此土之民。
　　这真是美丽的因缘，因缘……

两个多月来，左子凌明显地消瘦了。他凹陷的眼眶使目光在转动时显得不太灵活。满布的血丝犹如一张浮在湖面上的网，打捞出的只是一种迷惘和悲伤。

父亲早在清明节那天就去世了。这分外使得白色天空飘落的小雨如泣如诉，路上纸钱淡赭色凝重的焚烟欲断欲绝。左子凌无法容忍自己具有的健全记忆，他将庭院和房门上所有尚未被风雨蚀褪的红色喜字一一揭下来，哪怕在无意中将目光触上去，他都会感到内心蓦地一缩，眼前浮现出父亲临终时大口吐出的鲜血。现在，左子凌可以安静地坐下来，再次捧读那册纸页散零的《浮生六记》了。这让他有所庇荫地假想起父亲，父亲和母亲那一段实在的生活。父亲若是九泉之下有知，他会知道作为儿子的自己结婚后，从未和那个女人合寝过吗？左子凌为此感到难过。正是父亲某种朴正的性格和执拗的情绪影响了他，使他在成就一种情感的同时，又践踏一种情感。左子凌唯一庆幸的是，自己在父亲生前一直用心维持了一个循规蹈矩的学生形象。事实上，他一直暗暗关心的是，瑜是否已经有孕。

信早在一个多月前就发往奉天了。左子凌无法忘记自己临走时瑜流连难舍的神情。"一个亲戚病故了，"左子凌说，"我回去照看一下。"他不知道为什么要说这种不吉利的话。但他清楚，这是诸多理由中唯一适合充当借口的一个。眼下，左子凌已经没有任何别的企求，他只盼望能早日收到瑜哪怕是半片纸的回信。他不止一次设想瑜在省城灰暗的马路上，怎样怀着匆遽的神情躲过车辆，将淡蓝色的信封投进日本管区内红色的邮筒。

这或许是一个遥遥无期的等待。左子凌想。

午后的阳光使人恹恹欲睡。院子里唯一留下的那个家丁，来回走动的身影给左子凌心头蒙上莫名的荫翳。他觉得自己从春初那个湿湿的黎明归来之后，这里的一切都充满了纵横交错的玄机。他无法相信这个家丁是为忠诚于父亲才留下来的，这使得他在无数个万籁俱寂的夜晚设计图纸时感到阵阵烦躁。现在，随着工程的迫近尾声，一种难得的轻松掠过左子凌的全身。他放下手中的书，看一眼窗外的日光，心想，这样令人舒畅的天气，或许应当到户外走一走。

院子里的黄狗就在这时狂吠起来。

崎岖的山路上，左子凌坦然无比，丝毫不曾意识到身边伴有两名日本兵。视线下，广袤无垠的田野在阳光的照射下显出潜伏的生机。由于失却人力的耕种和侍弄，黝黑的土地上繁衍出片片无名的青草和野花。一只蝴蝶从身边飞过，翕动的翅膀在空中泛出灿黄色光泽。谷底的河水仍然缓缓地流动着，阳光在那里被切割成无数碎片。面前，南北两座山麓中蜿蜒而来的铁轨与河道上坚固无比的水泥桥墩对视着，它们等待着最后的接轨。左子凌知道，这是不可能的了。他绞尽脑汁利用地形变化和视觉偏差设计出来的工程，就是为了让它们徒具视觉上的圆满和美观而不被事先发现——它们的地形落差和对接角度距离太大了。任何人都无法将这条在事实上处于畸形状态的铁路对接起来，除非他决心让一列列火车惊蛇一样颠覆谷底——没错，花费了数月时间，这是一条从设计开始到结束，完美地代表了废弃的畸形铁路。

冈村少佐站在炽亮的阳光下，他的脸上沾染一些泥土的痕迹。并不宽大的衣袖和膝盖在他身上瑟瑟发抖，左子凌知道那不是因为风而是激动。他现在觉得冈村年轻而白皙的脸真正是属于孩子的。他设想自己是孩子手中一只自愿挣断生命之线的风筝。风筝飘向蓝天，孩子是一张颓丧懊恼的绝望的脸。

一个日本兵向他举起黑魆魆的枪。

远处，视线里飘摇渐进一个袅娜的身影，左子凌看清那是自己的女人。她的手里摇举着一封淡蓝色的信件，左子凌知道那是午后刚刚送抵的。女人在跑上一截土坎时向这边张大了嘴巴，手里的信伤蝶一样随风飘入湍流的河水中。

左子凌想起刚才离家时并未向女人告别。他感觉自己是一只在主人疏忽时走失的家禽。他的内心油然生起一股拥她入怀的欲泪的感觉。

一绺殷红的鲜血先于他的泪水汩汩地从胸口流出来。

平井九吉先生今年七十八岁了，曾经在侵华战争中参战于中国，被俘后经改造回国。此次，作为合资修建中国硌山村铁路的日方某株式会社代表，他表示愿意同当地人精诚合作。

合同在签约仪式后生效，左河山突然失踪了。

五

子夜时分，女人从冈村少佐的下榻处跌跌撞撞回到家。

所有生活希望都如褴褛的衣衫一样被粗暴撕破。凌晨时，古旧的房梁发出一声颤响，女人的身影在窗纸上如灯火样摇摇欲灭。

唯一留下的那个家丁破门而入。

女人重新活了下来。九个月后，她生下一个男婴。她已经无话可说了，她懂得怎样用泪水来浸泡沉默。她尽心地抚养着心灵中伤疤一样的幼小生命，她想在自己临终的时候，把无数琐屑和艰难日子中流水一样的往事回溯给他。

日本守备队不久撤出砣山村。

几天后，人们在暴涨的谷底河水边发现了左河山溺亡的尸体。

是一个放牛娃最先发现的。他再三对后来的人们说："我开始以为他是平井九吉呢！"平井九吉临走时曾在河边踽踽而行。

人们都说是呢真像。

没人知道这是说左河山和平井九吉相像，还是什么和什么相像。

原发《解放军文艺》2017年第7期

作者简介：于晓威，辽宁省作家协会副主席，辽宁文学发展中心主任，《鸭绿江》杂志社主编，一级作家。毕业于中国作家协会鲁迅文学院第28届全国中青年作家深造班，上海社会科学院首届全国作家研究生班。被誉为国内"70后作家"代表之一。系辽宁省委宣传部全省宣传文化"四个一批"人才。

织　补

尹守国

　　李静坐在饭桌前，望着手中的毛衫在掉泪。这是一件深灰色的羊绒衫，牌子是阿尔多斯的。李静没穿过这种品牌的衣服，但她在纺织行业工作这么多年，知道这件衣服的价钱，应该相当于自己和丈夫一个月的工资。

　　李静所在的这家小针织厂，隶属于红旗街道。厂子只有针织和缝合这两个车间，衣服从针织车间开始，到缝合车间结束。所以，缝合车间还兼有质检功能。缝合工发现衣服上有残点，直接打入残次品中。等这些残次品攒够一定数量，厂里就打发保管员到客运站前摆个地摊，以成本价或低于成本的价格，卖给那些到城里来购物的农民。这种做法，从厂子开始生产那天起，一直沿用着。

　　李静原来是挡车工，一年前，她腿部患上静脉曲张，不能长久地站立。她花四百多块钱，给主管生产的副厂长买了一套高级化妆品，调到缝合车间去了。李静的手很巧，到这个车间两个多月，再次成为该车间的技术骨干。她发现那些所谓的残次品，有的只是掉几个套而已。她便到纺织车间找来一个钩针，把那些掉下来的套子用钩针钩几下，然后在反面把线套锁死，便修复好了。修复过的毛衫，从外观上一点看不出来，完全可以当成品出厂。主管生产的副厂长看到效益，当然也因为她脸上抹着李静送来的化妆品，便让李静做了专业的修补工。她发下话来，让李静有活时干活，没活时可以回家。这样，李静每天只需要上半天班就可以了。

在家里待着，李静却不得安闲。近一年多来，她家的经济状况呈现出金融危机的态势。她的单位都三个月没开支了。她丈夫志强在银行上班，说起来挺好听的，是管钱的。但他所在的保卫科，执行的是工勤编，工资和她差不多，都是一千多块钱。志强每月倒是定时定点开支，可开回来的工资，没等在手里焐热，就得汇到上海去。她的儿子在上海念大学，那个城市的消费她是知道的。儿子即使不乱花钱，光吃饭穿衣也得用去一个人的工资，他们两口子只能指望着她的这份工资了。

没事做的时候，李静趴在阳台上，看大街上行走匆忙的人群。看到大家都像去抢钱似的，她越发着急起来。她也想做点啥生意。她对此事的奢望不高，能挣个买菜钱就行。她首先想到在家里做盒饭，往各个门市去送。她把这个想法跟丈夫提起时，却被志强给否定了。志强说，你上午在家做盒饭可以，但得中午去卖吧？等你卖光了，指不定是下午几点，上班还赶趟吗？你晚去个一次两次的可以，要是天天晚去，即使领导不说啥，别人看着也眼气。你现在上半天班，别人在心里不定咋想呢！咱们不能因为个虱子烧了皮袄。后来李静又想到焊个推车子，到街边上去卖水果。她把这个想法又跟志强说了，志强还是摇头说，想卖水果，就得起早去市场批发。批少了，价格高，人家不愿意搭理你；批多了，你能保证一上午就卖光吗？要是当天卖不净，第二天更不好卖了。那样别说挣钱，不赔钱就算不错了。再后来，她又想了几样，志强都没同意，原因都是她还有一份工作。她想做点小生意的想法，就这样一直被搁置起来。

虽然想法都没能实现，但李静仍然没放弃。半年前，她在路过楼下的干洗店时，从窗外看到里面挂着很多洗过的毛衫，突然想到她的织补手艺。既然能在单位修复新毛衫，也能在单位以外修复旧毛衫。新毛衫都能有残点，何况旧毛衫了。谁穿衣服没有个剐着碰着的，衣服出了窟窿，总不能就扔了吧。想到这儿，她急忙进屋去问人家。她每天从这个干洗店门前路过，都有五六年了，跟老板娘也算是认识，见面都点头致意。老板娘听完她的意思，说这种情况很多，一般的都是毛衫着了虫子，咬出很多小窟窿，整得他们都不敢洗，越洗窟窿越大。很多顾客都有修复的愿望，就是找不到会这个手艺的人。

李静听后兴奋，赶紧把自己的情况跟人家介绍一番。她怕人家不乐意帮她收活，主动提出跟人家五五分成，即每收一百块钱，两个人各得五十元。老板娘说正好她有件毛衫有个小洞，便找出来问李静能不能修上。李静看后说能补上，同时她也看出来，人家有考验她的意思，想看看她的手艺如何。她让老板娘等一下，赶紧跑回家拿来钩针，当着老板娘的面，帮她修好了。老板娘看后赞不绝口，当即便答应替她收活。第二天，老板娘还特意做个小牌子，上边写着"毛衫修补"四个大字，立在干洗店门前。

李静手里拿的这件阿尔多斯毛衫，是前天下午下班时，从干洗店拿回来的。毛衫的两个袖口磨损了，左手的那边特别严重，好像是因为戴手表造成的。顾客要求把磨损的那个地方拆去，再做出一个和原来一样的新的袖口来。这种活计，李静前几天干过几次，很简单的，量好要去掉的尺寸，把要拆除部位的那条线一针针地挑断，这样要去除的那个部位便掉下来，而且袖子的边上留有活套，再用钩针将那些活套锁出一个小辫子形状的死边来，就和原来一样了。

李静每天都是上午去单位干活，下午在家待着。昨天早上她妹妹来了。妹妹的婆家是农村的，去年发现子宫里有个肌瘤，每过两个月就得复查一次，每次都是她陪着去医院。妹妹每次来，都从她家吃过午饭才回去，她只好改到下午上班了。昨天取回毛衫时，已经是下午四点多了。她匆忙地回到家里，就坐在阳台边上的饭桌前忙活起来。她家的房子，客厅和卧室都是朝阴的，只有这个阳台采光最好，这样的活计，光线不好是没法干的。

李静先拆的是那个磨损不严重的袖子。她在取活时，老板娘特别嘱咐过她，顾客说这毛衫袖子穿着不长，让她尽可能地少截点，要是截多了，穿着就可能短。她回来后比量一下，左手的那个袖子，最严重地方已经少了一厘米那么大一块。这样最少也得截去一厘米才能整齐。所以她决定先拆那个磨损不太严重的。用右手那个袖子拆下来的线，去锁左手这个袖子的边。这样，就能使左边的这个袖子在长度上保持最大化。她做到快六点时，才把右边的袖子弄完。她向窗外看一眼，见太阳已经压山，赶忙起身做饭。今天晚上志强是夜班，再过一会儿就回来吃饭了。

李静的饭还没做熟，志强就回来了。他到厨房里转了一圈，看看没有啥可用他帮忙的，便到圆桌前等着吃饭。他家的厨房在阳台上，很小，两个人都挤进来，有些转不开身子。以往李静做饭时，也很少用丈夫帮忙。

志强坐一会儿，随手把那个毛衫扯过来，问李静，这毛衫是今天收的吧？李静在厨房里应答着，说刚拿回来。志强问她收多少钱。李静说收八十元，志强兴奋地说，今天你又挣四十块呗？你这可比上班强多了。哪天咱们多联系几个干洗店，一起给你收活，这个班不上算了，反正上也不开支。

李静把菜炒完，添上汤，盖好锅盖，让菜在锅里炖着。她开始往桌子上收拾碗筷，她对丈夫说的不让她上班的事表示反对。她说不上班，咱们吃啥？虽然现在不开支，但干一天有一天的工钱，等于存款了，反正活也不累。这么干着，好歹有单位给交着养老保险，等到老了有个着落。但她对丈夫说的多联系几个干洗店的事很感兴趣。她说她有个同学是工商局的，哪天找找他，让他帮着到各家干洗店联系联系，要是全城的干洗店都帮着收活，真差不多再弄出一个人的工资来呢。

志强听后也觉得可行，说真要成了，你就在家里织补，去干洗店取活和送活的事包在我身上。要是你实在忙不过来，你教教我，我休班时也帮你干，这咋也比上大道上出摊子卖水果强多了。志强摆弄着手里的毛衫问："哪儿坏了？八十块钱的活，应该是挺大个窟窿吧。"

李静把菜盛上来，志强还没找到哪儿坏了。他光顾着在身上找窟窿，没去看毛衫的袖口。李静瞅他一眼，笑着说，看你这眼神吧，连哪儿坏了都找不着，还想帮我干呢？她回到厨房去盛饭，见志强还没找到，就在厨房里大声地说："在袖口上。"志强拎起左边的袖子看了看，说跟上回你整的那个一样。这比补窟窿省心，一拆一锁就完事，这钱挣得挺容易的。

李静把两碗米饭放到桌子上，把毛衫从丈夫手里扯过来说："你说得容易，没让你干呢，让你干就不容易了。"志强带着不服的神情说，上回你拆时，我看着了，就是挑断那根线就完事，但锁那个边，我还没看懂，再让我看两次，我也会锁了。

两个人吃完饭，志强匆忙地走了。李静收拾利索碗筷，天也黑下来。她本想晚上把这活计干完，可开着灯后，发现这几年眼睛花得厉害，费了半天的劲，才挑开不到一寸。她怕把袖子上的活套弄乱，再锁边时就费事了，索性放在那儿。

看了一会儿电视，没找到感兴趣的节目，李静走进卧室，想给儿子打个电话，她都有差不多一个月没跟儿子通话了。她刚拨完区号，又把话筒放下了。她知道打一次电话，就得花去好几块钱，有点不值得。有这个钱，还不如给儿子汇去，让他多买一双袜子。儿子是汗脚，袜子到他的脚上，不出半天就捂出臭味。以前儿子在家时，她每天都经管儿子换两次袜子。现在她不在儿子的身边，也不知道这小子天天换不换，别把脚捂坏了。她在屋里转了两圈，又趴在阳台上往下看了一会儿，觉得睡觉还早，便到卫生间里洗丈夫换下来的脏衣服。

第二天早上，吃过早饭，李静去上班了。她走的时候，志强还没回来。她把饭菜保温在电饭锅里。她知道丈夫每次下夜班，进屋第一件事就是找吃的，他这个习惯，应该有四十来年了。李静听婆婆说过，志强打小儿就是个急嘴子。

中午下班后，李静先到菜市场买一捆韭菜，想晚上烙韭菜合子。她丈夫就得意这口儿，见着这东西馋得不行，一刻也等不得。她在这边烙，他就站在厨房的门口吃，也不用咸菜和酱油之类的，一手拿着合子，一手拿着大蒜，她烙一个，他吃一个，有时候她烙得慢，竟然供应不上他吃，等啥时候他吃饱了，他再替她烙，让她吃。李静愿意做这个饭，连菜带饭一锅出来，不但省劲，最重要的是省钱。这个季节韭菜便宜，两个人吃一顿饭，连电费都算进去，有四块钱足够了。

志强今天休班，老早就把饭做好，正扒着阳台的窗户往下看着。他看见李静把自行车放进楼下的小屋里，便把屋门打开，开始往桌子上端菜盛饭。

李静进屋后，脱了外衣，洗把手，两个人坐下来吃饭。在吃饭前，志强把电视打开，这也是他多年形成的习惯，吃饭的时候，总得看着电视，李静为此劝过他多少次了，说一心不可二用，这样对消化不好，但一直也没给他改正过来。

两个人刚吃完饭，电视里播出一条广告，说东方服装商城转产，所有商品清仓大甩卖，最少的打五折，有的还打到三折。志强对李静说："下午咱们俩也去看看呗，兴许能捡个漏蛋儿。"

这几年，李静家买衣服，全靠捡这种漏蛋儿了。到了春天，他们买的是冬装；到了秋天，买的是夏装。而且所谓的买衣服，基本都是给李静买的。儿子上初中和高中时，学校规定穿校服，几乎是没买过别的衣服；现在上大学，衣服便自己从外边买了。志强除了一年买两身内衣内裤外，四季穿的都是单位发的保安服。而这个家三口人的毛衣毛裤，也从来就没去商店买过。那些修复后还能看出毛病来的废品，李静便仨瓜俩枣买回来。志强认为反正是套在衣服里边穿，不影响暖和就行。

在往厨房里收拾碗筷时，李静说："等哪天再去吧，东方服装城的衣服老多了，一天半天的也卖不净，也许再过几天还能降价。下午就着光线好，我得把那件毛衫织上，明天上班时，得给人家送回去，人家还等着洗呢。"志强还在饭桌前坐着，他一边剔着牙，一边笑呵呵地说："等你整完了，我们再去就赶趟，我都给你把袖子拆完了，你锁个边就行了。"李静停下手中的活计，她问："你啥时候拆的？你会吗？你没把那上边的套线给我弄乱了？要是弄乱了，可织不上了。"志强说："我上午没事，就帮你拆了，没给你弄乱，不信你看看，我办事，你还不放心？"李静还真有点不放心，从椅子上扯过毛衫来看一眼。她看的是左边的袖子，确实拆得很工整。她回头冲着丈夫甩了个很灿烂的笑脸说："看不出来，你粗手大脚，拆得还挺细致。"收拾利索厨房，她说："你值一宿夜班了，先去睡一会儿吧。等我把这个袖子整完，招呼你，咱们先给人家送回去，再去商场看看。"

志强刚睡着也就四十分钟，被李静叫醒了。确切地说，是被她的大叫声吵醒了。他看到李静正气势汹汹地站在床前，手里拎着那个毛衫，眼睛里闪着泪花。志强以为自己睡毛愣了，赶紧坐起来，揉着眼睛问："咋的了？"李静把手里的毛衫扔到他的怀里说："你看看你干的好事，右手的袖子我都整完了，你咋又拆去一条啊？"李静说完一屁股坐在床边上，背对着丈夫，捂着脸呜呜地哭起来。

志强也被吓一跳，赶紧扯过毛衫，把两个袖子并在一起看了看。左边的袖子已经锁完边了，右边的还没锁，左边的明显地长出有一厘米。他说："你啥时候拆的？你没跟我说过。我拆完左边的那个，怕它们不一边齐，看着不好看，就顺手把右边的那个也拆去一条，以前你不也是这么整的吗？"李静大声地嚷道："你没看右边的袖子已经织好了？说你干不了，你非得抢着干，人家还不让拆短了，这可咋向人家交代？"志强又低头看着毛衫，来回地搓着手说："我也不知道你把右手的已经拆完了，我以为左手戴表磨坏了,右手不戴表,原来就是这样呢。"

李静没再说啥,呆呆地坐着,眼睛望着窗外。时而抬起手来,用手背抹下眼睛。志强也没再说啥,把毛衫放到床上,眼睛盯着李静的后背,脸上挂满沮丧的表情。

两个人默默地坐了有十多分钟,志强才小心地问:"这咋办?还有啥办法吗?"李静说:"要是有法子,还叫醒你干啥?"志强把床上的毛衫又扯到跟前,把毛衫摊在床上看了看,又拎起来搭在自己的身上比量着说,大不了赔他一件新的,这件留着我穿,就算是给我买件新毛衫。李静回身瞅丈夫一眼说:"你知道这件衣服值多少钱吗?你说赔一件就赔一件,我打开始干到现在,也没挣上这件毛衫的钱。"志强拿起毛衫来,翻开后面的领子,看一眼商标说:"值多少钱也得认了,就当我白上一个月班。反正下个月孩子放暑假,不用花钱,有我这个月的工资,赔他还不够吗?"李静说:"你的一个月工资好干啥?真要是买件新的,怕咱们俩一个月的工资都不够。"志强气得把毛衫扔到地下说:"现在的人,真是钱大烧的,买这么贵的衣服干啥?"李静弯腰把毛衫捡起来说:"人家衣服要是不贵重,也不能花八十块钱织补,这些钱放到咱们身上,都买件新的了。"

志强下地去厕所,在里面待有十多分钟才出来,又到饭桌前坐一会儿,匆忙地下楼了。大约过一个多小时,他满头大汗地回来。他进屋时,李静正坐在饭桌前,一根一根地择着韭菜,眼圈已经哭得通红了。志强没换鞋,径直地来到李静的身边说:"我去这个毛衫的专卖店看过了,他们也在调价,原来一千六百多块,现在不到一千了,还有几件和这个一模一样的。"说着,他从兜里掏出一沓钱,放到桌子上说:"这几天小刘就找人替他值夜班,他老婆生了个双胞胎,一个人照顾不过来,刚才我和小刘去找主任说过了,主任也同意,从今天开始,我去替他值夜班,这一千块钱是小刘提前付给我的夜班费,你拿这个钱赔他们吧。"

李静拿着一把韭菜停在那儿,抬头瞅着。志强的脸本来就是黑红色,再加上出了些汗，变得油光黑亮。看着丈夫满脸的汗水，她的眼泪又止不住了。她把韭菜扔到桌子上，站起来，到卫生间浸了条毛巾，先擦了一把脸，拿着毛巾来到客厅，把毛巾递给志强。她说："谁让你换的，一周连续值四个夜班，身体受得了吗？"志强擦了一把脸，坐在椅子上说："我身体没事，总共值三个来月，一晃就过去。就是苦了你，让你一个人在家里。"他扯过李静没择完的韭菜，一根一根地择起来。

李静没再去理志强，又把那个毛衫拿起来，端详一会儿，便找来一根针和一把小剪刀，开始拆左边的袖子。志强问她还干啥，她叹了口气说："把这边的再拆去一条吧，到时候能交代下去更好，实在交代不下去，就赔他个三头两百的，咋的也比给人家买件新的强啊！"

志强不停地点头说："对啊，就是赔他五百块钱，也还能省下一半呢。"志强站起来，似乎有点兴奋的样子，把桌上的韭菜掐在手里说，你整吧，我去做饭。反正也没短多少，也兴许遇上个好说话的，人家不追究呢。李静看着丈夫，苦笑一下说："哪有那么多好说话的让咱们遇上？"

李静刚拆几针，突然停下了，过一会儿，竟然咯咯地笑起来。志强正在厨房和面，吓了一跳，赶紧跑过来问李静咋的了。李静举着袖口说，你拆下那条在哪儿？志强说在你盛线的那个小兜子里。李静说你快给我找来。志强到墙角的小橱子上把那个兜子拿过来，边找边问，你是想比比拆多长吧。不用比，照着一厘米长拆就行。这玩意儿不用那么精确，差个一行半行的看不出来。

志强把那个袖口条递给李静，转身刚要奔厨房，却被李静拉住了。她一脸笑容地说，这回不用赔了，刚才在拆的时候，我看明白了，我知道咋往上接了。你说我这人咋这么笨，着这么半天的急，咋就没想明白这个理，这东西能拆就能接，我把你拆下这块再接上去不就得了。

李静拿起针线，开始接左边袖口上拆开的那块。也就是五六分钟，把正面的套接好了。她问一直站在她身边盯着看的丈夫："看出来了吗？"志强仔细地看了看说:"看不出来,一点都看不出来。"

这下志强来了精神,把毛衫从李静的手里扯过来,扔到桌子上,拉起李静的手说:"反正你也学会了,我们也不用惦记着了。明天再整吧,大热天的,顾客也不等穿。走,咱们俩逛商场去,正好这也有钱,给你买件新衣服。"

李静甩开丈夫说:"逛啥商场啊?我就着光线好,整利索得了。今天早点吃饭,等晚上买点水果,咱们上我同学家去串个门,让他帮着联系几个干洗店。"

阳光透过窗子斜射进来,屋里明亮亮的,还散发着淡淡的韭菜香味。

作者简介:尹守国,男。中国作家协会会员。已在《中国作家》《芙蓉》《清明》《山花》等文学期刊发表小说一百多万字;有中短篇小说多次被《新华文摘》《小说选刊》《作品与争鸣》《北京文学·中篇小说月报》等转载并收入到年度选本中。出版有小说集《动荤》,长篇小说《路过合庄》等,作品曾获第六届辽宁文学奖。

回家过节

叶雪松

一

放假三天，乘火车返家。火车上的人摩肩接踵，还好，早买的票，有座。

天气出奇的好，很多年轻人都穿上了短袖薄衫。铁路两旁的杨树绽出了新叶，远处，裸露着的大片土地还没来得及披上绿装。今春少雨，很多土地都没耕种或种下的种子没破土。民以食为天。下场透雨，哪怕这几天宅在家中，我也愿意。

旁边是个长相儒雅和我年纪差不多的中年人，他说他是气象局的工作人员，我对他说起了对今年春旱的担忧，他说，2号到3号，有一场降雨，能有效缓解或根除春旱。我说，太好了。我们又海阔天空地聊了起来。从马航失事聊到韩国沉船，从中央反腐又聊到时下的底层生活。不知不觉，两个半小时的行程结束了，我下了车。他对我说，放心，会有及时雨的。

该回家看看母亲了。于是，约女儿一同前往。我给前妻打电话，前妻告诉我，孩子补课，走不开。前几年，我离婚，女儿跟了她。我发了一下牢骚，前妻说："孩子真补课，你别怪她。现在虾爬子和大虾正肥呢，回家给妈买一百块钱的，我付钱。"虽然离婚这么多年，她也成家了，可对母亲的称呼一直没变过。父亲临终时，她还和现在的丈夫来看望。

第二天，艳阳高照。按前妻吩咐，我去农贸市场，不过，我没给母亲买虾爬子和大虾。虾爬子三十五块钱一斤，母亲牙口又不好，我想了想，买了条胖头鱼和一些母亲吃得动的东西，又给她买了三条烟。母亲烟瘾很重，宁可不吃饭也要抽烟。七十来岁的人了，我不想再让她卷烟抽。回老家的客运站就在农贸市场后边的河堤下。买完东西，就到客运站等车。时间还早，我站在河堤上，看着远处的青山和堤坝下的绿水，感叹这几年的变化。

阳光暖暖地照在我身上。我想起了村子里的同学张万阁和胡玉林。小学初中的同学不少，自我离开老家后，偶尔保持联系的只有他俩了。年前，我去了张万阁家，我结婚后去邻县，也曾去张万阁家喝过酒。我想，我也该回请一顿了。我翻了翻手机，没查到张万阁的号码，但找到了胡玉林的号码，拨了过去，胡玉林想了半天才知是我，我说想请张万阁和他喝酒，胡玉林说，他今天忙，没时间，我让他把张万阁的手机号给我。我在一张一块钱的纸币上记下了张万阁的号码，然后拨打过去，没人接听。

张万阁和胡玉林都扣蔬菜大棚，眼下正是大棚里的蔬菜大量上市的时候，他们一定很忙。理解万岁吧。

这时候，开往我们村的小客来了。村里到这儿通了几年汽车了，每天两趟，投币。去年还有售票员呢，我记得那个俊俏的售票员，不知她现在在哪儿。开车的光头司机是屯里老李家的老大，他一边和我打招呼，一边指挥下边送货的往车里装货。这个小客，每天早上为好几家乡村超市带货。

八点十分，小客驶向了老家的方向。又有一个多月没见母亲了，不知她怎么样了。

二

车子颠簸了四十分钟，我出现在老家巷口。老远，我看见三个谈兴正浓的老人，其中有两个是我的叔伯舅舅，他们也是叔伯兄弟，另一个似曾相识却叫不上名字。

这两个舅舅，大舅管二舅叫二哥，也就是说，他们是没出五服的叔伯兄弟。我母亲也和他们没出五服，我管他们叫舅舅。大舅的高声就传了过来，对二舅说，这是他妈活着呢，不在了，就不回来了。我在想，如果母亲有一天真不在了，我也能回来，兄弟姐妹，怎么说也是一棵藤上的瓜，有亲情。我说，真有那么一天，该回来也得回来。大舅咧着掉了牙的嘴说，那是那是。

二舅是鞍钢的工人，三年经济困难时期，饿得没辙，离开了家乡，正赶上鞍钢招工，就幸运地成了钢铁工人。退休后才回到老家，也算是落叶归根。他把工作给他二儿子接班了，自己退了下来。我那二舅妈在世时，病恹恹的，身子像风中摇晃的芦苇，人不到六十就没了。二舅娶个邻村的寡妇，据说，这个后到的二舅妈命硬，克死了好几个丈夫。不过，我看她和二舅过得还好。屯子里的人说，还不是庆生二哥有退休金！这话我没法评说对也不对。二舅家的大表哥对老爸有成见，他生活条件不好，希望得到父亲的照顾，但二舅没拿一分钱贴补大儿子，导致父子多年不睦。我想，父子的血脉是相通的，二舅自然有他的想法。不管咋说，二舅老来有伴，也是人生之福。

和这两个舅舅聊了一会儿，远远地，我看到了紧靠墙角的年已七十的大舅。这是我的亲舅舅。此时，他正像一只蝙蝠，紧紧地贴靠在对门庆茂舅家的大门墙边。

我的老家和我大舅家是邻居。

记忆里，我们家一直很穷。我清清楚楚记得，我七岁那年，家里卖掉了三间旧草房，又东挪西凑了一点买了四队郭五姥爷的房子落了户。家里穷得叮当响，一件像样的家具都没有。父亲告诉我，当时搬家，是几个人抬着破家具到了四队。二队那时每个壮劳力的工分是五分钱，而四队却达到了一毛一分。这对贫困的我们家来说无疑是个巨大的诱惑。那时候姥爷在四队有些威望，我们家落户四队的事也就容易多了。我们家到四队落户，境况果然大有改善，不欠队里的钱了，还能填饱肚子。

当时，大舅家现在的院落就是姥爷家，而我们家就是郭五姥爷的院子。后来，我姥爷和老舅在后街买了个院落，这个院子就是大舅的了。郭五姥爷腿瘸，他的一条腿是个铁棒子。我们搬来时是土坯房，西屋住着下放的"五七大军"。这户人家和我姥爷家一个姓，也姓郭。"文革"开始以后，大批干部都按照"五七指示"的要求，来到了农村接受锻炼和改造。方式有两种：一种是专门建立五七干校，按照准军事化建制，进行集中劳动；另一种是带着家眷分散到农村落户，这两种都称"五七大军"。我们家西屋住的就是后者。不久，国家恢复政策，他们搬走了。"五七大军"家的那个舅妈清瘦短发的样子，我还记得清清楚楚。

我大舅为什么像个蝙蝠贴在墙上？因为他病了。去年，他脑出血，做了个手术，就成了现在这个样子。十九岁那年，大舅被姥爷安排在镇上的锻压厂当工人，跟着他的师父，后来跟着他当过国民党兵死里逃生的岳父吕老爷子练得一双巧手，会缠大鞭杆子，会做牲畜的笼头和装饰。他怕声音，声音大了，说震得脑子疼。大舅病前，脾气火暴，病后更是暴躁，动不动就和舅妈发脾气。我说，大舅，我回来了。他说，我老远就听到你说话了。大舅得病后脾气虽然暴躁，但对我这个外甥还是极为客气的。我说，我表哥到了吗？大舅说，刚进屋。我说，一会儿，我再来看您。大舅说好。

我推开家的铁门走了进去。

三

这个家,我说是我的家,是因为母亲的存在。有妈在,哪儿都是家。这个家最多算是我以前的家,实际上,现在是我弟弟一家三口和母亲的家。

院子里的小葱长得很高了,和父亲活着的时候一模一样。走进院子,我想得最多的人是父亲。父亲去世三年多了,走的时候才六十六岁,扔下孤单的母亲。每次回家,往事都会像过电影似的一幕幕在我眼前浮现。也说不上为什么,甚至父亲为祖父、祖母,我和弟弟妹妹为父亲办理后事的情形也一同浮现。

父亲走后,我最牵挂的人是母亲。弟弟新盖的房子连盖了一间小屋,父亲和母亲就住在那里。我们的家,原来是一明两暗的檩子房。20世纪80年代中期,父亲把原来购置的五姥爷的土坯房翻盖了檩子房。我祖父过世前,说他这辈子住上檩子房就知足了,可祖父没等到那一天就过世了。最疼爱我的祖母在檩子房里住了多年,后来,在这檩子房里去世。我离开家去外地前,一直和祖母住在那个老房子的东屋。

那年,我二十六岁。老房子老院套给我留下了太多的温馨和记忆,我怀念那个老院套、老房子。

现在,我正在走进被新房子新院套取而代之的老房子老院套。虽然我赞赏弟弟翻盖新房子,但在我心里,接纳的仍然是老房子和老院套。现在,我就站在母亲的房门前。房门上挂着把锁,透过玻璃窗,母亲并没在家里。我去了弟弟家。还好,弟弟的房门没挂锁。弟弟常年在外打工,可能弟媳在家。我没贸然推门进去，我绕到窗前，我看到弟弟和弟媳躺在炕上睡得正香。弟弟怎么没走？往年，过了年，弟弟就去外地打工了。我敲了敲窗户。弟弟醒了，一看是我，下地开门。

让我惊讶的是，以前留长发的弟弟竟然剪成了平头，也比以前胖了，显得有些臃肿。弟弟少年时额前有一小块患上了白癜风，那是一种很难治疗的皮肤病，弟弟为了掩盖那块难看的皮肤，故意将头发留长些，可弟弟竟然将头发剪成了平头。我说，咋剪了这个头型？弟弟笑了笑没说什么。我说妈呢？咋不在家？这时候，弟媳翻身起来，说，妈去焗油了。我问她，昨晚又割韭菜去了？她说是，昨晚又割了一宿。

我们附近乡镇的农民有不少在塑料大棚里扣韭菜的，由于本地家家都扣韭菜，而韭菜到了出售的季节是不能耽搁的，于是就雇用大批邻乡的妇女割韭菜。因为白天大棚里热，所以大都在晚上割。我在家时，也帮着家里扣过韭菜。弟媳说，她们头戴自配的汽灯，每人承包一块，按平方米挣钱。我能想象出，暗夜里，这些割韭菜的妇女踩着湿漉漉的土地，像萤火虫一样分布在大棚中的各个角落。太阳还没升起，韭菜就已经由男人装箱，被前来收购的卡车运往各地了。我弟媳常常跟屯里那些女人们一道去卖小工，挣点钱贴补家用。弟媳的活不容易，用她的话来说，吃阳间的饭，干阴间的活。我弟媳一定是踏着星光去，又踏着星光回，在家补觉，我突然到来，惊扰了她的梦。

我问弟弟怎么到现在还没走，这都五一节了，弟弟说，今年也不知咋回事，往年早走了，现在还没消息呢。我说，这也不奇怪，现在的楼市快饱和了，很多地方出现了"鬼城"，搞建筑的农村进城务工人员的雇用率逐步在降低。弟弟还不是瓦工，只是个力工，干过桥梁、楼房，钱虽然挣得不多，但这几年，凭着在外打工，还清了翻盖新房欠下的外债。看着弟弟有些愁苦的脸，我说，打工只能解一时之需，不能长久，你应当寻找一条适合自己发展的出路。弟媳说，他没手艺，能做什么？我说别急，万事开头难。我问弟弟，妈走多长时间了？我上次走的时候说五一节回来的。弟弟说走了好一会儿了，和佳月一起去的，快回来了。

佳月是我弟弟的女儿。弟弟结婚晚，和我一样，都是年过三十才有了女儿。小侄女才八岁，在村里的小学上一年级，聪明活泼，是弟弟和弟媳的掌中宝。我怕打扰了弟媳的休息，说去大舅家看看。

我去了大舅家，远远地，我看到了表哥、大舅和舅妈。表哥在我居住的那个镇上当教师。我进了大舅家，表哥在给他们修自来水管线，大舅挂着拐棍在一边指手画脚。大舅得病后，容不得别人反驳半句，这就导致了他和舅妈的"战争"频频爆发。从我懂事时起，他们就吵，吵到儿女们都成家，他们有了孙女外孙子，还在吵。实际上，舅妈是让着大舅的，她和大舅风风雨雨快一辈子了，大舅只许她说，别人说怕是不行的。外面的阳光暖暖地照在院子里，舅妈和我谈起大舅，眼泪汪汪的。我劝说几句。母亲该回来了。

到了弟弟家不久，母亲和佳月回来了。佳月见了我，躲到弟媳身后去了，只用一双腼腆的眼睛打量我。弟弟说，见你大爷咋不吱声？佳月只是笑。

焗油后的母亲果然比上次见到时年轻了，我知道，母亲爱美。父亲早逝，让原本年轻的母亲一下子苍老了十年。我说妈，焗油和抹指甲油一样，对身体不好。母亲笑了笑，我们去了母亲的房里。我说，妈，我把菜买来了，还给您买了几条烟。母亲的眼睛亮了。我知道母亲喜欢烟，母亲抽了一辈子烟，从我记事时起，母亲就吸烟。母亲对我说，她十五岁时，我太姥姥，也就是母亲的姥姥就教她抽烟了。母亲说，抽的是蛤蟆癞。我知道蛤蟆癞，那是一种劲很大的旱烟。那时候的东北乡下人，之所以把这种旱烟和这种让人看了皮肤发麻的动物联系在一起，可能是因为这种烟巨大的烟性和颜色。这种烟晾晒过后，仍是黄绿的颜色，酷似癞蛤蟆的皮肤纹式。母亲抽一辈子烟，我不想再让她抽旱烟，从母亲欣喜的目光里，我知道，母亲喜欢"洋烟卷"。

母亲说，把你妹妹和妹夫叫来吧。我说打电话吧。我妈就打电话。除了弟弟外，我还有一个妹妹。妹妹就住在八里外一个叫"孟家"的村子，日子过得挺红火，家里也购上了轿车。我妈就打电话，我妹夫说去买点东西，马上就到。我挺高兴，除了过年正月初二三能有机会和妹妹一家人见上一面，我们兄妹很少能在一起吃顿团圆饭。妹妹家一年四季就是个忙。妹夫用他那辆三轮，往几十里外的工地上送砖，还包了几十亩地，扣了不少韭菜棚，忙得像陀螺。我表哥来了，我们又谈起了大舅的病情，表哥说，你大舅没病也是这个火暴脾气。表哥目光里透着无奈。大舅刚才说，谁再在他面前喝酒，他就把酒瓶子砸了。表哥说，你大舅喝了一辈子酒，他现在居然阻拦别人喝酒。我说可能他的病因酒而起，不想让你步他的后尘吧，他是爱你，只是没表达好罢了。表哥笑笑表示认同，我对表哥说，大舅烦你喝酒，你就在这儿喝吧。表哥说好。

这时，我就听到外屋传来银铃般的笑声，我知道，是我妹妹那两个漂亮的女儿来了。果然，妹妹、妹夫带着他们的两个女儿大美二美来了。两个外甥女一个十八岁、一个十二岁，她们的名字还是我起的呢。当时，妹夫对我说，名字还是你起吧，你有文化。名如其人，她们现在真就出落得挺好看。老大腼腆，在读高二；老二活泼，在读小学三年级。我对她们说，一定要好好读书，读书不一定能成就梦想，但想成就梦想，必须得读书。我不知她们能不能听进去，我看她们只是笑。

我舅妈也来了，和我母亲在厨房说话。这时，我叔伯老舅也来了，他来找弟弟谈打工的事。从他们的脸上，我看出了隐藏着的忧郁。我和老舅说了会儿话，我出去买酒。回来后，弟媳和母亲做的菜已摆在了桌子上，老舅已经走了。我招呼表哥，大家坐下来喝酒吃饭。妹夫个子不高，淳厚中透着精明。他母亲病了，我对他说，过些日子我再回家，去看看她。

几瓶白酒和啤酒都喝光。看着院子里灿烂的阳光，我对表哥说，咱俩去小段儿走走吧，好多年没去过了，怪想的。

　　表哥说，那走吧。

四

　　小段儿是出了我们村子东头的田野。全村的水田差不多都在那儿。我不知道这地方怎么叫小段儿，反正打我记事时到现在，村民们一直这样叫。那儿留下我童年和少年的几多欢笑。从我离家后，二十多年，小段儿只在我记忆里出现过。

　　去小段儿，我和表哥差不多要穿过整个村子。因为我们家在村西，从村西到村东再到小段儿，少说也有三五里长。初夏的阳光暖暖地照在我们身上，舒服得很。村街像被撒上了一层金粉。原来的村街是一条泥土路，后来又变成沙石路，再后来变成了现在的柏油路。

　　走到我出生的房子大门口，我们驻足了好久。当年，生我的草房早就几易其主了，现在变成了窗明几净的平楼。我就在这儿出生的，搬到西街时，我已经记事了。我记得院子里有棵桃树，桃子结得又大又甜，我曾站在猪舍上边摘过。海城地震那年，最疼爱我的祖母挑着保险灯摘桃的情形又跳进了我的脑海里。我透过这户人家的院门往院里张望，桃树早就不在了，但有一棵开满白花的树。可能是苹果树吧。

　　不知不觉，走到了村东头。在一户人家的大门前，我看到了一个盘膝坐在门前的熟悉的身影——小瘸子。小瘸子聪明，甚至有些狡黠，无论谁家有红白喜事，他必到场吃席，也没人撵他。十几岁时，他从村子东头日本人建的几十米高的大铁架子上掉下来摔断了脚骨，是铁架下边的柴垛救了他一命，虽然大难不死，却成了瘸子。这个大铁架子原来在田野里，由于村屯扩展，现在仍然在一户人家的院子矗立着。虽然锈迹斑斑，经历了炼钢的"大跃进"和各个历史时期,仍然保存完好。据说,这是日本人建的飞机瞭望塔。是政府有令不让拆除还是村民自发保护,我不得而知,不过我想,这也是日军侵华的一个铁证。

小瘸子和我相熟,我问他还记得我吗?他眨了眨眼,一下子就说出了我的名字,亲热地管我叫大兄弟,光光的脑门儿也有了深深的皱纹,鬈曲的头发中也现花白。前两年我回家,在小客上见过他,他说在敬老院。我问他现在还在不在敬老院了,他说,敬老院太封闭,没有自己的哥兄弟家好。在我的记忆里,他就是个非常活跃的人,可能那儿的环境真不适合他。

不远就是小段儿了。目光中的小段儿不是记忆中残存的小段儿了。记忆中的小段儿芳草如茵,渠水清洌。前面不远处有个果园,里面有一个扛着锄头的农民。表哥一眼就认出是他的同学谭成奇。谭成奇也认出了我和表哥。我们进了果园,热火朝天地聊了起来。谭成奇的父亲谭德恩是我的老师,为人心直性耿,才华横溢。我们村子那时候小学和初中一体,谭德恩老师教过小学,也教过初中。那时候,他的身体就不是很好,身材消瘦,脸色蜡黄,据说是患上了肝炎。不过,他的课讲得很好。冼星海的《黄河大合唱》就是他教给我们的。我从谭成奇嘴里知道,老师已经作古多年,坟墓就埋在这果园东头。我看到了老师的坟墓,静静地卧在果园里。我轻轻走过去,说,老师,我来了。我给老师叩了三个头。成奇说,我爸走了这么多年,你是第一个来他墓前拜祭的学生。我说,我早该来。

老师的坟前是个水渠,现在,稻田还没到插秧的季节,水渠里的水很浅,衰草里透着几许绿意。我知道,用不了多久,水渠里的水满了,隔渠的稻田绿了,果园里的果熟了,鸟儿也来全了,老师也就不寂寞了。

成奇送我和表哥走了很长的一段路。我细看他,头发也见霜雪。实际上,我们家以前和他们家在一个生产队。当年,我爱好文学,初学写作时,给县报县广播电台写报道,我曾夜半去老师家请教。那时,我知道,我们曾是一个队的。

我问成奇，搭在水渠上的铁管子哪儿去了？小时候，我们常从铁管子里钻进钻出。我又问他，渠里那个水车哪儿去了？成奇说，早不见了。现在，这些输水灌溉的设施早就派不上用场了，就拆除了。水车，从水渠里往上提水，浇灌着农田，远远望去，像一个大大的风车。我有点惆怅，老祖宗留下来的这么好的东西怎么不保存下来呢？

在水渠的另一侧，是一个水质清冽的大泡子，我没少到这儿来游泳，如今，泡子早被填平，被农田取代。不远处，是生产队的菜园，里边种着茄子和香瓜，我平生吃的第一个香瓜就是爷爷从那儿摘来的。可那菜园早就在记忆中，没有一丝一毫的痕迹留下来。是呀，几十年过去了，也算沧桑巨变，过去的影子只是依稀残留在记忆深处。

从小段儿回来，我和表哥从村子后边的小路回村。在路旁的一户人家，我停下了脚步。因为我看到，房子外边的一个女人似曾相识。我细看，居然是我们原来在东街住的时候的老界壁子（东北方言：邻居）陆生仁家的婶子。陆生仁皮肤黝黑，开着七十五马力的链轨东方红拖拉机，很是神气。没想到，刚过五十就患病去世了。儿子大光不争气，原来的老房子变卖了，住到了村外，盖了一栋简陋的红砖房。生仁婶子一眼就认出了我，还叫我的乳名，非让我和表哥进屋坐坐不可。屋里很黑，还是泥土地，我坐在炕沿上，生仁婶子和我喋喋不休地唠起了嗑。我说大光呢？她说喝多了，在西屋地上坐着呢。我和表哥去了西屋，大光果然坐在地上，光着上身，嘴上留着长长的八字须。我问他认识我不，他醉眼蒙眬打量了我和表哥，摇头说不认识。

不过，生仁婶子向他介绍我和表哥时，他的眼睛还是亮了一下。我们走的时候，他居然站起来把我们送到院门外。

进村的时候，碰到了村支书孙书记。这个年轻时长相帅气现在仍然英气十足的汉子，在我们村干了二十多年的支部书记。我们唠了一会儿嗑，我的手机响了。是万阁打来的,他问我在哪儿,我说在村口。他说你等一会儿,我马上从那儿经过,早上骑摩托车去大棚,没听到手机响。我说好吧,去你家。我就在村口等。这时,我又遇见了小学初中时的女同学马艳君,二十多年不见,我们还是一眼就认出了对方。她在普兰店当医生。她爸爸马俊旭是村里的精明人,当过村主任、村会计,村人有红白喜事,都找他当大知宾。俊旭叔头发也白了,快七十的人了,目光透着精明,说话铿锵有力,不减当年。

　　我们正说着,万阁和他媳妇骑着摩托车赶来了。我让表哥回家告诉我母亲我去了万阁家,跟俊旭叔和马艳君告别,跨上了万阁的摩托车。途中,我买了些酒菜,也算是回请一次万阁吧。万阁的母亲见我来了,热情地对我嘘寒问暖。他父亲感冒了,躺在被子里。万阁的父亲和我父亲是同学,而我和万阁也是同学。我父亲不在了,我希望万阁的父亲能健康长寿。

　　我们正喝着,母亲竟然找上来了。她怕我喝多了。那顿酒我没多喝,我只想了却我的一桩心事。

　　我和母亲踏着月色回去。

　　乡村初夏的夜晚很宁静,村人院子里透出暖暖的灯光,一钩银月在云中穿梭。我和母亲边走边说,谈我们经过的村巷里那些健在或过世的人。母亲矮小的身子和暖风融在一起。我知道,我是她的依靠。母亲这辈子没享过什么福,很少走出村子,就是走出村子有限的几次,也是去我的家。作为儿子,我没理由不孝敬母亲,不让她幸福。

　　这一夜,我住在母亲身边,听着母亲轻微的咳嗽,我睡得很踏实。

<h2 style="text-align:center">五</h2>

　　第二天一早,云隙中竟飘起了雨。

　　我想起了那个火车上遇到的气象局的工作人员对我说过的话,2号到

3号,会有一场降雨。今天就是2号。昨天还一片暖阳,今早就有雨落了。

好雨知时节。但愿这场雨能有效缓解或根除春旱。

因赴朋友之约,我必须赶回去。母亲送我到门口,走到巷口,我回头一望,母亲仍旧站在那里。我的脑海里又浮现出我离开家时,父亲和母亲双双站在门口送我的情景。现在,父亲走了,就剩下孤单的母亲。

鼻子一酸,我知道,我很快会回来。

作者简介:叶雪松,原名叶辉,满族,20世纪70年代初生于辽宁北镇。中国作家协会会员,辽宁省作家协会第十届签约作家,曾就读于辽宁文学院和鲁迅文学院,文学创作二级,主要从事小说和剧本创作。1992年写作迄今,已在《中国作家》《民族文学》《芙蓉》《芳草》等文学期刊发表多种体裁的文学作品一百多万字,出版作品集五部,长篇小说一部,多篇作品获奖、转载并被收入多种文本选集及年度排行榜。长篇小说《响窑》入选2015年中国作家协会少数民族重点作品扶持项目,获第十四届辽宁省曹雪芹长篇小说优秀作品奖,并在辽宁人民广播电台《大地书场》播出。

诺洁斑马线

安 勇

佳惠和成发的铺子在四马路上。四马路这名字叫得有些土，其实是一条挺繁华的商业街。街两边五花八门的店铺一家挤着一家，从街东一直挤到街西。街虽不长，但餐饮娱乐、日用百货、发廊浴池、副食水果、卫生医疗、服装鞋帽，各行各业各门各类，应有尽有。连文化也有，路北就有一所小学——四马路小学。佳惠和成发的铺子在路南，正对着小学的大门口。他们的铺子，名字起得有些虚张声势了——诺洁大染房，其实只是个两米宽三米长的小档口，叫诺洁洗衣染衣店似乎更合适些，也更谦虚些。佳惠开的就是洗衣染衣店。这个门面当初是她先租下的，店名也是她起的，诺洁是她女儿的名字。开业没多久，佳惠就有些后悔了。租金太高，生意有限，一间铺子只用了半间，显见得资源就有些浪费了。那时候，成发还在四马路边的一个小巷口摆修鞋摊，正筹划着从手工修鞋迈进到机器修鞋，急需盘下一个门面。很自然的，两个人就谈妥了，开始合租一间铺子，租金、水、电、煤气，都是一人一半。佳惠把西边半间腾出来给了成发，两人一东一西靠墙各摆一张小柜台，中间留出一条半米左右的过道。开始，成发对店名有些异议，但只是在心里转了转，没等当面向佳惠提出来，自己就先想通了，凡事不都要有个先来后到嘛！如果是自己先租下的，很可能就叫成发修鞋店了。想通后，成发就笑了笑，第二天就在玻璃门里立上了一块木牌子——机器修鞋、改尖换底、价格公道、保证质量。

没有顾客上门时，诺洁大染房是非常安静的，除了电熨斗从衣物上压过的刺啦声和轧鞋的机器声，就再听不到别的声音。佳惠和成发都是聋哑人。属于佳惠的半间挂了好多的衣物，刚收了活准备洗的，洗过后准备熨烫的，各项程序都已经做好专等顾客来取的，都在店铺里那么挂着。她就在这些衣物的缝隙间工作。而成发呢，多数时候是在那台一人多高的机器后面忙。第一次走进铺子里的人，往往找不到店铺的主人，就会猛然产生一个错觉，以为自己哪一步迈错了，踏进了一间魔法屋，电熨斗和修鞋机器都被施了法术，在自己主动工作。来人就会茫茫然地愣上几秒钟。很快，佳惠或成发迎出来，冲来人点点头笑一笑，指一指柜台上的价目表。他们的各项服务都是明码标价的，无须讲价，讲了他们也会冲你摇摇头，笑一笑，指指自己的耳朵，表示听不见你说了些什么。

手头的活都干完了时，两个人也会聊聊天。坐在各自的柜台后，躲闪着那些垂下来的衣服，擎起双手冲着对方比画几下子。他们谁也没学习过通用的手语，比画的都是自创的路数，聊的也多是些简单的话题。开始时，也闹过一些小误会。佳惠指指成发的鞋，再指指那台修鞋的机器，意思是问他自己的鞋坏了是不是也用这机器修。成发呢，就理解成了修多少双鞋才能买回那台机器，在心里算了好半天，才用手比画了一个数字。佳惠先是愣一下，旋即就明白成发会错了她的意思，止不住就笑了。只有笑容，没有笑声，笑像一朵花似的，在佳惠的脸上静静地绽放开。成发也就知道自己弄错了，脸一红，羞涩地挠挠脑袋。不久后，他们的交流就顺畅了，不管一个人想说什么，另一个马上就能明白对方的意思。若是正赶上一个人不在铺子里，恰好来了找他（她）的顾客，另一个人就会替对方接待一下。洗衣物修鞋的，取衣物取鞋的，都从未出过一次差错。等离开的人回来时，比一个简单的手势，就心领神会了。

　　他们合租一间铺子，配合得如此默契，又刚好都是聋哑人，经常就会有人将他们错当成夫妻，看看佳惠，再瞅瞅成发，咂着嘴说："你们两口子，这生意做得可真不错啊！"别人说什么，他们当然都听不到，但他们从那人脸上的表情看出了话里的意思。最初遇到这情况，两个人都很紧张，一齐红了脸，急忙摇头摆手地解释。但解释来解释去，人家却往往并不相信。后来，两个人就懒得去解释了，自己心里清楚就行了，别人愿意咋说就随他们说去吧！再有人说他们是夫妻时，两个人就都沉默着，有时候还会穿过衣物的缝隙飞快地交换一瞥会心的眼神。成发的老婆若是刚好在店里，听到有人这么说，就会嘻嘻地笑着指指佳惠，再指指成发问那人："你说她是他老婆，那我是他什么人？"对方意识不到是自己弄错了，上上下下地打量她一番，"你呀，和我一样，也是顾客，不是来洗衣服的，就是来修鞋的。"这时候，佳惠就坐不住了，从柜台后站起来，把成发的老婆和成发拉到一起，冲人家做一个手势。做这些事时，佳惠的脸始终都通红，额头上还会急出一层汗。成发的老婆见佳惠这样，笑得就更开心了，反过手来，一下捏住佳惠的手，硬把她往成发的身边拉。直到佳惠急得直跺脚，眼睛里就要流出泪来了，成发的老婆才罢手。私下里，成发不止一次告诉过老婆，下次别再拿佳惠开玩笑，但一到了下次，成发的老婆照样还是会玩这个恶作剧。成发就非常不欢迎老婆来店里。阻拦了几次后，成发的老婆就撇撇嘴，斜着眼睛看看成发比画着说："不愿意让我去，是不是你们俩真有点什么事？"成发气得跳起来，跺着脚，指天画地起誓，硬拉着老婆到窗口边，拍拍自己的脑袋再指指窗外马路上的汽车，意思是说，撒谎就让车撞死。

　　其实，不怪人家会把成发的老婆当成顾客，她和成发看起来真的不太像两口子。她长得漂亮，打扮得也很时髦，虽然也是个残疾人，但乍看之下，没谁能发现她哪里有残疾。仔细端详一番，才会发现她的左眼不太对劲，她的左眼是一只义眼，已经达到了以假乱真的程度，就连商场负责招聘的都没发现问题，让她顺利地做了营业员。也正因为如此，成发就有些怕老婆，处处都迁就她。

　　成发拦挡不住，他老婆就像过去一样经常去店里。有时候是拿着自己的衣服去让佳惠洗，有时候是把鞋扔给成发让他去修，更多的时候是去找成发要钱。她好打扮，习惯了用高档化妆品，穿时新的衣服，这些东西显然都要用钱去买。她工作的商场也在四马路上，和诺洁大染房相隔不过几十米，抽个空子就走来了，进了门也不说什么，把一只手张开放在成发的柜台上，成发就乖乖地把钱放进那只手里。如果觉得钱少，成发老婆的那只手就不肯收回来，手背轻轻在柜台上磕几下，成发就再次把钱放进去。她找成发修鞋，当然是不必给钱的，找佳惠洗衣服，也从来没有提过钱的事，好像佳惠就理所应当地该让她享受免费服务。成发呢，当着老婆的面也不提钱的事，等老婆一走，就赶忙把钱摆在佳惠的柜台上，价目表上是多少，就给多少。佳惠不肯收，把钱送到成发的柜台上。成发就抓起钱，再一次送回来。两个人无声地拉一会儿锯，往往成发就会站起身，把钱抓起来，用两只手抻平，做出一个要撕破的动作，然后重重地把钱拍在佳惠的柜台上。佳惠就屈服了，脸一红，把钱收进柜台下一只铁盒子里。盖上铁盒子的盖子后，佳惠会轻轻地摇摇头。这摇头的意思，就只有她自己心里清楚了。是怪成发不该硬把钱给她，还是为成发娶了那样一个老婆而鸣不平？两个意思似乎都有。收了成发的钱，到午饭或晚饭时，佳惠就会指使女儿端过一样菜来给成发。

　　每天午饭和晚饭时，店铺里总是显得非常热闹，因为有了小学生诺洁。成发的老婆是不来店里吃饭的，午饭不来，晚饭也不来，她嫌店里的味道不好，熨衣服的蒸汽味和鞋臭味，让她每次进店都会把鼻子捂起来，更别说在这里吃东西。诺洁就在对面的四马路小学上学，读二年级，小姑娘长得漂亮还聪明伶俐，店里有了她，就仿佛有了欢乐的源泉，只要她一进店门，欢乐就会咕嘟咕嘟地往出冒。每天午饭和晚饭时，佳惠的脸上就绽开一朵花，成发的脸上也会绽开一朵花。

那时候，为了诺洁上下学方便，佳惠母女吃住都在店里。属于佳惠的东半间迎着门摆的是一张柜台，柜台后是挂起来的衣物，衣物后并排摆着干洗机和洗衣机，紧贴着机器从棚顶上垂下一道布幔子，一张单人床就隐藏在幔子后，靠着床用细木工板封闭出一个小空间，这就是厨房了，佳惠每天在这里做早午晚三顿饭。诺洁出事后，佳惠先是把床拆掉了，不再住店里，那间小厨房却还保留着。又过了一段时间，厨房也拆掉了，佳惠就和成发一样每天不是从家里带来饭菜，就是随便买点什么东西对付着吃。

虽然学校和店铺之间只隔了一条马路，但每当诺洁上学放学时，佳惠总是显得非常紧张，过马路去接，再送过马路去。四马路是很繁华的，每天从早到晚路上的车都川流不息。多数司机开车都很小心礼貌，知道这里有学校，就先放慢了速度，但也有些司机蛮横无理，跟马路杀手似的，偏要把车开得飞快，还一路把喇叭按得嘀嘀响。佳惠的担心并不是多余的。诺洁对妈妈的小心却不以为然，即便是佳惠去接去送了，她往往也不肯让妈妈牵着自己的手，抽个空子就飞跑过马路。佳惠喊不出来，只能在后面干着急，等到她急三火四也过了马路，抬头一看，诺洁正冲着她做鬼脸呢！为这事，佳惠没少教训诺洁，还打过她几次。诺洁挨了打骂，就抹着眼泪贴到成发身上让他评理。成发看看佳惠，她正板着脸坐在柜台后生闷气。成发再看看诺洁，抬起手在孩子的头顶上摩挲一下，比一个手势，意思是让她听妈妈的。诺洁就气得嘟起嘴，指指成发，指指佳惠，再指指自己的鼻子。孩子的意思两个大人很容易就看懂了，说的是他们俩是一个鼻孔出气的，成发和佳惠互相看一眼，就都无声地笑了。佳惠不再生气，踅进厨房里，一转眼，饭菜的香味就随着她从厨房一路飘到柜台上。店铺太小，吃饭时佳惠是不摆餐桌的，她的柜台就成了餐桌。开始，把饭菜摆好了，佳惠都会让一让成发，她自己让，也指使诺洁让，不论谁让，成发都是不停地摇头，三口五口就把自己的饭吃完，抹抹嘴，逃跑似的躲到修鞋的机器后。后来，佳惠就不再让成发了，把菜每样拨出一部分，示意诺洁给他端过去，这样一来，成发就不好再拒绝了。但吃佳惠的菜时，他显得非常羞涩，就像第一次跟着大人参加宴席的小男孩儿似的，眼睛不敢看别人，也不敢盯着盘子里的菜，该盯着哪里呢？自己也不知道。佳惠看到他这样子，就用胳膊肘悄悄捅捅诺洁，母女俩就会心地一笑。诺洁吃得总是很快，马马虎虎地抹抹嘴，把碗推开，就蹦跳着出了门，上学的时间还早得很，小女孩儿把皮筋系在店铺门前的两棵柳树上，自己一个人跳着玩。佳惠见了，就急急忙忙地要往外跑，成发不明白她要干什么，佳惠就手舞足蹈地解释，但怎么解释成发也看不懂。佳惠就找出纸笔，飞快地写下一行字。原来，她是担心刚吃完饭就运动，会造成消化不良。成发看明白了，就赶在她前面走出门，拉起诺洁的手向东或者向西走，回来时，诺洁的手上就会多一样吃的东西。走到店铺门口时，东西差不多就吃完了，皮筋还在树上系着呢，诺洁就接着跳起来。小女孩儿梳着一对羊角辫，身子跳起来，两根小辫子也跟着跳起来，出奇地招人喜欢。成发回到店铺里，隔着玻璃门站在他的柜台前看得发呆，转回身时才发觉，佳惠也在她的柜台前看得发呆。两个人互相看一眼，就会心地一笑。

　　佳惠从未提起过诺洁的爸爸，成发也从未想要问过。在成发看来，这些都是个人的秘密，就像他和佳惠谁也没向对方说起过自己是如何聋哑的一样，都是只能留在自己的心里，没有必要让别人知道的事情。但成发这样想，有些人却并不这样想。他们铺子东边卖土豆粉的胖女人，西边开文具礼品店的瘦老太太，就对诺洁的爸爸非常感兴趣，几次缠着佳惠刨根究底地问，佳惠不理，装作听不懂她们的意思，她们就转而去问小女孩儿诺洁。拉着诺洁的小手，亲热地拍几下，问："咋总不见你爸爸来店里呢？"诺洁眨眨眼睛，反问："爸爸是啥东西呢？"对方听她这么说，吃惊得把嘴巴张成狮子口："这孩子，连爸爸是啥都不知道吗？"诺洁老实地点点头。

对方说："爸爸不是东西，是个人，一个男人，他和你们母女一个锅吃饭，每天晚上都和你妈妈睡在一张床上。"还说："每个小孩儿都有爸爸，没有爸爸是不可能的事。"诺洁转转眼珠，在心里已经想到了一个人，就是成发。但她知道，成发叔叔晚上是不睡在店铺里的，更不会和妈妈睡在一张床上，和妈妈睡一张床的是她自己。所以，她就不敢确定成发就是自己的爸爸。

这天晚上放学，诺洁是哭着回来的，一进门就问佳惠爸爸在哪里，还哭着喊自己不想当小野种。佳惠开始没明白女儿的意思，等到明白过来了，就用双手掩起脸，无声地哭。成发走过来，写了几张字条，问清楚了事情的原委。原来诺洁这天下午在学校问了几个同学，人家都有爸爸，有一个同学还对她说没有爸爸的孩子就是小野种。成发又问诺洁为啥要问这件事，诺洁就说了左右两个铺子里的人问她爸爸的事。成发知道了原委，气得额头上暴起了青筋，用很粗的黑笔在两张纸上分别写下了一行字，出门就去了左右两家店铺，进门啥也不说，啪的一声就在柜台上拍下一张纸，然后推开门就走。胖女人和瘦老太太好半天也没反应过来，不知道这个哑巴成发抽的是哪根筋。就去看纸上写的字，不偏不向，写的都是：以后不许再问诺洁的爸爸。胖女人和瘦老太太凑在一起，交换看了纸上的字，就不约而同地冲地上呸地吐一口，瘦老太太说："狗拿耗子多管闲事。"胖女人神神道道地用胳膊肘捅捅她，脑袋向成发和佳惠的店铺方向扭一扭，把厚厚的一副嘴唇子凑到瘦老太太的耳朵边："未必是多管闲事，那两人成天到晚在一起，没准真有点啥事呢！"瘦老太太也猛然反应过来，鸡啄米似的点头："现在的人也真没准，俺家那老不死的，六十多了，还总惦记着找小姐呢！"胖女人一拍大腿："谁说不是呢，俺家那个缺大德的，狗屁能耐没有，兜比脸都干净，也偷偷摸摸地给骚娘儿们发短信呢！"两个人说着说着发现离了题，又不约而同地把话扯回来，用手向隔壁的店铺指一指，同时疾恶如仇地向地上狠狠地吐一口。

这些事，成发和佳惠当然是不知道的，即便这些话是当着他们面说的，他们也很难领会出话里的意思。也算是好事吧，他们用自己的方式在店铺和外界之间修起了一道墙，这墙让他们远离了繁华和喧嚣，远离了是非和世俗，他们就躲在那道墙后面，安静无声地做着自己手上的事。

但从这事以后，诺洁就正式提出来下学和上学不要佳惠接送了。女儿的意思，佳惠心里明白，孩子是怕有同学问起，为什么总不见爸爸接送？这个问题，诺洁没办法回答，佳惠当然也没办法回答，就只能听女儿的，让她自己走。诺洁每天要过四次马路，早晨一次，中午两次，晚上一次。每当诺洁过马路时，佳惠就显得非常紧张，两只手握成拳头，眼巴巴地站在玻璃门后看，直到诺洁平安过了马路，才会长长地出一口气。张开手，手心里已经握出了两团汗。成发看在眼里，就主动向佳惠提出来由他接送诺洁。佳惠很感激地同意了。开始，诺洁也非常高兴，而且过马路时还同意成发拉着她的手。但几天以后的一个中午，还没到上学时间，诺洁忽然自己跑过了马路，没有等成发去送她。下午，佳惠打开装钱的铁盒子时，从里面找到一张纸条，上面写着一行字：妈妈，同学们都笑话我找不到亲爸爸，找了个哑巴冒充爸爸。佳惠看完了纸上的字，心就尖锐地疼了一下，浑身颤抖着，眼泪吧嗒吧嗒地落下来，一滴追着一滴地砸到柜台上。成发走过来，也看了纸上的字，好像当头挨了一闷棍似的，一下跌坐在柜台后的椅子上。两个人谁也没说什么，看着对方发了好一会儿呆。只有这时，他们才感觉到，原来无法真正地远离外界，外界是把尖锐的锥子，说不定什么时候就会扎穿他们的那堵墙，让他们的心受伤流血。

几天后的傍晚，诺洁就出了事。一个喝多了酒刚从饭店出来的司机，开着汽车撞倒了诺洁。佳惠当时是眼睁睁地看到女儿被撞倒的，呀地发出一声怪异的尖叫，就疯了似的冲出门。成发发现不对，也紧跟着冲出了门。诺洁躺在血泊里，佳惠已经彻底吓傻了，只知道跪在女儿的身边哭。成发弯下腰，抱起诺洁就往旁边的医院跑。一路上，诺洁始终都睁着一双亮晶晶的眼睛，甚至还用双手搂着成发的脖子仰起上身，在成发的耳边说了两个字。成发跑得飞快，感觉到女孩儿嘴里的热气吹到了他的耳朵上，让他的耳朵有一种温暖的酥麻，知道诺洁说了话，但他猜想诺洁说的大概是叔叔两个字。其实，诺洁喊的是爸爸。说完了这两个字，诺洁的小脸上就绽出了微笑，眼神暗淡下去，两条胳膊也缓缓垂了下来。成发跑进急救室时，孩子已经停止了呼吸。

诺洁带走了佳惠的魂，她常常痴呆似的发愣，手上的活干着干着就会停下来，傻傻地抬起头，透过玻璃门看门前的马路。也许她是在想，还能看见诺洁像从前一样蹦跳着跑进店铺里。成发的心也始终揪着，想劝劝佳惠，却又找不到什么法子，急得他常常用修鞋的铁锤狠狠地去砸撑鞋的铁鞋托，砸得火星四溅，累得满头大汗，才停下手来。佳惠的心思不在活上，不可避免地就出了问题。熨衣服时忽然发起呆，手里的熨斗忘记了移动，把顾客的一条裤子烫煳了。裤子的主人是个蛮横无理的女人，给赔偿不行，偏要一条一模一样的裤子。佳惠心里烦，也发了脾气，一把将裤子扔在地上。那个女人就动了手，一巴掌扇过来。没有打到佳惠，打到的是成发，他见情况不对，急忙拦在了佳惠身前，巴掌落在他的肩头上。那个女人没有停手，另一只巴掌又抡了过来，这次落在成发的左脸上，打得啪的一声响。成发没有动，两条胳膊张开，护住佳惠。那个女人见成发出头，火气更盛，抓起柜台上的一把木尺，劈头盖脸打下来。成发不动，也不还手，就那么等着挨打。直到把木尺打折，那个女人才停下手。成发从地上捡起那条裤子，笑着递上去，又另给了她一笔钱，算作赔偿，总算把事情了结了。

那个女人走后，佳惠看见成发满脸伤痕，肩膀和脖子上都肿起了红道子，额头也渗出了血丝。她跑出门买回了药水，把成发拉到里面的床边，用棉签擦他身上脸上的伤。擦着擦着，佳惠的手就不动了，忽然搂住成发的脖子痛哭起来。成发没有躲开，抬起一只手揽住了佳惠的肩膀。佳惠的泪水落在成发的脸上，又顺着脸颊流到他受伤的肩膀上。这是诺洁走后，佳惠第一次尽情地痛哭。

　　这以后，佳惠的情绪开始好起来，又能像从前一样安心地干活了。只是面对成发时，佳惠的脸上经常会掠过一片羞涩的红晕。成发面对佳惠时，也会突然一阵慌乱，几次铁锤都砸到了手指上。他们似乎都意识到了什么。几天后，佳惠拆掉了那张床，晚上不再住到店铺里，搬进了附近一间出租屋。成发心里清楚这是为什么，但他什么也没说。

　　日子似乎又恢复了从前的样子，佳惠和成发又躲进了他们安静的世界里，每天一东一西，各忙各的活。成发的老婆还像过去一样，不时就会来店里转一转，要钱、修鞋或者洗衣服。只是每天中午和晚上，佳惠多了一件事，临到放学时，她就会手里举着一面自制的小旗站到路边，保护那些学生过马路。但学生们往往并不听她的指挥，另外她一个人也只能照顾到一边，喊又喊不出，只能看着横穿马路的孩子们干着急。成发也想和佳惠一起站在马路边，但他没有这个勇气，几次想从店铺里走出去，最终还是放弃了。

　　佳惠是在一天下午发现那张字条的。多年来，她已经养成了一个习惯，洗顾客的衣服前，总是先把每一个口袋都掏一掏，经常会有人马马虎虎，把什么东西忘在口袋里。佳惠发现了，就会把东西放在柜台下，等顾客来取衣物时，一起交给他们。这些年她发现的东西，钱、单据、身份证、通信录、银行卡什么的都有。这次她发现的是一张纸条。她本来没想看纸上写了什么，但纸条上的字很少，字写得又很大，随便一搭眼，上面的内容就一览无余了。就是这么匆匆一瞥，让佳惠的心一沉，拿起纸条又仔细看一遍，没有错，纸上确实写的是：亲爱的，今晚6点，金厦303。字明显是一个男人写的，而这张纸条，是从成发老婆的衣服口袋里找到的。

　　整个下午，佳惠一直有些魂不守舍，在心里翻来覆去地想，要不要把这张纸条交给成发。给呢，怕成发夫妻会因此闹矛盾；不给，又替成发感到委屈。想来想去，她还是决定瞒住这件事，把字条揉成团，悄悄扔进了柜台下的垃圾袋里。无论如何，这字条是不能再给成发的老婆了。

字条扔了，这件事情却不肯轻易从佳惠的心里过去，她不时地就会替成发担心，怕将来他的家庭会出现什么变故。偷偷看一眼忙碌着的成发，看上去他对此还浑然不觉，根本想不到老婆会背着他干些什么。佳惠就在心里为成发轻轻叹一口气。

佳惠担心的事情还是发生了，好久也不见成发的老婆再来店里，连衣服也不来取，而成发呢，变得越来越沉默，不再和她聊天，没事时就一个人坐在柜台后发呆。佳惠知道出了问题，但成发不说，她也不知道该如何去问，只能在心里干着急。好几次，她都想劝劝成发，可成发总是低着头，看也不看她，她就只好放弃了这个打算。一连好多天，诺洁大染房里变得更加安静了，是那种无法言说的安静，安静的下面隐藏着的是可怕的变故。店铺里纵横着一条条情绪的经纬，一股股潜流，但却隐忍着，无声无息，无形无迹。佳惠常常会感觉到一种压抑，时不时就会悄悄张开口，长长地呼出一口气。

成发住的地方离四马路很远，骑自行车也要近一个小时的路，但多年来成发从来都是早七点来，晚八点走，就连刮风下雨也没有耽误过一点活。成发的生意做得很踏实。这天，整个上午没见成发来店里，佳惠就知道出事了。一个上午，她心烦意乱的，干什么事都不安心，又像诺洁刚离开时一样，不时就抬起头愣愣地去看那扇玻璃门，甚至忘记了要去马路边护着学生们过马路。到吃午饭时，成发终于来了。他是摇晃着走进店门的，裹着一股浓烈的酒气，刚一进门，就扑通一声倒在了中间的过道上。佳惠惊讶得张大嘴巴，连拖带抱费了好大的力气，才把成发搬到店里面的纸板上。床拆掉后，佳惠在原来摆床的地方铺了些纸板，放一些洗衣服的用品。成发躺下了，又挣扎着要起身，佳惠就用两只手按着他的胸脯，不让他起来，轻轻拍拍他的脸，比一个手势，让他睡一觉，说睡醒什么事都会忘记的。成发忽然抓住佳惠的手，把脸埋进她手里，无声地哭起来。佳惠蹲在成发的身边，眼泪也无声地涌出来，一滴一滴落在成发的脸上。不约而同地，两个人紧紧抱在了一起，泪流到了一处。不知过了多久，佳惠的双腿已经蹲得发麻了，从成发的怀抱里抬起头，她发现成发已经睡着了，鼻翼抽动着，脸上还挂着泪痕。佳惠看着成发笑了笑，抬起手轻轻擦干了成发脸上的泪，找来一条毯子盖在成发身上，就安心地去干活了。

成发睡了整整一个下午，醒来后情绪好了许多，比画着告诉佳惠老婆已经跟别人跑了。说着，他的脸上忽然露出了笑容，告诉佳惠他把老婆狠狠打了一顿，打得满脸流血。佳惠吃惊得张大嘴巴。成发突然咧开嘴夸张地笑了，比了一个手势告诉佳惠，是刚才在梦里打的。佳惠也跟着笑了，轻轻地推了他一把。

四马路小学放晚学的时间到了，佳惠拿起那面小旗穿过马路站在路边，抬头向马路的对面一看，成发正和她相对站着，手里拿的是自己干活时穿的红围裙。两个人隔着马路比一个手势，就无声地笑了。

从这以后，每当中午和晚上放学时，佳惠和成发就会准时出现在路边，每人手里一面小旗护着学生们过马路。或许是他们的行为引起了重视，有一天，交管部门在诺洁大染房门前的路面上画了斑马线。四马路小学的老师和同学们，都亲切地把这处斑马线叫作"诺洁斑马线"。这是全市第一处有名字的斑马线，不知道在全国是否也是唯一的。

这些事，佳惠和成发都毫不知情，他们只是每天站在斑马线的两端，认真地举起手里的旗子。不时地，他们便会隔着马路，会心地笑一笑。

作者简介：安勇，1971年生，毕业于地质学校，现工作于锦州市文联。辽宁省作家协会理事，锦州市作协副主席，辽宁文学院签约作家。一级作家。2004年开始写作，近年来在《山花》《天涯》《芙蓉》《上海文学》《鸭绿江》等刊物发表中短篇小说近百篇，累计一百四十余万字。部分作品被《小说选刊》《小说月报》转载，并入选年度选本。曾获第八届、第九届辽宁文学奖，《黄河文学》双年奖等奖项。

小说
·
051

过 年

邱玉超

　　我姥姥家住在乡下。姥爷去世时我记忆很深，现在想起来还历历在目；而姥姥去世时我根本没在身边，那时我从县高中毕业，正考大学，母亲怕我分心就没告诉我。姥姥去世时在我们家。姥爷去世给姥姥打击挺大，母亲怕姥姥一个人生活孤独，想接姥姥到我们家住，但姥姥不肯，直到姥爷过世一周年，母亲再三说，姥姥才应下。姥姥到我家那天吓我一跳，原来我认为姥姥比一般人的姥姥都好看，一年没见姥姥简直让我认不出，她瘦得脱了相，不再是那个好看的姥姥了。姥姥到我家后很抑郁，不是我们对她不好，而是她一直惦记着姥爷。我们想了很多办法，也难以让她同姥爷在时一样，特别是过年时她的情绪就更不好，她不愿和大人说，便和我唠叨：也不知你姥爷在那边能不能吃上饺子。后来姥姥就带着满肚子心事走了，去了我们早晚都得去的那个说近不近说远不远的地方。姥姥去世后，母亲将姥姥和姥爷合葬在一处，我不知道姥姥见到姥爷会乐成啥样。村子里没有我们可留恋的了，母亲便将老房子卖给村里一个叫有根的人。小时候一到假期我就到姥姥家住几天，认识了很多孩子，但大人没有几个熟的，印象深些的就算有根。有根心眼挺好使，好逗些笑话。

那天，有根扛一卷炕席路过德善大门口，见德善眯眼晒日阳，便站了，扯着公鸭嗓问："德善大伯，您老高寿哇？"

德善撩开眼皮，捋捋银须："转年八十喽，不中了。"

有根就笑："三年前您老就说转年八十，这年在您老肩膀头就转不过去了？"

德善白一眼有根，吧嗒撂下百叶般的眼皮："三年前，三年前是民国多少年？我打锦州那会儿你还在娘肚子转筋。"

有根心下说：大过年的，别找挨骂。赶紧挪步，又见德善大妈从屋里出来，便高声说："扫尘呢，德善大妈！"

德善大妈头上裹着毛巾，手里举着向日葵秆，秆梢绑着笤帚。德善大妈说："扫尘呢，进屋坐会儿吧！"

"不了，刚下集，回去也扫扫。"

有根扛着炕席斜歪着拐进田里，顺着刚踩出不久的便道向前街走。

德善的确切岁数外人很少有人摸清，村里人也曾掰着指头算，掰来掰去也只算个大概。

德善不愿意说自己的真实岁数，德善大妈便不与外人说。德善大妈差不多比德善小一旬，嫁给德善不久，德善就被国民党军队拉去打仗。德善大妈心地善良、讲情讲义，日子虽然兵荒马乱，但仍然把公婆伺候得妥妥帖帖；德善大妈从小读过诗书，为人处世稳妥周到，不像德善肚子不装事，喜怒都搁在脸上。国共拉锯那阵子，德善家常驻军，当兵的进院先问："你们说国军好还是共军好？"

德善答："我不知谁好谁坏，庄稼人就知道不打仗好。"

当兵的又问德善大妈，德善大妈搞不清啥样是"共军"啥样是"国军"，便说："你们好。"

驻军临走把德善拉去做了伙夫。德善的命险些扔在战场上。那次战斗打了一夜，等到天亮从倒扣的行军锅里爬出来，就成了解放军的俘虏。德善留在队伍里,直到打下锦州才回家。

德善和德善大妈有时回忆起这段往事总要发感慨:"穷也好,富也好,活着就好。"岁月的泥土一层一层埋到了脖子,德善知道自己的日子越过越少,有时不免也生出烦躁和不安,说怕死吧,不是,说不怕死吧,好像也不是。过年就像过坎,转过去才能松口气。德善原来给自己定的岁数是八十岁,那时想能活到八十就知足了,没想到转过几个年,气喘得还挺匀。

德善老两口年岁大了,把地退回了村里,吃粮靠三个女儿家送,烧柴老两口自己打,当院有二分地,四季都有菜吃。一年出圈口猪,加上些鸡鸭,零花钱也不愁。天气暖的日子,德善侍弄园子,松松土,浇浇水,今天干不完明天干,当个营生,不累自己;德善大妈出门薅些猪菜,割几捆青蒿,也总有事做。冬日里,老两口闲下来,就对坐在热炕头,唠些闲嗑,摸摸纸牌,日阳好时,德善也去蹲蹲墙根,听些村里村外的新闻。德善大妈打年轻时就干净利落,当姑娘时走亲戚,要是没见到主人做饭前洗手,这顿饭就吃不下。这些年上了岁数,有时也懒些,但有几样活是必做的:每天擦一次窗台、箱盖、灶台,五天洗一次衣服,年前扫尘,和德善洗一次澡。

"老伴,给我挠挠痒。"德善晒足日阳,一脚门里一脚门外喊德善大妈。

"没看我手占着吗?真会找时候。"德善大妈扫完尘,正在淘水缸底。嘴里说着,手里的家什已放下。

"磨蹭什么呢老伴,快点。"德善跪在炕沿上等急了。

"你个老东西,我焐手呢,手跟冰块似的,你受了吗?"德善大妈手从裤腰里拔出来,伸进德善的后衣襟,"哪块儿痒?"

"往上,再往边上点。对,对。"德善双手挂着大腿,身子来回扭动,"好了。挠挠这边,往下,对。"

"行了行了，这边那边的，我都给你挠吧。"

德善大妈圆盘脸红扑扑的，眼角有些耷拉，眼神安详而集中，仿佛做一件意义重大功德无量的事。平时，德善也是这样给她挠痒，但德善不用手挠，而是手掌沾些唾沫，往背上搓，德善大妈皮肤白，而且薄，他怕给老伴挠破了。

身上舒服了，德善磨到炕里，往烟锅里捏撮旱烟，用拇指压压，叼在嘴角，用扦子从铜火盆里夹一星火炭摁到烟锅上，两腮一鼓一瘪，一股芬芳的白烟打个旋，向窗缝溜去。吸了几口，把烟杆递给德善大妈："抽几口解解乏。"

德善大妈嘴里说不少活呢，手已把烟杆接了，坐在炕沿吧嗒吧嗒吸得好香。

晚上，德善大妈烧了一大灶开水，准备洗澡。老两口夏天的时候常洗一洗，冬天冷就不洗，怕抖搂感冒，但年前总是要洗一次的。德善大妈将窗帘遮严，把火盆加了几次炭，屋子里便暖融融的。德善大妈这时把一个大号地缸滚进屋，灌多半下热水，回身把外屋门用炉通条别上。准备齐整了，先让德善更衣洗浴。每年都是德善先洗，这样德善大妈好给德善搓澡。德善大妈后洗，德善大妈说水不脏人。

德善双手把着缸沿，将腿一点一点盘进水里，嘴里咝咝吸气。好热的水，没有一张老皮是禁不住烫的。水没到脖子，顺缸沿漾出来。漾出来不要紧，地上铺的青砖也该刷了。德善光秃的后脑勺搭在缸沿，闭上眼，一会儿呼出一口气。水雾像轻纱蚊帐罩着德善，头顶的灯泡像一只倒挂的鸭梨，看不清灯芯，墙上悬挂了多年的掉了几块水银的镜子，也反映不出任何图影。德善的脸色黑里透红，汗珠谷粒一样从光亮的头顶滚下。德善抹一把眼窝里的热汗说："行了，老伴。"

德善大妈把毛巾浸湿，给德善擦脸，再用小拇指掏耳沟耳窝，末了，架起德善的胳膊，给他搓澡。

铜盆里红通通的炭火给德善涂一层暖色：低洼的胸部和凸鼓的肋部像灰布蒙着的柳条筐，骨头仿佛要从皮肤中挣出来；无肉的小腹耷拉两道松弛的褶子；膝盖凸起的两条腿紧绷着，小腿肚上的血脉泛着刚拱出地皮的韭菜色。德善像徐悲鸿笔下饱经沧桑的农人，更像一尊枯瘦的根雕作品，顽强的生命力从坚韧的骨质中挣脱出来。

德善大妈搓得张弛有致，不失年轻时的干练利落，一烟袋锅工夫就让德善钻进了热被窝。

德善大妈往地缸里加些开水，自己也泡进去。浑身泡酥了，用毛巾给自己擦身。

德善又爽又暖，下巴搭在枕头上看德善大妈，眼窝里汪着清澈的流年逝水。

德善和德善大妈洗去了浑身的风尘，迎接着旧历新的一年。

年就在眼皮底下，各家各户忙得家里家外乱转，许多人的记性变得越来越差。那一家女人从集上拎回几把韭菜蒜苗，屁股刚挪上炕，又想起忘了买干姜，吵嚷着支使男人再跑一趟；这一家男人刚把肉瓣子卸了冻进缸里，又喊孩子：快出去看看，我怎么忘了缸上压没压磨盘，可别让狗叼去。这个腊月冷得老人尿频起来，借起夜的机会，给地炉子添锹湿煤，要不北墙上的霜会又重一层。池塘冻干壳了，从塌陷的青冰上能看清底下翻白的鲤鱼和草鱼，用尖镐沿冰缝刨开二尺厚的冰，就能捡出几条。大人瞎忙的时候，孩子们头上冒着热汗，清鼻涕吸溜吸溜抽，末了抹在袖口上，把冰朵抽得吱吱响，将作业扔到脑后了。

相比之下，德善和德善大妈算村里最清闲的。德善的儿子早几年因病去世了，年三十初一没人来吃喝闹腾，女儿们要等到初二才能陆续来家，回来也各带些这菜那菜，不用德善和德善大妈操心，老两口把自个儿照顾好就行了。老两口也吃不了多少东西，缸里有早就包好的黏豆包，烧火馏一馏就能吃；杀几只春上自家母鸡抱窝孵下的小公鸡，墙上挂着秋上从林子里采摘的松蘑；称几斤肉，买几把青菜，年货就差不多了。等到德善和德善大妈把对联贴上大门、房门、里屋门，再把猪圈和鸡埘也贴上，村子里就响起零星的鞭炮声，年味十足的炊烟也被小北风从邻居家的房顶刮过来。

除夕的夜空像倒置的圆砚，如果不是天冷，怕是会滴下墨汁。一盏一盏的灯笼红着，一扇一扇的窗子白着，因了这红与白，黑处显得更暗。

德善和德善大妈一时找不到话说，就那么沉默着，一个垂着头，眼睛眯在眉骨的暗影中，仿佛陷进一段故纸般的回忆；另一个眨动着眼皮，眼神散乱着不知该栖于何处。后来德善大妈拧开收音机，德善才睁开眼，接过来。收音机像个比有根还贫嘴的女人，使沉闷的屋子立时活跃起来。德善大妈磨下炕说："我去包饺子，年夜饭得吃。"

饺子还没包完，鞭炮声已响起来，烟花把窗玻璃映得一闪一闪。

"现在人性子都急，过去那会儿哪有放这么早的。"德善大妈包着饺子自言自语。

"我一听这声就心跳，跟打仗不差啥。打锦州时候，枪子比这还邪乎，炮弹一落地，天上飞的鸟的羽毛都能看清。"德善忽然找到了话题，眼光亮了一下。

"这鞭炮做得越来越大，跟擀面杖似的，听着吓人。"德善大妈附和一句。

德善耳朵被鞭炮声塞住了，便关了收音机，手指在窗玻璃上的山水间挠出个洞，眼睛投过去。

德善大妈抱柴火准备煮饺子，还未进门，突然听到有人喊："着火了，着火了！"

德善大妈放下柴火，急三火四进屋和德善说："谁家着火了，大过年的，我去看看。"说完深一脚浅一脚地往喊声处奔。

前街一家柴垛被鞭炮点着了。柴垛不大，堆在道边，离房子挺远，没什么危险。火堆四周围着一圈人,有的往上扬土,有的往上浇水,有的用耙子拍打,看热闹的人多,动手的少。有根站在旁边的一截矮墙上比画着,吵吵嚷嚷指挥。有根见德善大妈往出拽柴火,便说:"德善大妈,你别瞎忙乎,小心燎着你,你去陪陪李大婶。"李大婶是被烧家的女主人。

几个孩子在人群里钻来钻去,你拍我一巴掌,我抱你的腰,一副不知悲喜的天真相。不知谁往火堆里扔了几个小鞭,噼啪炸起一团火星。火光映照的一张张脸,红通着兴奋。有人说:"火烧旺运。"另一个说:"你回去把自家的也燎了得了。"有人咯咯笑,有人悄没声地走了。

火渐渐熄了,秫秸的灰烬像破烂的黑布罩着一堆熟透的西红柿。人们陆续散去。着火仅是大年夜的一个小小插曲,就像新婚之夜开的一个出格的玩笑,算不了什么。人们的欢乐之情更浓了,鞭炮声又起一个小高潮。

德善大妈一直陪着哆哆嗦嗦的李大婶,说着安慰话,也督促一些看热闹的人救火。直到人群散尽,只剩下几个看护火堆的,德善大妈才踩着呱呱湿的布鞋往家走。这时候,鞭炮声停下来,偶尔响几声,把夜弄得又沉又寂,又黑又暗。德善大妈心里惦记起德善,脚步匆忙而慌乱。

德善已睡着了,头朝里和衣而卧,身边的烟袋锅空着,炕席花纹里抿着一抹烟灰。

德善大妈爬上炕,跪着瞅德善,德善睡得好香,均匀的鼾声游丝一般在德善大妈的耳膜上旋转。德善大妈将德善手指肚上的烟灰抹去,心里不禁一涌:这老头子,还没吃饺子,就睡着了。德善大妈怔怔地看着德善,好像还未从救火中醒过神来。

火盆里只剩一块指甲大的未烧透的火炭,孤独着一丝似有似无的白烟。冷下来的屋子显得苍白空大。

大年初一,最早来拜年的是有根。有根穿一身崭新的蓝西服,系着枣红的领带,刚刮过胡子的下巴像割过的韭菜畦,给人一种丢了什么东西的感觉。有根两只铁皮船般的大脚刚跨过门槛,就跪到地上的布垫上,咚咚咚磕三个响头，嘴里喊着："大伯、大妈过年好！"

德善大妈盘坐在炕里，身上穿吊着羊皮的黑袄，脸上浮着一层疲惫的笑容，平着嗓音应："好，好，你也好。"

有根戴上蓝呢帽，看一眼蒙头大睡的德善，问："老爷子还不起炕？"说着就要掀被角。

德善大妈伸手将被角压住："你大伯昨晚睡得晚，别撩他，要不醒了准骂你。给，点支烟。"

有根伸出的手拐个弧，将烟接了，夹到耳根，嘿嘿一笑："那我就走了大妈。您这是头一家，我再往别处转转。"说着推门出了，新钉的鞋掌嗒嗒敲着地面。

一天下来，断断续续来了十几拨人，一盒烟夹空了，一包糖给孩子们揣进兜，德善大妈腿像是木化了，眼睛也锈了，几乎要一头栽到炕上。德善大妈焦急等待着黄昏，盼着黑夜降临，她怕自己精神和身体都垮下去。

终于熬过了寒冷而漫长的一夜。

太阳刚吐嘴儿，德善大妈就立在村头的空旷中，等待女儿们回娘家。冻裂的田地生发着一根根针状的寒气，顺裤脚往脚脖子上扎，玉米楂色的坚硬的干风旋在脸上，德善大妈像吃饭嚼了沙子，紧咬牙关，不敢张嘴。

村道上有了人影，一会儿过来一辆拖拉机，近前了，不是；一会儿过来一辆马车，能看清马唇须毛上的白霜了，也不是。一直到日上三竿，德善二女儿家的毛驴车才停在德善大妈的身旁。

德善二女儿跳下车，呆愣了："妈，您咋的了？病了？您怎么掉泪了，大过年的？"

德善二姑爷搀住几乎塌下的德善大妈，扶到车板上坐下："妈，家里出什么事了吗？"

德善二女儿和她的儿子一人握住一只德善大妈冰凉的手。德善二女儿又急切地问："妈，您说话呀！"

德善大妈这时嘘出一口长气，拖着哭腔说："你爹他死了。"

"啥？您说啥？妈！"

德善二女儿满脸惊疑。

"你爹他都死两天了。我想和他多待两宿，也怕耽误大家伙过年，就谁也没告诉。我就盼你们早点回家，你们可回来了！"

一片云移过来，将太阳遮了，丘陵地变灰变黄起来。如果能下一场雪，对于西沙浒的种田人并不是一件坏事。有根望一眼沉沉的天空，循着哭声向德善家跑去，脆响的足音扔给身后的去拾。

作者简介：邸玉超，汉族，1960年11月14日生于沈阳，籍贯辽阳。现为朝阳市作家协会主席、《辽西文学》主编。一级作家，中国作家协会会员，辽宁省作家协会理事。出版小说集《春寒》《呼吸的石头》《不知去向》，散文集《此刻》《经年》《时光的色泽》等共九部。作品获第六届、第九届辽宁文学奖，第十三届辽宁省"五个一工程"奖。

2001年到朝阳市龙城区边杖子乡挂职副乡长体验生活；2015年入选辽宁省作协定点深入生活作家名单。

水边的阿迪利亚

李 铁

张丽亚是个中年女人，和那些见了也像没见的中年女人没什么区别。她穿帆布白工作装，踩着白色水泥地走过水泥白的凉水塔，走过白色垂直而下的水流，走过土白色墙壁，最后和模糊的白色融为一体。这就是张丽亚给我的第一印象。

水班算我在内九个人，只有张丽亚一个女工。来水班之前听过有关张丽亚一些故事，来之后便对她有了一份特别关注。初来乍到，值得关注的事情太多，这"特别"不过是水塔壁上被锐器有意无意留下的一道若有若无的划痕。

班长王师傅问我对水班了解多少，我说多少了解一些，比如水班曾经是全厂著名的脏班……王师傅打断我话，说我指的是现在。我说，现在水班是全厂文明班组嘛！有笑纹从王师傅原本冷厉的脸上渗出来，缓缓流过粗糙的五官，继续渗透，在上午亮得扎眼的阳光里流淌。王师傅坐在水班足有一百平方米的大屋子靠南窗的位置，胸前一张老旧办公桌擦得掉了漆，顺着他视线望过去，是擦得像没有玻璃的玻璃窗，窗外有一棵肥壮枣树，透过繁密的枝叶缝隙，看得见直插天空的水泥白的晾水塔，塔高一百余米,从地面向上十米高度为空,露出垂直淋下的水帘。上白班的李师傅正蹲在塔边将手伸进水帘洗手,凉水塔是用来冷却发电用过的高温水的,水淋到这个位置不冷不热,如四十五摄氏度温泉,洗手洗脚洗澡都没问题。

王师傅又问:"你跑步能力真像自己说的那样好?"

我说:"上高中时我是全年级一千米跑冠军。"

我又说:"我不明白,看水塔又不用跑步,干吗要求跑得快?"

王师傅说:"不用问,该你知道时你自然就知道了。"

我撇撇嘴,觉得王师傅故弄玄虚。越是做简单工作的人,越喜欢把自己的工作说得复杂一些。水班工作其实简单得很,就是根据塔池里水位的变化,不断地调节补水门、放水门,让水位维持在标准位置。

李师傅抖着一手水珠进屋,这是个长相让人哭笑不得的汉子,看他脸像看哈哈镜里的人,脸足够大,眼睛鼻子嘴却使劲地往一起挤。王师傅指着李师傅对我说:"你先跟着李师傅一组,有不明白的,就问他。"李师傅坐下,手继续抖,弄了我一脸的水珠。

我问:"先跟着是啥意思?"

李师傅抢在王师傅的话前说:"有先就有后,先跟着我,三个月后换班。"

王师傅说:"每个人都是三个月轮换一次。"

我说:"怕谁和谁待久了,拉帮结伙吧?"

王师傅说:"想低了,往高处想。"

我说:"那就是让每个人和每个人都有一个公平相处的机会。"

王师傅说:"贴谱儿,想事就要往高处想。"

我早就知道,水班两个人一组,分成四组,四班三倒。九个人只有班长王师傅永远上白班。今天我和王师傅上白班,明天就是前夜班。我还知道,水班是厂里的重要班组,水塔里水位低过警戒线是要出停机事故的,一次停机的经济损失超过千万元。

李师傅起身，说："我去二期塔了。"

王师傅说："让他也去看看。"

我跟着李师傅出了班组大屋子，走过一期三座凉水塔，走上通往二期塔那条土白色小道。二期凉水塔也是三座，走到二期塔大约需要十五分钟。我和他踩着自己灰白色的影子走，小道一边是高压电网丛，一边是一人多高的院墙，院墙外是一望无际的庄稼地。这里离主厂区很远，鲜有人走到这儿，到了夜晚，风吹草丛，风吹电网，风吹墙外庄稼，一个人走没办法不紧张。我和李师傅的分工是我看一期塔，他看二期塔，想起张丽亚也看二期塔，心头就掠过一种痒痒的恐惧感。

我问："为啥也让张师傅看二期塔？"

李师傅说："她要强，不想被照顾。"

我说："女人就是女人，干吗非要超越性别，做不适合女人做的事？"

李师傅说："你这是性别歧视，以后我不想听到这样的话。"

李师傅瞪我一眼，凑得更加紧密的五官看起来滑稽而又吓人。我想不到他反应如此强烈，看来他和张丽亚关系不错，我只好调整说话方式。

我说："张师傅真是个女强人。"

李师傅说："不光是女强人，还是女善人。"

女强人很好理解，张丽亚年年是厂里的先进生产者，去年还被评为市三八红旗手。人们习惯于叫政界、商界的成功女人为女强人，却从来没有谁把一个出色的女工叫女强人。水班是个只适合男工的班组，水班历史上也只出过这么一个女工，而且一干就是十余年。女善人初听不好理解，细想想也好理解，在一个男性世界里得到所有男性的认可，她一定是施善过这些男人。施的善是什么呢？我想起了以前听过的一些故事。

若干年前，水班是著名的脏班，这"脏"与环境卫生关系不大，"脏"指的是嘴，所谓嘴上积德，水班的人大都被人认为嘴上不积德，出口成"脏"，出口成"荤"，不管面对男或女，荤话自然流淌，人间万物，风土人情，皆可化为让人脸红的脏话荤话。脏与荤的程度绝非当今网上、酒桌上流行的黄段子可比，作为文明人的我不好复述。一天，女工张丽亚找到厂领导，自愿调往水班。问其原因，张丽亚说："去搞卫生，把水班的脏字擦掉。"领导说："脏在嘴里，往深里讲，脏在灵魂，你擦不掉。"张丽亚说："半年，我擦不掉，你让我下岗。"

张丽亚的"擦"是堵枪眼式的，谁嘴里脏话出口，她的文明话就扑上去。当年水班有二十余人，清一色男性。三个月下来，"擦"的成绩如何，有一个小故事最能说明问题。年终分厂开联欢会，大家兴奋过度，久久不愿散去，张丽亚跳将出来，冲着众人大吼："妈拉个×，都滚犊子吧，我和老赵急着回家呢！"有一个问："急着回家干啥？"张丽亚吼："××！"静场，张丽亚的男人老赵也在其中，他紫红了脸，没理张丽亚，自己跑开了。后来老赵与张丽亚离婚，据说这也是原因之一。水班的"脏"没擦干净，自己反而被染脏了。

我问："为啥叫她女善人？"

李师傅说："一句话两句话说不清楚。"

二期塔到了，这里是厂区唯一的一块荒地，丛生的杂草使直挺挺插向天空的三座凉水塔看起来很像男人的生殖器。在三座塔之间有一间不起眼的平房，是看二期塔的值班室。夜班时，张丽亚就一个人孤零零地待在这房子里，远离人烟，没有过人胆量，绝无胜任的道理。白色阳光在杂草中移动，使绿色也接近白色，抬头，顺着水泥白的塔身望向天空，原本浅蓝的天空也变成了白色，几片棉花似的云朵飘浮在塔顶，使这个坚硬的充满男性气质的家伙显得温柔了些，如一棵被放大的椰子树。

李师傅带我去看补水门，水塔补水门是巨型的，门轮直径一米多，用加长板子使出毫无保留的力气才能拧开或关上。这是我作为一个健壮小伙子的体会。张丽亚呢？一个什么样的女人才能有如此大的力气？

我说:"张师傅一个女人开得动补水门吗?"

李师傅说:"张师傅和别的女人不一样。"

李师傅又带我去看排水门,排水门设在水塔内水位线下三米左右的位置,一把大号的扳子焊在一根几米长的铁管上,把铁管伸下水去才能开关。肉眼看不见门的位置,开关门全凭触感,扳子卡在门轮上,能带上劲儿了,才能开关。开排水门需要技巧,更需要力气,我忍不住又想到了张丽亚。

我说:"难为张师傅了。"

李师傅说:"张师傅和别的女人不一样。"

透过水帘,看见塔内水平面被百根水柱砸出百朵盛开的水花,水声隆隆而悦耳。在三座塔间穿行,距离使水声有了强弱的音变,我加快脚步,不断地变化位置,水声越来越显示出一种乐感。我继续穿行,犹如陷入一首钢琴曲的旋律。

李师傅看呆了,吼:"你干吗呢?"

我停住步子,从陶醉中惊醒,钢琴曲消失了,我呼呼地喘粗气。

往回走时,我问李师傅:"张师傅正式倒班看水塔,几年了?"

李师傅说:"十年。"

据我所知,这十年间厂里的变化很大,竞争上岗,减员达一半以上。在只适合男工的水班,张丽亚能PK掉十余名男工,一定有她的过人之处。

我又说:"看她的身板,不像有超常力量啊?"

李师傅说:"我说过了,她和别的女人不一样。"

凉水塔畔的冬天陷入白色恐怖,水泥白的塔身更显得发白,土白色的院墙也更显得发白,水塔里的水线看起来要比其他季节白了一些,因为水线是热的,遇冷后凝结,在外围的高处形成了一圈冰凌,像形状各异的钟乳石。白色的蒸汽向四周弥散,在凛冽的冷空气中,如同白日焰火。

出去操作时我们都穿上棉大衣，戴上棉帽子和棉手套。大衣和帽子都是浅灰色的，远看是灰白，和水泥白没什么差别，唯有手套是鲜红色的。白色的人走在白色的背景里，手上的两点红色十分扎眼。手套不是劳保用品，是张丽亚用红布和棉花做的，边口还镶嵌了一圈白色人造皮毛。每人一副，戴上比厂里发的劳保手套要暖和、柔软。柔软至关重要，戴柔软的手套，用大扳子开关水门会很灵活，没有戴劳保手套那种阻碍感。

"你不害怕吗？"这是我见到张丽亚说的第一句话。她愣愣地看我，恍然，哈哈大笑。她嘴唇很薄，因为没涂唇膏，颜色接近脸上的肤色。这是典型伶牙俐齿的嘴型。视线上移，我注意到她眼睛很亮，看人时十分专注，这双眼睛使原本外貌平庸的她不平庸起来。

张丽亚说："有啥可害怕的？"

我说："二期塔，夜半三更时，看不见个人影。"

张丽亚说："没人不可怕，可怕的是有人。"

话里有话了，我瞪大眼睛，做出聆听状。张丽亚把一双弄湿的红手套搭在暖气片上，暖气很热，瞬间手套上空便升腾起一股带着澡堂气味的气体。她转身，坐下，一双眼睛盯住我。

张丽亚讲，有一回，大约深夜两点，我出去检查水塔水位，那天天上没有星星也没有月亮，关了手电筒周围黑得伸手不见五指，只有往水塔里看，才有水的光亮泛出来。水声隆隆，是可以与人做伴的，离水塔远了，水声弱下去，才会有恐惧感偷袭。走着走着，我听见一个女人的歌声，离水塔越远，歌声越清晰。我用手电筒照向四周，没有看见女人的影子。出于好奇，也出于恐惧，我循着歌声走，走到值班室门口，歌声居然是从值班室传出来的。我没敢贸然进屋，隔着门冲里边喊："谁唱歌呢？"歌声没受到任何干扰，唱的是一首老旧的民歌《浏阳河》，浏阳河弯过了几道湾，五十里水路到湘江……我又喊："谁唱歌呢？"江边有个什么县哪，出了个什么人，领导人民得解放……我推门而入，歌声戛然而止，屋子里四壁空空，窗户紧闭，哪有什么人影？

我问："就是这个屋？"

张丽亚点点头。

我四下看看，这个被称作二期水塔值班室的屋子不过十几平方米，只有一扇靠南的窗户，窗户外边焊着铁筋的防盗栏，人根本无法通过。我脱口而出："见鬼了。"

张丽亚接着讲，我出了屋子，歌声又响起来，我再进屋，歌声又倏忽消失。我打电话找来在一期值班的刘师傅，刘师傅查看后也说见了鬼。报警给厂里的保卫处，几个保安拉着一只凶猛的德国狼狗来查，那狗走到门口惊恐地狂吠，死活不肯进屋。保安硬拖着它进屋，刚进门，那狗便吓尿了一摊，浑身筛糠般抖个不停。有人说，这是灵异现象，那晚的确有非人类躲进值班室，人眼看不见，狗眼却看得见。

我听得浑身汗毛孞起，不知她说的是真事还是杜撰。

我说："就这，你还敢在这儿值班？"

张丽亚说："有啥不敢的，一晃几年过去了，从来没有鬼怪来为难我，倒是人给我带来过一次大危险。"

张丽亚讲，也是深夜两点左右，也是月黑风高，一个恶汉闯进值班室。劫财？值班室哪有值钱的东西。劫色？我一个四十好几的婆娘，人老色衰。他冲进来二话不说，冲我便动拳脚。我一边与他搏斗，一边按下了通往一期值班室的警铃。没用多久，在一期值班的李师傅就飞跑过来，帮我打跑了恶汉。当时那恶汉已经把我摁倒，双手掐住了我的脖子，如果李师傅晚到几秒钟，就没有我现在和你唠嗑了。

我问："他跟你有仇？"

张丽亚说："我都不认识他，怎么能跟他有仇？后来警方捉住他，才知道他是个疯子。"

我说："这水班，真不适合女人干。"

张丽亚皱起眉头,脸上掠过一丝不快。我自知失言。如果如我所说,把她换成男工,那她就得下岗回家。我连连摇头,赶紧将话题转开。

　　我告辞出来,张丽亚也出来了,她和我走向相反的方向,去检查二期塔的水位。她穿着帆布白的工作装,踩着白色水泥地走过水泥白的凉水塔,走过白色垂直而下的水流,走过土白色墙壁,最后和模糊的白色融为一体。只有戴着红手套的双手像两朵跳动的火苗。

　　我问李师傅:"张师傅做的手套为啥都是红色的?"

　　李师傅说:"避邪!"

　　下雪了,凉水塔在飘飞的雪花中显得遥远了一些。雪下了半天后,楼房、树木、地面、院墙都变成了纯白色,就像在以往的土白色上刷了一层崭新的白色新漆。只有水塔依然是水泥白,塔顶冒出的白色蒸汽吞噬了一部分雪花,使得满世界的雪只有塔顶部分是空缺的,是以气体的形式存在的。

　　×号塔的水位偏低,我戴上红手套去开补水门。天冷,水门比以往重了一些,我双手握住一米长的扳子,向逆时针方向用力,腿、腰、膀、臂一起使劲儿,才使门轮不情愿地滑动,滑动三扣,住手,呼呼喘着白色粗气放下扳子,就看见李师傅从二期塔那边走过来,地上的积雪已有半尺厚,一脚踩下去,另一脚拔出来,这使得李师傅的行路姿势很像移动的企鹅。漫天雪花,李师傅两只红手套像捏了两只硕大的红苹果。

　　我等他走近,一起回了大屋子。坐下,抽支烟,喝杯热水,送饭的食堂的师傅就到了。夜班有一顿免费的工作餐,由食堂师傅推着小车送到各个岗位。二期塔偏远,食堂师傅只肯送到一期,这样,看二期塔的师傅就只好赶到一期塔来吃饭。

　　吃着,我抽空说:"这么重的水门我开都勉强,我真佩服张师傅能开得动。"李师傅边吃边说:"这不值得佩服,值得佩服的还有好多事。"

李师傅讲，你知道张师傅是怎么来水班的吗？厂领导怕水班的"脏"影响到全厂的脸面，决定要解散水班，水班的工作分散到其他四个班组，张师傅找到厂领导，她和厂领导是立了军令状的，半年擦掉水班的"脏"。如果失败，自愿下岗。头三个月，水班没有变化，变化的是张丽亚，她从那年的联欢会开始，也说起了脏话。

我说："按理她该下岗了。"

李师傅接着讲，事情总是在变化的，这之后，张师傅做了一连串感动水班的事。第一件事，治好了刘师傅的遗精。刘师傅遗精病好了，娶妻生子，身体棒得像牛犊儿。

李师傅继续讲，第二件事，发生在大雪天，温度要比现在低得多。夜里，一对农家夫妻偷走了水班五捆油毡纸。两口子分工，女的翻墙进院，摸到二期塔附近来偷，男的等在墙根儿接应，把一捆捆油毡纸扔到墙外去。扔到第五捆后，好一阵不见女的过来，男的心想，坏了，女的一定是被人抓住了。他不再等，翻墙自己逃了。回家后许久，女的才返回来。第二天夫妻俩找到厂保卫处，告了水班的刘师傅，说他强奸了女的。刘师傅只承认骂了脏话，不承认强奸。保卫处的人见事闹大，要报警，被闯进来的张师傅挡住了。张师傅盯住那女的眼睛足足一分钟，说："见过往自己身上倒水的，没见过往自己身上倒尿水的，被人强奸是光彩事吗？"女的红了脸。张师傅问："他是在哪儿强奸你的？"女的说："就在放油毡纸那地方。"张师傅说："露天地？"女的说："是露天地。"张师傅转身对保卫处的人说："昨夜最低气温零下三十摄氏度，在露天地撒泡尿立马能冻成棍，请问，你有能力脱裤子干那种事吗？"保卫处的人恍然大悟，也盯住那女的，说："他强奸你还是没强奸你，现在说真话不迟，报了警，说假话就是诬陷罪，要蹲大牢的。"女的崩溃了，哭着指着男的说："没强奸，是他让我说强奸的。"男的见状，拉了女的掉头就跑。

我说："张师傅有勇有谋。"

李师傅还是讲，第三件事，发生在夏天，那个夏天十分炎热，据说最高温度超过了南方。那时张师傅还在上长白班，中午，大家都回家休息，只有她一个人留在大屋子里，午间的静超过了夜间，除了外边塔里的水声，屋子里近乎静音。张师傅热得难受，端来一盆凉水，解开衣扣，俯下身，将脸浸在水里，洗脸，洗脖子，洗耳朵，洗完了也不擦，带着一脸水珠躺到长凳上午睡。她睡着了。这个时候，在二期塔值班的一个家伙走了进来，看见睡着的张师傅，他呆住了，就直直地看，看她脸上脖子上耳朵上的水珠，看她凹凸有致的身体。看着看着，他低下头去，开始吻她。张师傅惊醒，尖叫，那家伙掉头就跑，和赶来的王师傅撞个满怀。再三追问，那家伙坦白了。王师傅要报警，被张师傅拦住。王师傅说："就这样算了？"张师傅说："他就吻了我那么一下，不算了还能咋样？"王师傅摇摇头，说："张师傅你真是个善人。"

第二天，李师傅倒到了张丽亚那一组，刘师傅倒到了我这一组。见了刘师傅，我下意识地看了他一眼裆部。刘师傅个不高，瓷实，与弱不禁风不搭边。

前夜班吃饭的时候，刘师傅从二期塔那边踏雪而来。当时我正绕过一座凉水塔，抬头看一眼上方的冰凌，水帘间涌出一团团的热气，与冷空气相撞发出嘎嘎的声响。我向前走，冲着刘师傅举起戴红手套的双手，他也举起戴红手套的双手回应。白色世界里瞬间燃起四朵鲜艳的火苗。

进屋，坐下，呼呼地喘气。食堂师傅随后赶到，递给我们饭盒，退了。我和刘师傅开吃，饭菜的香味像淡灰色的烟雾在我俩之间缓缓上升，类似一种柔软的抚摸。

我说："张师傅讲的夜半歌声你信吗？"

刘师傅说："信则有，不信就没有。"

我说："讲讲张师傅的故事呗。"

刘师傅抬起头，我发现了他警惕的目光。

我说："李师傅讲了你和张师傅的故事。"

刘师傅扑哧笑了，目光变得柔和起来，饭菜的味道在房间里滑动，使这种柔和与放松、安全、友爱等相近的东西融合在一起，与屋外的酷冷形成一种反差。

刘师傅开讲。那是个夏天，那个夏天出奇热，那时张师傅还上长白班，中午，大家都回家休息，只有她一个人在大屋子里……

听着耳熟，我瞪大眼睛。

刘师傅讲，张师傅打了盆清水，趁屋里没人擦了个澡，然后水淋淋地躺长凳上午睡。这个时候，李师傅摸进来，他是个光棍儿，因为长得丑三十好几了还没碰过女人，见了水灵灵这等姿势的女人身体焉能没有反应？他呆呆地看张师傅，理智与本能做激烈对抗，一会儿是本能占上风，一会儿是理智占上风。当本能占上风的某个瞬间，他俯下身去，抱住了张师傅。要不是王师傅及时赶到，说不定他已经成了强奸犯。要不是张师傅善良，他就进公安局了。

我还是瞪大眼睛。

刘师傅说："张师傅是个善人。"

刘师傅接着讲，有一年冬天，也是下大雪，一个穿着白大褂的家伙敲开了墙外一户庄稼人的家门。这家伙说是厂医院的医生，响应上边号召下乡来普查妇女病。他说检查妇女病的规矩是旁边不能有其他人，他让这家男人出去躲一躲，男人便去另一家躲着。待男人回来，才发现女人趴在炕上哭，那家伙已不知去向。原来那家伙把女人强奸了。村主任带着男人循着积雪上的脚印找到院墙，翻过墙，找到水班，脚印消失了。报警，警察带走了当夜值班的李师傅。联想以往表现，连王师傅都认定是李师傅干的。张师傅找到警察，说那个雪夜她和李师傅在一起，那时她还上长白班，夜里怎么能和看塔的李师傅在一起？张师傅说："我和他好上了，趁着他上夜班，我就溜到值班室和他幽会。"李师傅因为没有作案时间被解除嫌疑，放了回来。我们都不相信张师傅和李师傅有那种关系，她自黑救人，就是心太善。

我问："强奸犯到底是不是李师傅？"

刘师傅说："不是，后来警方破获另一起案子，那嫌疑人主动交代自己曾冒充厂医去乡下诱奸妇女。李师傅当着全班人的面给张师傅跪下谢恩。张师傅说，你要真谢我，往后嘴上积德便是。打这以后，李师傅再不说一句脏话。"

我说："厂里搞减人增效时，水班一半人下岗，最没竞争力的张师傅怎么上岗的？"

刘师傅说："举手表决，她上岗是全票通过。"

刘师傅撂下筷子，起身，出屋，往二期塔那边走，我站在门口看刘师傅的人影化成和背景一样的白色。关门，坐下。不久，电话铃响，上边来指令，×号机组临时停机，该号补水门要立即全关。我穿上大衣，戴上红手套出屋。冬天的水门轮盘和扳子都滑，我用全力关门，扳子打滑，我一个跟头扑出去，扑在一片暄软的雪里，爬起来，毫发无伤。我捡起扳子，再关门，用尽气力，水门纹丝不动。我慌了，赶紧掏手机给刘师傅打电话求援。也就两三分钟，刘师傅疾跑而来，接过我递上的扳子，前腿弓后腿蹬，门轮终于吱扭扭转动，补水门关上了。

我说："还是刘师傅劲儿大。"

刘师傅说："干时间长了，劲儿就大了。"

我回到大屋子不久，王师傅推门进来了。王师傅虽然上长白班，但夜班有了重要操作或特殊的情况，他都会从家里赶来。他没穿工作装，但手上却戴着红手套，进屋后他摘掉手套，使劲儿地抖，抖掉沾在手套上的雪。坐下，点一支烟，烟雾和喘出的粗气混合在一起，显然他已经在塔边巡视过了。我想说补水门太重了，一想刚才是靠人家刘师傅才关的门，便

水雁（节选）

张艳荣

一

…………

现在，我用失联的方式，向辽东湾二界沟古镇进发。人家都敢，世界那么大，我想去看看，我为什么不敢。我拖着拉杆箱，踏上开出京城的动车。向过去的生活，向我的三十岁之前，向认识我的所有人，包括我的父亲，那个有家庭暴力的家伙，做最后的告别。

我在朋友圈发出一条微信：亲爱的们，我要出发了！请不要对着高山喊，也不要对着江河喊，你在哪里？我是大海里的一束浪花，我是群山中的一枚树叶。苍苍茫茫，无影无踪。

给我老爸也发了这样一条微信，外加一句，我活着，别报警。

然后，手机关机。

动车已徐徐开动，我闭目仰靠在座位上，准备好好睡一觉。这时我听有人在我身边"喂喂"地轻声呼喊。我以为在喊别人，懒得睁开眼睛。不料，他用手轻轻地碰了我肩头两下。我睁开眼睛，只见一个小伙子，背着双肩包，无奈而急切地站在我身边。脸色微红，还气喘吁吁。看样子是来晚了，一路跑进车厢的。我抹搭他一眼，烦叽地说："什么情况？"

他问我："你是几号？"

"我是几号跟你有关系吗？"正烦着呢，何况对这种没来由的问话，特别反感。

"这是我的座。"他手里捏着票说。

真有意思，奇了怪了，我有票。我开始找票，对于车票这类小东西，放进包里，我一贯是各种找不着。我像拌菜似的，在包里扒拉了半天，终于找到了。我也举着票，"你看，我的票，5A号。"

这会儿轮到他傻眼了："是呀，怎么跟闹着玩似的，我也是5A号哎。"

这工夫他还贫，一口大楂子味，东北人。

我手捏着票，闭上眼睛，继续睡觉。这种人我见多了，找碴儿跟女孩儿黏糊，消磨路途寂寞。特别是东北男人，会挂钩，自来熟，满嘴跑火车。

片刻消停，他突然从我手里夺过车票："哎，美女。"

我最讨厌别人喊我美女，这已经是对女人的统称了，不贬不褒的，膈应人："拜托，能换个称呼吗？"

"我不知道你的名字啊！"

当然不能告诉他，我叫陆水雁。我冷冷地看他一眼："胡搅蛮缠。"

他晃着我的车票："不是，你是9车厢的，这是6车厢。"

我噌地站起来，从他手里抢过票，"侮辱我的智商，我连6和9还分不清了？笑话！"我仔细瞅了一眼票，底气不足地嘟囔，"是9车厢哈！"

那又能咋的，我咧下嘴，给他个讥讽的笑，从货架上拿我笨重的拉杆箱。

"行了，行了，你别动了，我去9车厢坐。"说话间，他人已经到了车厢门口。

嘿，哪睡得着啊，有种前途未卜的感觉。让刚才那个小伙子这么一搅和，我更是睡意全无。

动车行走了能有四五个小时，终于到站了，一场大雨迎接我。3月应是细雨霏霏，这不合时令的大雨显得突兀而暴虐。我没带伞，任凭风吹雨打。一手拉拉杆箱，一手招手打的，想必样子定是狼狈不堪。哪个城市都是这样，每逢下雨刮风的时候你休想打到车。我正在路边急得跺脚的时候，一辆黑色越野车嘎地停在我的面前，车窗摇下，"哎，上车。"

又是动车上那小子，怎么就跟我杠上了呢？"你知道我去哪儿啊，就让我上车？"

"你去哪儿我都送你。"他跳下车，不由分说，把我的拉杆箱扔进车里，"太有缘了，百年不遇啊，看到过坐错座的，没看见以你这种方式坐错座的。"

嘴真碎。这么拗口，他都说得这么利索。咋办，箱子都扔上车了。我像个财迷，舍命不舍财，跟着拉杆箱上车了。为了安全，我没坐副驾驶座，坐在了后座。我忽然想起上错车的女大学生，被奸杀在荒郊野外，末了还要遭人家说傻，智商不够用。恍然，我现在不就是上错车了吗？急中生智，我想想啊，怎么对付这个家伙。还没等我合计出个所以然来，他先说话了："哎，你去哪儿？"

"二界沟。"

"嗬，我就是二界沟的。坐稳当了，我开搂了，到二界沟还得将近一个小时。"

"这么巧？"我怀疑。

"无巧不成书嘛！"他很轻松。当然刀把握在他手里。

我心忐忑，这小子跟我玩什么猫腻，心怀叵测。当断不断必有后患，我拍着车门："哎哎，我要下车。"

"你别哎哎的，我叫程帅。"

"好,程帅,停车,我要下车。"我心里话,谁知道是真名假名。开车门,锁着。兜头盖脸的绝望。

"还没到二界沟呢!"程帅呵呵笑着,坏坏的样子。他从后视镜瞟我。

这小子是揣着明白装糊涂啊,上贼船容易,下贼船难啊!

"去二界沟旅游啊,还是走亲访友?"他稳稳当当地问。

不能跟陌生人说实话,我说:"不旅游,去我姑姑家。"我清清嗓子,郑重其事地宣布,"我已经把你的车发朋友圈了。"喊,小样,在我面前你还欠历练。

程帅响亮地笑:"没事,火车站那儿还有监控呢。"

他又从后视镜瞟我,看我被拆穿后尴尬的嘴脸呗。

沉默。我打算不说话了,言多必失,以免泄露个人信息。

片刻宁静,他又滔滔不绝。我说过,这家伙是个碎嘴子。

路上程帅问了我很多问题,你从哪儿来的啊,我跟他玩战略战术,迂回、穿插着回答他,我从东土大唐到西天取经。他右手拍下脑门儿,看我,咱俩一趟车来的呀,你从京城来。在我们二界沟京城来旅行的可多了。有的住镇上的旅店,有的租民房。二界沟靠海,辽河打我家门前流过,浩浩荡荡流入渤海,引得一群水鸟凌空飞舞。可惜,你是走亲戚的,不会住我家那小庭院。那小院让我妈拾掇的,老干净了,接待的都是上海、北京大城市来的客人,还有作家和诗人。其实那些作家并没钱,但他们敢住,天生有那么一股子文人的贵气和浪漫,他们喜欢庭院的静雅,也喜欢庭院的喧嚣。反正作家是矛盾综合体,也许庭院才能带给他们灵感吧。有个女诗人更有意思,她写诗的时候,付出的感情那叫一个昂贵,她把电脑放在我家庭院的小木桌上,看天、看地、看地上的蚂蚁,反正先含情脉脉地看个够,然后泪水涟涟,她也不擦,就那么泪流满面,在键盘上敲打她的诗句。每当这个时候,我妈妈断不敢去打搅她,也呵斥我不要到院子里瞎跑,那时候我正在上初中,我家也有她的诗集。有的作家住到最后连房钱都付不起了，我母亲特通情达理，说没关系，只要把你的书送给我几本就顶房钱了。作家、诗人很大方，把自己的书签上名字，赠送我母亲，还把平时看的书，一并送给我母亲，走的时候拿着也怪沉的。看我母亲多么伟大。

我说那是你母亲榨干了文人最后一文钱。

你怎么能这样说呢？我母亲的伟大之处，是她既有商人的头脑，又有文人的倾向。有商人的头脑，她是二界沟第一个出租给游客房子的人，她用这份收入养活了我，供我念大学。说她有文人的倾向，因为她不识字，如果有文人租她的房子，她宁可降低租金，也租给文人。哈哈，就像你说的，她敲诈来的那些书，真的就影响了我。不然，我就是社会小斑马了。

文身的很多都是不良少年，我懂。我问，那么你父亲呢？

他有意所答非所问，哦，你看，这条路叫向海大道，直通大海。

我望向车窗外，也许是因为雨天，路上的车辆很少，越野车风驰电掣，路两边的树木湿漉漉的，水洗过般清爽，迅速向后闪去。我们犹如置身在油画中。我有意问，那你家的小庭院没住过画家吗？程帅说目前还没有。

这会儿，我的心舒缓了。满脑子是那个小庭院。

越野车在雨中奔驰着，雨冲刷着风挡玻璃，我很享受这种感觉，心旷神怡。倒是希望车就这么奔驰下去，永远没有终点和尽头。

二

这时我的心算是彻底放肚子里了，安全到达二界沟。可那些不知我去向的所谓亲人，电话打不通，微信不回话，他们的心还为我悬着吗？周尔打电话了吗？找不到我他着急了吗？就该让他着急。这失联对自己也是个考验啊，现今社会，还有人能离开手机吗？我克制着，绝不开手机。也许周尔正庆幸我的失联，是他最佳的解脱。因为谁也没逼我出走，他不负丁点责任。但是，父亲应该猜到我去哪儿了，从小祖父就给我讲这个地方，捎带脚也给他讲过。其实我不恨父亲，最起码他守着，把我养大。我最恨的是母亲，她不堪父亲的家暴，抛下我，从此杳无音信。

程帅停下车，扭头对我说："二界沟到了，这回你该告诉我你叫什么名字了吧，有时间我带你出海。"他得意地挑挑眉毛。

"太好了，你好帅呀！"我竟欢呼着说，没见过世面，"我叫陆水雁。"

他竟得意地跷着手指，放在下巴下，做个酷酷的造型。天，没见过世面的是他，诸如"你好帅呀，你好美呀"是谢谢的代名词，只不过说谢谢太老土了。

受到鼓舞后的热情："水雁，你姑姑叫啥名，我直接给你送到家。我在二界沟土生土长，你提谁家我都知道。"

我默默无语。

程帅从后视镜看我："想啥呢，到底往哪儿开呀？要不把你拉我家去了。"

"啊，那先找个宾馆住下吧，然后再找姑姑。"

"哎呀，你是来找姑姑的。也就是说，你还不确定，你姑姑在哪儿？甚至是不是在二界沟？那得了，去我家吧。"

"这不合适吧？"

"嘿，大不了你拿房租，住我家的小庭院呗。"

"也好，我要住上一阵子，正想租个农家小院。"我正在为自己因不信任而撒谎自圆其说。正合我意，多想住住他家的小庭院。那个住过作家和诗人的小庭院，已经吸引了我。这都是让他吧吧的，可能我是自鸣得意，商人，程帅故意跟我打广告。不会，不会的，我怎么变得这么疑惑和猜忌，就眼前这个小鲜肉儿，谅他也没那么多伎俩。

程帅的家挨着镇子里的小路，在镇子的最北边，并不像他说的，辽河打他家门前过。倒是多了田园的风光。他家的房后是成片的稻田和树木，蔓延至远方。他家院子大得可以称得上园子，越野车直接从大门开进去，随便停哪儿都不碍事。院子里种着几棵果树，点缀得院子生机勃勃。亮点在那个小庭院，金色的干芦苇把小庭院和大院隔开，小庭院的门通着大院，门也是芦苇秆扎成的。隔着芦苇篱笆墙，能看见那个方形的木桌，置身在精巧的凉亭下。这个凉亭上面铺的也是金色的芦苇秆。芦苇的金色炫亮得像个童话，让人自然想象着王子和公主的故事。程帅说他妈妈每年秋天都要换一茬新芦苇秆，所以芦苇秆总是金色的。那个爱流泪的女诗人已经在凉亭的木桌旁闪现，长发，白裙飘荡，想必她每天在这金色的童话里畅想，才泪水盈盈。我打定主意，住在小庭院。

  雨小了，细雨蒙蒙。我站在院子里，仰脸看天，陶醉其中，好像这就是我的家。程帅拉我进屋，屋里也宽敞，窗明几净，北面是大炕，南面是沙发和一些桌椅。窗台上养着花，君子兰开得正鲜艳，玻璃翠点点粉花，已盈满窗台。程帅妈正要出去的样子，看见儿子领回个姑娘，显得手足无措，多半是惊喜，着头不着尾地问："儿子，这是你对象啊，咋早不跟我说，妈好准备准备。"程帅吭哧了半天说，妈，这是我……他停顿了下。当然，他不是不好意思介绍，而是不知道怎么说，总不能说在半道捡这么个人吧，也不能说打广告招徕的房客。他说，妈，她叫陆水雁。

  "阿姨好！"我赶紧说。

  她嗔怪地看着儿子，这臭小子，也不提前说一声。那啥，就住咱家小庭院吧。

  程帅抱歉地看了我一眼，说："不好意思啊，你别介意啊！"

  "儿子啊，二十七的人了，有女朋友天经地义，有啥可害臊的。水雁，快，快坐啊，我给你们做饭去。"

  可能程帅怕他妈妈再问什么，他连忙说："妈你是想去书屋吧，那你去吧，我做就行了。"

程帅妈说:"那我还真应该赶紧去,这个点啊,正是看书借书的时候。"说着往外走,"晚上回来,妈给你们做好吃的。"

我们俩对望着,他对我扮个鬼脸,我对他伸下舌头。

原来程帅妈是农家书屋义务管理员,她把家里的书也捐献给农家书屋了。她很自豪,是家里那些作家的书,引导她儿子考上大学的。程帅说他十几岁的时候打架斗殴,拔老师自行车气门芯,总觉得他跟全世界人民有仇。打架多半是保护女同学。我说:"你早恋啊!"他说是,早恋的人,大多爱情来得晚。我乐,这是什么逻辑。

终于走进我的小庭院,超喜欢。小院里居然还有个秋千,靠着秋千还有个能容纳两人洗澡的露天浴池。是露天的!我想起一幅法国油画,《苏珊娜在沐浴》,从画面看,是露天浴缸,能看见树木间透过的月光,浴缸边,还开放着小野花。丰满的裸体女人,正弯腰迈进浴缸。当时看这幅油画我就想,什么时候我也能在白白的月光下沐浴。我看着浴池愣神,程帅拉着我的手,伸到水龙头下面,打开水龙头。水是温热的,温暖着我的手心。程帅说,这水是地下温泉,晚上可以在这儿泡个热水澡。

天堂啊,看起来我将迷失在二界沟了。

水雁是祖父给我起的名字,听祖父讲,祖上过的是"渔雁"生活,每到春天,拉家带口的,撑船,沿着水路,从山东到辽河入海口的二界沟,打鱼摸虾。等秋后水结冰碴了,再从水路由二界沟返回山东。通常管这拨人叫水雁。我没来过这里,从小祖父像讲故事似的,给我讲二界沟的来龙去脉,讲这里两合水的鱼,还有苇塘子里爬出的河蟹。是海水里甩子、淡水里长的螃蟹。就这样,不经意地听着,不经意地长大,我从未想过要来这里,却不料二界沟已经植根在记忆深处,无须唤醒,沿着记忆芯片的指引,自然而然来到这里。

走进小庭院的屋,温馨扑面而来。外屋有大锅,可以烧炕。里屋北面是小火炕,南面有张单人床,那是给不愿睡火炕的人准备的。有一对沙发和茶几，还有一张大的写字台。嗯，这个好，我可以在上面画画。

我对程帅说："我会按月付房费的。"

程帅说："别，这次免了，好像我硬拉你来，就是为了让你租我家房子似的。"

我笑着说："哈，你以为呢？"

程帅说："等你下次来再付吧。"

我说："下次不定猴年马月呢。"

程帅料事如神的口气："怎么会呢？你想不想吃河蟹？你想不想看红海滩？那就八月节再来呀！"

我说："阿姨指着房租过生活呢，估计你刚走出校门还没挣到钱。这个房租我是要付的。"

"小瞧我了不是，"他扬扬自得，"现在你更不能付房费，我妈把你当成我的女朋友了，你付钱，不露馅了。"

我咯咯笑："那么说，我得配合你喽，怎么谢我呀？"

"出发，"他做个前进的手势，"现在我带你去看海，顺道弄点一网鲜，让我妈做给你吃，保准你吃得不想家。"

走着！我拿上相机，带头走在前面。

走在街上，程帅跟我走得很近，充当了我的向导。他个子高出我一头，我们俩说话，总像是要接吻。别人看着，就觉得很亲密。习惯性地，说话要看着对方的眼睛，他低头看着我，我仰脸看着他。正路过农家书屋，程帅妈正和几位大婶站在门口唠嗑，我听见有个大婶说，哎哟，那不是你家程帅嘛，唉，那是他的女朋友吧。程帅妈说是啊，还瞒着我呢。哎哟，个头挺般配呀，这姑娘有一米七吧。不知道怎么了，我害羞怯怯地从她们的身边走过，往程帅身后下意识地躲躲。我看见程帅妈满脸笑容，并冲着我俩的背影喊，早点回家吃饭啊，我给你们做好吃的。我心里不禁默念了一句，妈妈。不知道是唤自己的妈妈，还是唤眼前这位母亲。

我从未享受过母亲这样喊我，母亲离家的时候，我才刚刚五岁。有些记忆，是与生俱来，所有五岁前的记忆都是我爸打我妈，暴风骤雨，锅碗瓢盆碎一地。我躲在门后，只敢探出眼睛。风暴过后，我紧紧拉住妈妈的手，那时候我就意识到妈妈会逃走，要逃带着我，可是妈妈撒开了我的手，自己逃了。

最先映入眼帘的不是海，而是雄浑壮阔的黑泥滩，连绵蜿蜒亮着水洼潮沟引向远方。眼睛随着泥滩寻找海的时候，眼前呈现的是一排排高耸着桅杆的木制渔船，千疮百孔又坚不可摧。那船上飘扬的彩旗耀眼夺目。渔船都停泊在泥沟里，踏实又飘忽。搭在泥滩上的窄木桥，仅容一双脚走过，走到窄桥的尽头，人要双脚离空，一跃，飞向船。我困惑，问："海在哪儿？"

"在那儿！"身边一个坐在渔网堆里织渔网的大嫂用手指着前方。我顺着她手指的方向，极目远眺，茫茫的，连着天边。天空乌云翻滚着，云低得层层压在渔船的桅杆上。远方天水一色，是乌云把天和大海连接在一起。有几缕阳光从乌云的缝隙挤出，也许力度过大，笔直地照射在渔船上。我从未见过这样的大海，和大地一个颜色，再配上天空黑色的云朵，如黑白影片在天地间上映。不能说没有海岸线，但也很难界定海岸线，泥泞黑色的滩涂，以船为界线，左绵延，右绵延，无尽绵延。潮起潮落，船帆点点，汹涌澎湃。

我心里默念，祖父，眼前就是祖先划船而来的二界沟，我来了。百年前的二界沟是季节性小镇，随着季节而繁华。春天人们从四面八方云集此处，秋后四散而去，如北飞南归的大雁，生生不息。现代快节奏的生活，谁还来得及问我从哪里来。我也是第一次思考，我原来是水雁。

有的渔船正往下搬运海货，程帅迎着正在搬鱼筐的汉子走去，他说："海叔，今天怎么样？"

海叔说："海神娘娘保佑，满载而归。"

程帅说："海叔给我捡点一网鲜。"

"噢，来客人了。"海叔拉着程帅小声说，"对象吧？不错，这闺女挺俊。"

我都听到了，关于二界沟人对我的误解，我不解释也不反对，莞尔一笑。现在对我来说什么都无所谓了，还有比我目前情况更糟糕的吗？未婚，怀孕，准备堕胎。我真希望这都不是真的，或者，我一觉醒来，风平浪静。甚至我恶毒地想，旅途劳累……省去麻烦医生了。但不管以哪种方法出现，都是血淋淋的，不寒而栗。我不相信婚姻，现在爱情在我眼前也灰飞烟灭。

程帅兴致很高，给我讲了二界沟的传说。从前吧，有条青龙，犯了王母娘娘的天条，被贬到这旱滩上，日晒风吹，眼瞅着就要一命呜呼了。当地的渔民不忍看着青龙晒死，把船上的帆接起来给青龙遮阳。大家齐心协力，从海里挑水，浇在青龙身上，把海水都挑落了。四海龙王见了，深受感动，又把海水涨上来。所以才有后来的潮起潮落。青龙被救活了，它看见渔民们船靠滩头，既不避风，又不好卸货，于是，一滑身在滩上开出一条大海沟，让渔民收船沟套，这就是二界沟。渔船顺着这条弯弯曲曲的海沟驶入大海。

怀念那条知恩图报的青龙，它拱出的那条潮沟，多像龙的图腾，保佑、守候着这片土地和海域。敬畏超自然的力量，人在浩瀚的历史长河中，沧海一粟。我不禁看着程帅，这个海边长大的小伙子，我能感受到，他有大海般宽阔的胸怀。茫茫人海，我遇到了他。万恶的心灵鸡汤如是说，在这个世界上，你遇到的人中有百分之二十的对你好，有百分之二十对你坏，有百分之六十对你不好不坏。你人生是否快乐，取决于你跟哪个百分之二十较劲。在生命的长河里，程帅就是对我好的那百分之二十，没有为什么，再追究为什么就是矫情，唯有珍惜。我仰着脸看他，说："我们回家吃饭吧，我饿了。"

程帅对着船上喊:"海叔,我们回家吃饭了。"

海叔拎着网兜,颠儿颠儿地从船上跑着来。

程帅接过网兜,说:"海叔渔船上的事你就多操心吧。"

海叔说:"跟我还客气。"

我也叫了声海叔,他对我宽厚地笑笑。他的脸是黑褐色的,皱纹深得像刻在脸上,络腮胡茬儿。我问程帅什么叫一网鲜,他说等吃到嘴里就知道了。

真是吃到嘴里才知道什么叫一网鲜。程帅拎回那个网兜,那才叫海鲜大全,且又省钱,是商家挑剩下的小鱼小虾,叫叼食,是估堆卖给养殖户的。这等杂货是禽类的最爱,也是吃货们的最爱。那要数顶级的吃货,也就是嘴刁之人,才配享受和品鉴这顶级的美味。还是在鲜上说道说道,只有住在码头上的人才有口福吃到这叼食。这等小杂鱼离开船第一时间送到灶台,清炖或酱炖,急火出锅,再来盅纯大米白酒,你就来吧,鲜美至极。

程帅妈上灶。清炖小杂鱼,出锅撒上香菜末、韭菜末、蒜瓣,盘子边上洋溢着白白的汤汁。另一盘是酱炖小踏板鱼,自家下的豆瓣酱,再放入红辣椒,辣也能提鲜。这盘酱炖,应该叫海鲜乱炖,里面还有小青虾、白蚬子、花蚬子,外加小海蟹。出锅时撒上香菜末,齐活。

大米饭也出锅了,香喷喷晶莹剔透,这就是传说中的蟹田大米。程帅妈不是用电饭锅蒸的,而是用大铁锅焖的饭,带着金黄色的饭嘎巴。科普下蟹田大米,在退海为田的这块土地上,一田两用,稻田里养河蟹,稻和蟹互给营养和肥料。可想而知,想不好吃都难啊!

在饭桌上,程帅学着《舌尖上的中国》腔调:"但凡嘴刁之人对饮食既挑剔又有讲究,叼食则是顶级吃货的偏爱。"

我激动万分地说:"程帅,谢谢你,让我当了回嘴刁的、顶级的吃货,万分荣幸。"

"傻丫头,"程帅妈笑着说,"这都是我家渔船卖不出去的叨食,不值钱。这小犊子拿来糊弄你,改天阿姨给你炸海飞蟹、虾爬子。"

程帅坏坏地、哧哧地笑。

好慈爱的母亲,我心里又喊了声妈妈。

其间,程帅妈问了很多:"水雁啊,你家是哪儿的?你做什么工作啊?父母干啥的?"

微笑是天下最美的语言,此刻被我利用得淋漓尽致。程帅妈问,我就微笑着看程帅,表情乖巧像是征求程帅的意见。

三

吃完晚饭,说会儿话,月亮也挂在院子里的树梢上,天儿晴了。母子俩坚持要送我去小庭院。踏着如水的月光,走到我的小庭院,我蹲在露天的浴池旁,打开水龙头,温热的水在我的指尖流淌,这才叫一股暖流涌遍全身。程帅妈说:"现在可不能洗露天澡啊,天儿凉。"

不知怎么的,海叔给我留下的印象太深,我没给他拍照,但凭我的记忆,完全可以把他画下来。我快步走进屋,程帅妈以为我累了想休息,她打开炕琴门,说炕烧热乎,被褥在炕琴里。如果你睡不惯热炕,可以睡床。我没理会她说的话,因为我脑海里已经涌出遥远的大海,翻滚的乌云,排排的渔船,黑色的海滩。海叔硬朗黝黑的脸膛,倔强的胡茬儿。打开拉杆箱,拿出笔墨纸砚。必须画下来,印象和记忆是有时效的。

母子俩看着我,像看变戏法。

我把宣纸铺在写字台上,拿出砚台,毛笔,无须别的颜色,黑白基调,墨色足矣。我用手绢胡乱绾起长发,挥毫泼墨,转眼间,三五条渔船停泊在泛着亮光的潮沟里,黑色泛着水光的滩涂铺向远方,与远方翻滚的云浑然一体,近处几缕光亮,照耀着岸边成堆的渔网。

海，别样的海，跃然纸上。

画错了，海叔呢？我是要画海叔的。他搬着鱼筐，穿着笨拙的雨裤，头戴黑色线织帽。多么强悍的生命，这生命从大海上来。生命起源于水，哺乳动物是从海上爬到陆地的，人是鱼变的。是否有科学依据，我不管，我固执地认为。至少我的生命跳动着海洋的脉搏，因为我的祖先是"水雁"。

画作完毕，题名《二界沟》。

小鲜肉就是小鲜肉，不成熟的表现，程帅欢呼跳跃。程帅妈张着嘴，感叹："哎呀我的妈呀，我这小院真是文曲星下凡了，住过作家，住过诗人，你看看，天上又掉下个画家。儿子啊，祖坟冒青烟了。"她嗔怪地看着程帅，"小犊子，咋事先一点不透露，我这未来的儿媳妇是画家。"

"不是，妈，我也不知道。"

"啥，你也不知道？"

"不，不是的，妈，我是想给你惊喜。"

莫名的伤感和委屈，在我的心里风起云涌，泪水不由自主地流出眼眶。程帅轻轻地拉着我的手，我伏在他的肩头饮泣。

第二天，整个二界沟都知道，我是画家。

程帅妈把那张画请人裱上，挂在农家书屋。

每次见到海叔，程帅都特别客气，海叔总报以宽厚的笑容。每当看到海叔吃力地搬着鱼筐，程帅都说："海叔，叫他们搬就行了。"海叔笑着说："海叔干得动。"程帅还问："开海节准备得怎么样了，咱们渔船可是主力军。"海叔说："都准备好了，放心吧，有海叔呢，你呀多陪陪水雁姑娘，哪天啊带水雁去蛤蜊岗看看。"程帅还说："哦，对了，海叔，海神娘娘显灵，可别忘了告诉我，我带水雁去看。"海叔说："好，今年海里鱼厚，托海神娘娘的福，海神娘娘一定会显灵的。"

接着程帅说带我去红海滩，据说七八月份碱蓬草才红得热烈。我当然想去了，只是耽误程帅的时间，我很愧疚。最愧疚的是程帅妈把我当成了她准儿媳，到处炫耀。我也有责任，我表现得也像啊！

越野车在乡间的路上颠簸，这次我坐在副驾驶的座位，侧脸，近距离地凝视程帅的侧影，挺直的鼻梁，毛茸茸的大眼睛。典型北方男孩的轮廓，高大、帅气。凝视，画家的通病吧。

程帅幽默地说："你们画画的人都喜欢这么看人啊，还是觉得我，啊，颜值高？"

我不屑："喊，臭美。"

"对我放松了警觉吧？我不是坏人。"程帅说这话，说明他已经知道我找姑子虚乌有。我歉意地冲他眨眨眼睛，他回报我灿烂的笑脸。

3月中旬，是看鸟的最佳时节。候鸟成群结队地飞来二界沟，它们有的留在这里生儿育女，有的只在这里做短暂的停歇，继续向北飞。

乡间路只能容一辆车开过，路两边是泥泞滩涂、沟壑，一望无际。看得出，程帅今天非常愉快，打开话匣子，滔滔不绝。愉快是盛开的花朵，芬芳四溢。有时候，我跟他一起断章取义地唱两句二人转。

> 嘴说是看秧歌，
> 哼，其实是会情郎，
> 王呀嘛王海山啊哎嗨呀！

程帅夸我唱得像，说开海节也请了二人转班子，有互动节目，让我好好练练，到时候，可以和二人转演员唱一段，过把瘾。

开怀大笑，打情骂俏，我已经笑出了眼泪，这是我从来没有过的开心。是啊，何必把自己的痛苦拿出来展示，于事无补，只能破坏别人的兴致，痛还在自己身上。

"我，我爱上你……"程帅停顿，笑着，"看把你吓的，爱上你的画了。看你这绘画水平,中央美院毕业的吧?"

这话我不能马上回答他,拿他刚才的"我爱"做文章,我夸张地抚着胸口,惊讶地看着他:"怎么说话大喘气呀,你会让我误会的,万一我领会错了怎么办。"模棱两可是最好的回答。

"哈哈!那就将错就错呗!"

从认识他从没问过我什么,刻意还是无意。现在问了,我仍然不想脱去华丽的外衣。我总是要离开的,离开后,关于我,关于我说的话,都将随风而去。珍惜当下,何不留此美好的氛围。再说,我为什么要和盘托出自己呀!我知道,他有更多的话要问我,最起码会问,你恋爱过吗?看,他自己先说恋爱史,他意在抛砖引玉。他说他在大连海事大学上学的时候,谈过一次恋爱。他们不是一个大学的,每次约会他们都到大连十五库,在漫咖啡边喝咖啡边看书,坐在露台的木桌旁,海浪就在桌旁拍打,远处传来汽笛声。或者到魔方酒吧喝杯鸡尾酒,在余晖中,静静地等待月亮从大海里升起。

我懒得问他们怎么分手的,嘿,大学里的恋爱,有几个修成正果的?程帅接着问我:"水雁,你去过十五库吗?"我说我连大连都没去过。程帅调侃我:"不应该呀,这么大画家,行万里路,画万卷画嘛!"他描绘十五库,是大连特小资特文青的地方,由废弃的大仓库改造成各具特色的咖啡吧呀,书吧呀,酒吧呀!到那去,要的是那种氛围,当你看到墙上那几个锈迹斑斑的大字:大连1929,就觉得穿越了沧桑,穿越了历史。因为建在海港,海里停泊着各式轮船,坐在露天的露台上,仿佛伸手就能撩到海水,伸手就能够着船。特别是晚上,吹着阵阵海风,看着点点客轮的灯光。蜡烛罩在玻璃框里燃烧,不经意的地方,如栏杆、桌边,插着呼呼转的风车。置身于这样的景致中,多惬意啊!

沉寂。

因为我没去过,我搭不上话。突然的冷场,我真有些不习惯,但我一时也找不到话题。程帅开着车，若有所思。他大概还陶醉在十五库吧。他侧头看我，神秘的样子："水雁，如果你愿意，我带你去。"

"去哪儿啊？"我故意问。

"十五库啊！"

"我愿意，带我去啊，说话算数哟，去品咖啡和鸡尾酒。"我觉得自己有点卖萌。

"一言为定。我们去漫咖啡喝香草拿铁，读叶芝的爱情诗。"程帅居然侧脸向我抛个媚眼，哈。

车戛然停在了路边，程帅喊："水雁，快下车，你看，丹顶鹤。"

我看见了，四只丹顶鹤，它们在滩涂上觅食，飞起飞落。

今天风很大，我裹紧衣服，随着程帅登上伸向红海滩腹地的木桥。凭栏远眺，无边无际的滩涂上，鸥鸟飞翔，丹顶鹤的鸣啾声此起彼伏，浑然天成一幅壮美的画卷，最美的画在大自然。当碱蓬草红透的时候，这儿就变成了红海滩……

作者简介： 张艳荣，国家一级作家，中国作家协会会员，辽宁省作协理事，辽宁文学院签约作家，鲁迅文学院第十七届中青年作家高研班学员。小说获辽宁文学奖，小说获《解放军文艺》优秀作品奖，获辽宁省"四佳人物"最佳写书人奖。小说转载于《新华文摘》《小说月报》《海外文摘》《作品与争鸣》等。著有长篇小说《命令无情》《特务》《跟着团长上战场》《关东第一枪》《你用战剑翻耕土地》等。

幸福王阿牛

张鲁镭

一个欢喜锅，两根酸黄瓜，三两小酒，王阿牛满肚子怡然。

何为欢喜锅？寡闻了吧！欢喜锅其实就是个小砂锅，锅里边有鱼头、虾头、鸡翅膀子、鸭脖子、猪血、猪肉皮、蒜瓣、干红辣椒和大葱段。还有好多用眼睛看不见的小料，欢喜锅全是仗着这些小料才把味道勾出来的。不过这属于本小店的绝活，食客用眼睛是看不到的。先把这些东西加汤用大锅煮（彩全出在汤上），再盛到一个个小砂锅里炖，使文火慢慢炖，时候愈长，东西愈烂，味道愈浓。砂锅被放在灶台上的一排排火眼上，老像吃不饱肚子似的在那儿咕嘟着。客人一就座，立马能端上来，等都不用等。一个人吃小号锅，八块钱；两人吃中号锅，十二块钱；仨人吃大号锅，十五块钱。添汤不要钱。热热地吸溜一口，又香又鲜，还有股说不出来的特别味。端锅的人在那儿喊了，慢点，别烫着。这香味隔着两条街就能闻着，好多人都是嗅着味过来的。高峰时人多没座，就有些不嫌累的把砂锅放在窗台上站着吃。不过王阿牛每次来都能得个好座，最里边挨着风景画的一张桌。这地方能看见窗外边的风景，胳膊腿也不至于让人撞来撞去，吃起来踏实又舒坦。

小店名叫欢喜店，地方不大总共有十张桌，分两排放，一排五张，中间是过道。门边上是个长条红板柜，类似大饭店里的吧台。上边放着俩酱紫色的酒坛子，坛子上用红油漆刷着个"酒"字。酒里边泡着人参、枸杞、白果什么的，酒挺上口，不冲，一块钱三两。王阿牛个个礼拜来，每次都要一个大号欢喜锅、三两小酒、两根酸黄瓜。这酸黄瓜味也地道，是用老陈醋泡的，上边沾着一层蒜末和碎红辣椒。吸两口欢喜锅，咬一口酸黄瓜，来口小酒，啊，全身都通透。店里的主食就是烤油饼。油饼他要完不当时吃，留着回去夜宵。王阿牛来得是时候，店里食客算上他才五六个人。这是一个礼拜中店里最清静的一刻，礼拜六晚晌。老板和伙计也能在这时候伸伸懒腰，斗斗嘴打个趣。老板是个五十开外的男人，高个儿，圆脸，鼻子大，鼻子上有好多小洞，通红通红的，看着扎眼。人们都喊他老红（谁知是鼻子红还是姓洪）。灶台上的活都是他一个人忙活，伙计要伸手他不让，他不放心，他比伙计还累。五点以后，人陆陆续续少起来。王阿牛回回找这个空当来。他不紧不慢地喝着小酒，嚼着欢喜锅，咬着酸黄瓜，脸上既悠闲又平和，连眼神都是安静的，没有一点焦躁。往往日子顺当而满足的人才会有这样脸面。热汤喝下去，脑门儿就渗出一层细汗，他用手边纸巾拍拍。

　　礼拜六是王阿牛最牛的日子，最期盼的日子，最神仙的日子，好几脸盆的汗珠子都是为这会儿淌的。他把手里还沾着钢筋混凝土气味的钞票撒出去——舒坦。等会儿还有比吃欢喜锅更舒坦的事呢！王阿牛觉着这才叫日子，快活的日子，城里人管这样的日子叫幸福生活。

　　王阿牛已经被这城里的西北风吹了五六个年头，眼下他在工地上干活，报纸上管他们叫农民工。不过在王阿牛身上你可找不出来有任何农民工的痕迹。他天生白净，比城里人都白净，眼睛不大，有神，总是笑眯眯的。个子不高不矮，体形不胖不瘦。不算帅气，也不难看。留着介于"草坪"和"板寸"之间的那种发型，看上去既不张扬又不古板，像个中学教师。他的穿着也妥妥帖帖,大大方方。一身浅灰色运动服,脚下是黑色休闲系带布鞋。就连里边衬着的白老头衫也都是平平整整,不破,不脏,不窝囊,更别说有什么气味。手指甲都是透明的。白天不论怎么累,临睡前他都要洗脸洗脚,他可不能抱着一身泥灰上床。见过王阿牛的人都觉着他干净,干净得让人舒服,不是战战兢兢,时刻提防,觉着到处都脏,沾不得碰不得的那种。谁见过这样透亮的农民工?没谁。王阿牛干净不是让城里西北风给吹的,也不是让工地上水泥砂浆沤出来的。他在乡下时,村里人就说,这阿牛,怎么跟刚从河里捞上来似的水灵?王阿牛的干净是与生俱来的。也许这就是城里人说的那个难以名状的叫作气质的东西吧!

工友们说王阿牛身上不挂灰。这话不假,搭架子、和灰、砌砖、绑钢筋,干什么活他都不染衣裳,仿佛他身上有道隔离层,灰呀土的一看见他就扭头跑。连灰头土脸的工头都说,我看你倒像个管事的。上边来检查工作,好几次都把他当工头了。王阿牛绝对是个超凡脱俗的农民工。

用时髦话讲王阿牛热爱生活,他把自己的工棚小日子打发得有滋有味有汤有水。

王阿牛爱逛早市,每礼拜都能逛一两回。早市东西便宜,挺像农村大集。他逛着亲,逛着舒服。比逛大商场强,大商场里灯白晃晃地刺眼,把人照得没地方躲没地方藏的。工友们不爱逛早市,关键是他们起不来,工友们还在被窝里响雷呢,王阿牛已经在早市上晃悠了。他得在六点前赶回来,六点开饭,七点就上工了。大家都说王阿牛精神头足,累一天也不耷拉脑袋还能上早市。他所有的家什都是打早市挖掘出来的,身上穿的衣裳、裤子、鞋,平时用的零零碎碎。他买的衣服样式新,质量也说得过去。穿在身上熨帖,看不出有早市痕迹。王阿牛会买东西,他会挑会选会砍价。砍价时也平和,从不鸡皮酸脸。

他爱逛旧书摊,晚上工地收工,他就一个人在道边的旧书摊上晃,挑一块钱一本的旧杂志。有时候也买名人传记。偶尔逛累了还到小摊上吃几个羊肉串喝一瓶啤酒，只喝一瓶，从不贪杯。他爱喝茶，拿一个圆肚子罐头瓶子当茶杯，罐头瓶上贴着两个戴着露珠的水蜜桃（这是他从罐头商标上剪下来用大米饭粒粘上去的）。茶叶不是买的，是他得空到免票公园里采的野菊花晾干的。他每天早起第一件事就是往圆肚子罐头瓶里倒开水泡野菊花。歇空喝了再添水，罐头瓶的肚子总是满满的。王阿牛为人随和，谁要喝他就给谁倒。他还用这野菊花茶水泡大米干饭吃，他说清凉，进嗓子眼儿打滑。工地吃饭简单，一菜一饭一汤。主食是馒头或米饭，菜无非是土豆、萝卜、白菜、豆腐，汤也就是菠菜白菜一类，偶尔才会在菜里象征性地加几片肉。这些东西只填饱肚子不解馋。王阿牛爱鼓弄吃的，在吃的方面他有经验。在早市场花一块钱买一堆青尖椒，再买几个烂苹果一头蒜。回来洗净放在一个废铁皮桶里。把锤子头用塑料袋包上，将东西捣碎。和厨房要一把盐往里一搅，这叫苹果辣子酱。他把馒头横着撕一条口子，把苹果辣子酱夹在里边当馅。他也拌米饭吃。这酱鲜辣爽口，是下饭的冤家。工友们也跑过来蹭着吃，他不小气。大伙儿都是老乡，有几个还和他一个村。有人说，哪个女人嫁给王阿牛那是上辈子造化。老大不小的，琢磨着张罗个家得了。干脆把那个小红给收了吧。这个时候王阿牛大都会侧着头看天，白天看云，晚上看星，下雨天看天上勾着的一条条水线，没人知道他的脑子里转腾些啥。

　　工地上现在是一个礼拜一开工钱，每次都是两百多块钱那样。最早是月工资，可农民工们今天你借，明天他提前支，工头嫌闹得慌，说，干脆一个星期开一次，省着成天烦我。到礼拜六开完工钱给歇半天工，多数人都瘫在床上解乏，有腿脚勤快的就搭帮跑出去看西洋景，只是看看，没人舍得把钱甩在外边，顶大天来串油炸臭豆腐解解馋。王阿牛就不同了，他先去民生浴池洗澡搓澡，连洗带搓十块钱。等把身上的灰土都扔在澡堂后就去吃欢喜锅，这得花二十块钱。吃舒服了再去找小红。小红是他在立交桥下边认识的一个相好，做皮肉生意的。王阿牛每礼拜六去光顾她一次，每回给她五十块钱。小红说她家离这儿老远了，要坐三天火车一天汽车，她们那儿不下雪，不用穿棉衣。听她这么一说，王阿牛就更得意起来。他说，俺老家到这儿才五个小时，冬天下雪穿皮袄。掐指头算算王阿牛一个礼拜就造出去八十块钱，一个月下来固定要消费三百二十块钱。光这笔支出就将近月收入的一半，还没算平时的杂七杂八，不是吹的，除了王阿牛，有哪个工友敢试巴？有人也使个大劲儿跟他出来吃顿欢喜锅，回去十多天嘴里还吧嗒着响呢，让他们个个礼拜来？做梦吧！有人喊，哎，要是天天能吃上欢喜锅嘛！王阿牛笑笑，天天捧着猪啃，肉还能香？那人拍拍脑袋，还真是这么个理。

王阿牛是工地上最潇洒的人，他干活时，屁股兜里总是响着个半导体，就像城里人耳朵上的MP3那样，不过比MP3内容丰富得多，那里边新闻、故事、唱歌样样有。别看样式土点，音量响着呢。有样东西他绝不在早市买——电池。半导体用的电池他都是到超市里买，买南孚牌的。王阿牛一边干活，天南海北的事都能钻进他肚子。这个小匣子一响，手上的活都像小兔跑。王阿牛哼起歌来："……我就是那只披着羊皮的狼，我宁愿永远守在你身旁……"王阿牛比先前更牛了，他从大通铺上搬下来，住上单间了。

有天赶上厨房师傅没来，工头说，谁能对付着做点饭，能吃就行。王阿牛说，那我来吧。原料自然还是离不开土豆大白菜。王阿牛先把白菜切成片用水焯，用热油、花椒、干辣椒爆锅，然后将白菜片放锅里炒，把白菜水炒干倒掉，再淋上醋和蒜末，酸辣白菜就炒得了。他把土豆切成块，用热油炒，然后加酱和大葱焖。一端上来大伙儿就使劲儿吸鼻子，连工头都闻着味过来抢着吃（工头都是打电话在饭馆里叫菜），那天工友们肚皮都圆了。接着几天都是王阿牛做饭，什么菠菜饺子、萝卜包子、虾酱豆腐、蒜泥茄子……他不怕麻烦，在就地取材的情况下精雕细刻。大伙儿嚷嚷："干脆让王阿牛给咱做饭得了。"工头说："做饭工钱低他干？""我干。"王阿牛说。"少两百多块呢!"有人喊。"少我也干。"工头自然高兴马上拍板说:"行,就这么说定了。"因为做饭师傅家里有事,一时半会儿也上不来。再说王阿牛乐意干,还省得去外边找人了。大家看看王阿牛,开头觉得他犯傻,后来又觉得人家是王阿牛嘛!

　　王阿牛愿意做饭不光因为他爱鼓捣点吃喝,主要是工地上其他活都危险,一不小心,那可就不是几百块钱的事了。赵大宝前两天手让钎子穿了,到现在还在床上躺着,这里砸胳膊压腿的事哪天没有?他光棍一个也没有债主,为那两百多块钱天天走钢丝犯不上。要是一下子给解决了倒也成,就怕弄个半死不活,到时候就没地方哭了。另外他愿意自己住,自己单独住想怎么折腾就怎么折腾。他把连着厨房的那个小屋收拾得透透亮亮、整整齐齐。他还在早市扯了布,安了窗帘,铺了床单,用牛皮纸的石灰袋子糊墙,还用饮料瓶子做了几个挂件。白天他叮叮当当地在厨房里忙活,绞尽脑汁给大伙儿换着法做饭,原则是既省钱又要好吃。王阿牛有本事粗菜细做。什么破东西在他手上都能得到发明、得到创造。他去市场买回一大堆鸡皮,五毛钱一斤,大萝卜还六毛呢!他回来把鸡皮毛孔里的毛拔净,把背面的鸡油用刀刮下来,再把鸡皮用开水烫一下,放在油锅里爆炒,最后添上青椒。用鸡油做鸡汤,上边撒上葱花和香菜。别说吃,看着都淌口水。花两块钱买回几根骨头棒子,当当地拍碎,放上花椒、大料、葱、姜、蒜在大锅里煮,等把清水煮出了白汤,放上大白菜再加点盐,大伙儿吃得呼噜噜响,跟猪吃食差不多。四喜子干脆不嚼,菜只在嘴里打个滚,咕噜一声咽下去。王阿牛干活麻溜利索,饭吃得,锅也跟着刷出来了。晚上等工友们的响雷传到他耳朵里,知道大伙儿都梦里回家抱媳妇了,他在自己的小屋里才更放松。他把白天偷着买的一袋鸡头拿出来(这是他用自己的钱买的,他从不干昧良心的事),收拾干净后放上酱油、花椒、大葱和一块猪肉皮焖,没多大会儿,红乎乎的鸡头就出锅了。他吃鸡头像丰子恺吃螃蟹一样讲究,先掰哪儿,后掰哪儿,最后磕开头盖骨,把鸡脑子掏出来吃掉，吃得非常干净，一丝肉都不挂。鸡头他也是一个礼拜吃一回，他讲话，天天捧着猪啃，那肉还能香？

农民工们吃舒服了，就一块儿抽烟打趣穷逗白。在这里你薄了我厚了，你鼓了我瘪了的事并不多，大伙儿都是计件挣钱。胡三和一腚坐到小德子脚上，小德子把脚面子一拱说："压死俺了！"胡三和马上还击："纸糊的？还不经压？"小德子嘬口烟："我哪经压？经压的是你老婆！"他们你一句我一句地斗嘴，一伙人开怀大笑。有人恐怕这话掉地下，便你推我揉地转圈说。像一伙人围个堆吹气球。农民工们也许是总不吃荤的缘故，最乐意用裤腰带以下的身体细节来解馋，百说不厌，有点一个屁嚼不烂那意思。这个时候王阿牛就坐在人堆里看报纸，时不时也把报纸挂在下巴上听一会儿跟着笑笑，继而又把目光收到报纸上。他从不抢话接话或跟人抬杠，简直像没有什么话，好似虚怀若谷，又似胸有成竹。他的表情摸不准。等大伙儿把这个屁嚼没了味，王阿牛才把报上的一些要闻抛出来，还捎带着一点见解和分析。他说话时也兴奋、激动、鼓舞，但跳动的是他的心，不是肌肉，他从不指手画脚，一点清高成分都不掺杂。大家反而得意他，羡敬他。他说话时没人插嘴，等他说完了才一锅粥地饻饻。大伙儿正说得热闹，有位老哥从屁兜里摸出封信，他脑袋大大的，眼睛圆圆的，嘴唇厚厚的，说话声音粗粗的，他叫老米。大伙儿就从八竿子打不着的饻饻中回到现实中来。工地上不少人都是打一个村出来的，有的打断骨头连着筋。村上穷，几家商量好轮着往工地上写信，一人执笔，把几家的事都写上，花一份邮票。掏信人大声说，都听好了，赵大宝家，赵大宝你家的苞米地马上就得上除草剂"草地荒"了，因为卖鸡蛋的钱得给小全儿交学费，所以赵大宝见信后往家寄六百块钱。小德子听好了，小德子你家老妈说你买的"神农1号"大豆种子全是假的，那八亩地都毁了得重种，准备买队上推荐的"宝利1号"，种子贵点可准有好收成。得快寄钱回来买种子，过了芒种就种不上了。还有防疫站来过，说猪得打针，总共得四百二十六块五。还有你儿子学校要球鞋，可能的话你多寄二十块也行，这个不打紧，种子和猪急。胡三和听好，胡三和你家闺女说……出来找食的老家雀们脸上开始抽抽了，眼皮子跟着松懈下来，一个个闷头抽烟，他们使劲儿嘬腮帮子，仿佛要从烟管里嘬出钱来。这时候只有王阿牛的神情是泰然的。他依旧那么安然平静。他在读报纸上那段"某领导一顿饭吃进去一台轿车"。一伙人又开始琢磨咋样给家那头一个好交代。农民工们走马灯似的干活，可惜家里的地洞太深，怎么填都填不满。赵大宝上礼拜手指头让钢钎子穿了，都好几天没干活了。胡三和说，还是王阿牛好，一人吃饱全家不饿。小德子说，咱花一堆钱娶回婆娘，再生下崽来还不都是债？累死累活给崽养大，还得给他娶婆娘。娶了婆娘还得帮他拉扯崽，不死没他妈完！赵大宝说，可不，咱男人就得让家给拖死。老米说，刚娶婆娘那会儿，倒也风光，成天抱着嫩嫩的小媳妇往被窝钻，那叫一个美。现在想想，为口鲜桃，把一辈子全搭上了，咋算咋赔本。还有人说，俺可没想找婆娘，都是俺娘把人领回来了，领回来还能不要是咋的？俺在家啃了几年桃，啃出两个崽来，俺、俺都不觉着鲜了。四喜子说，对呀！四喜子说话时爱眨巴眼睛，说话爱眨眼的人脾气都急。他说，王阿牛不是讲过，捧着猪啃肉还能香？怪不得他光找相好不讨婆娘。这时候所有人的目光一起投向王阿牛。有羡慕、有嫉妒、有敬佩、有疑惑、有赞叹，眼神相当复杂。有人甚至都想和他借几个钱，可谁都清楚他没钱，他的钱都去置办他的幸福生活了。

晚上王阿牛躺在床上听半导体，听一个可怜人正从肚子里往外倒苦水，抽抽泣泣痛述自己比黄连还苦。王阿牛真想找地方给那人打个电话。怎么说好？其实日子是过个心境，自己觉着苦便苦，自己觉着不苦那就是不苦呗！逆来了就顺着受，千万不能拧着跟自己较劲，没用。反正他真是没有什么好抱怨的，村上人都说他命苦，可他自己一点都没觉着苦。过日子嘛，就是春天过完夏天，秋天过完过冬天，脱下单衣换棉袄，太阳出来干活,月亮出来睡觉,没什么大不了的。

王阿牛是个孤儿,听村里人说他妈跟人跑了,至于跑到哪儿跟谁跑的没有人说得清。好像那会儿他还没断奶。他爹去矿山背煤,人就丢在矿山里了。王阿牛五岁那年,他的人生彻底独立了。于是他没日没夜地玩,没说没管地疯跑,饿了推开哪家门都能吃饭,渴了到河边就能喝水。也没觉着日子怎么难熬,倒是村里的婆娘见了他眼睛就往外淌水,把鼻涕往鞋底上一抹说:"晚半晌来家吃饭吧。"后来他的一个远房大伯找人把他领回去。大伯不能不托人来领他,大伯是个瘫子,六十多岁家里还就他一人。这位大伯早年走南闯北,跑过不少码头,搭过不少戏班子,见过不少名角。他本人倒没什么本事,就给戏班子扛大包,他自己说他还给段小楼扛过衣箱。后来他腰椎骨被道具箱子给砸折了,就回到村里吃"五保"。大伯爱聊天,爱跟王阿牛说他早年的事。按他所说他早年还真露过脸,去过好多名胜,见过不少大官,吃过不少馆子。不过说得最多的还是吃。一说起吃来大伯眉飞色舞,两眼冒光。什么香酥鸡、糖醋鱼、烧乳猪、叉子烤鸭……那个烧乳猪那叫一个嫩哪,黄泱泱的,香。你吃过?啊,那什么,没吃过猪肉还没见过猪跑?那都是角儿们的嚼头,俺偶尔才能跟着蹭蹭嘴。

大伯到底是瞧过猪跑的人,对吃相当在行,不过他那个"五保"只够糊上两人的嘴,大伯聪明,自有办法。"牛子,会不会捉蚂蚱?""会,大地里多的是,我还会捉蛤蟆呢!"王阿牛跑出去,用毛毛草穿回两大串蚂蚱来。大伯用剪子把蚂蚱膀子剪掉,指挥他把锅烧热,蚂蚱倒在锅里干炒,等有了煳香味在上边淋一点盐。大伯说这叫干煸蚂蚱,城里馆子就有这道菜。放在嘴里嚼,香。王阿牛还是第一次体会啥叫香。大伯说:"你捉蚂蚱只说玩别说吃,莫让土鳖笑话。"王阿牛说:"知道了。"王阿牛去河里捉小鲫鱼,就小手指头那么长,村上没人稀罕要,河里多着呢。他捉来家囫囵个用咸菜辣椒煮,上边再贴一圈苞米饼子,锅一掀开,香气直往脸上扑。河里还有螺蛳他也往家弄，淘洗干净加点盐，搁两个大料瓣再从地里拔棵青蒜，用嘴吮吮，那就一个字——鲜。他总能找回好多小巧的山珍野味来，有谁知道春天的雨还能浇出山菇来？大伯就知道。几场春雨，太阳一晒，天潮乎乎的，闷闷的，蘑菇就出来了。大伯告诉王阿牛去林子里的柏子树下找，他找回好几筐来，吃不了就装在坛子里，撒上盐，冬天炖大白菜鲜亮着哪！小孩子干这活还上瘾，半夜起来尿尿都想往外跑。有了王阿牛，大伯的气色一天天温润起来，他开始找出一些碎布边子给王阿牛接衣裳、接裤子、接棉袄、接棉裤。王阿牛的衣服都是一道一道的，一道青，一道蓝，一道黑，一道白。倒是挺干净。大伯还会做鞋。打袼褙，剪样子，纳鞋底。大伯的针线活不比村里婆娘差。王阿牛最爱看大伯纫针。他用满是筋络的大手把针举得高高的，睁一只眼闭一只眼，像在那儿瞄准，又像在半空中发现一样东西，想快点捉住它，又怕它跑了，想再研究一会儿，又怕一会儿没影了，于是手就哆嗦起来，可滑稽人了。大伯说，咱得把墙糊糊。屋子太暗压人气，我一个干瘪老头儿倒没啥，可别把你压出个武大郎来。王阿牛去集上买些白纸，又打了糨糊在大伯的指点下糊墙。大伯说他手巧，干什么像什么。冬天他让王阿牛在一个废猪槽子里种上葱和一串红，把猪槽子放在炕头地下。外边还飘着大雪，这爷儿俩的小屋里居然花红叶绿的。大伯又从牙缝里挤出钱买画贴，他说不要美人头也不要鲤鱼跳龙门，要有山有水的，学名叫风景画。于是大伯的小草房里又添了山加了水。从外边看大伯这三间小草房真不起眼，都有点摇摇欲坠的意思。可进里边就是另外一番天地了。屋里出奇地干净，炕上地下找不出一丝的灰土，所有的东西都摆得整整齐齐，尤其那幅山水画把屋里的气氛一下子拔起来。还有那猪槽子里的绿绿红红，更是让这小屋滋长了太多生机。这屋子里还有一件家用电器，一台红灯牌半导体。是大伯走南闯北时买的。半导体让王阿牛知道了好多外边的新鲜事。大伯说，出了咱这村子外边还有好大一个天，外边的天上跑飞机地上跑汽车水里跑大船。等你长成人铁定要出去看看。冬天里王阿牛和大伯一边听着半导体里的新鲜事一边用干玉米皮子编小物件，小鸡小鸭，小猫小狗，小牛小羊挂个满墙。这爷儿俩把小日子打扮得汤是汤水是水，一寸一寸都那么有意思。

过年干部下来慰问"五保户"，推开大伯的家门，干部们眼光就温了，他们刚从一个个阴晦的"五保户"家出来，掀被子被子往外淌棉花，掀褥子褥子往外淌棉花，炕上住人，炕下住牲畜，腥啊臊哇臭哇别提了，现在后背还都冒着寒气。大伯家才是干部们想看到的"五保户"。这才是社会主义的"五保"。一个胖胖的干部还把王阿牛抱起来贴贴脸说，这个白净小子该上学去。

王阿牛背着书包上学了，连书包里的铅笔都没用一分钱，中午还白给顿饭吃。王阿牛长高了、长大了，他每天放学回来就在大伯家的园子里忙活（先前这园子是荒的），他种扁豆种黄瓜，种西红柿种辣椒。他喜欢在园子里看，他能感觉到西红柿和辣椒一点一点变红的样子，像小丫头害羞时的脸蛋。他能听见黄瓜伸蔓的声音，跟小孩子张开小手的声音差不多。他还在大伯的草房墙角种上了地瓜花、凤仙花、鸡冠花和一串红。属地瓜花开得最好，有碗口那么大。这些花拉拉杂杂，纷纷扬扬，热热闹闹，红、黄、绿、白，全和着哪。大伯家成了村里的小景，常有人押个脖往里看。大伯还是比较务实，他说，黑下吃扁豆焖面——把扁豆焖熟了，面往锅里一下，一翻个儿，上边浇上青蒜末、胡萝卜丝、猪大油、醋。大伯一次能吃两大碗。大伯说，牛子，俺这胃口才二十岁。

王阿牛也二十岁了。大伯的指点江山让他有了结实的体格。他在家里种田种菜，伺候大伯。夏天他给大伯焖鱼捉虾，蒸包子，煎韭菜合子。冬天他给大伯煮蘑菇饺子，蒸白肉。蒸白肉也是大伯教的。带皮白肉蒸熟、冻实、切片、加蒜末、辣椒糊、麻油、青萝卜丝，吃吧，能撑死人。大伯被撑死了，白天大伯吃了一盆蒸白肉，晚上王阿牛从地里回来，大伯就没气了，嘴里还含着一块蒸白肉。王阿牛跟邻居说，这是三天吃的，谁想他一天给解决了。王阿牛卖了三间小草房，买了棺材，葬了大伯，拿着红灯牌半导体进城了。

　　风紧了，天冷了。王阿牛吃完欢喜锅就去找小红。有天他去买菜，回来四喜子说，小红来过了，好像是想让你陪她回趟家。王阿牛知道小红的心事。前几次小红跟他说，她两个哥都成了亲，妈说，弟的学费大家使劲儿，让她有合适的就找个人家吧。小红说时王阿牛也没搭话。小红对他好，每次从她那儿回来之前她都要给他做一碗"福满多"方便面，里边还加两个大鸡蛋。每次回到自己床上时，王阿牛肚子是满的，心也是满的。有两天晚上他翻来覆去在被窝里烙饼，心里自然有些闪闪烁烁的东西在滚。他甚至都想到成个家立个业，白个头偕个老过个日子。比他小五岁的四喜子，崽都能上树摘桃了。四喜子一副杨白劳的苦相，眼珠子都是浑的。阿牛想明白这么个理，肚子太满要胀得慌，心太满也要闹得慌。日子温暾暾过才好。他也想到老，想得还很荒冷，不管荒冷还是安暖，总离他还太远，不迫切，他不是那种一个跟头就能跌入老年的人，他要做的是把今天过踏实，过得细水长流。老了就老了呗，眼花了就不看，耳聋了就不听，牙掉了就整吞，走不动就躺着，星星出来太阳走，再自然不过。王阿牛把问题认识得很到位很哲学。鸟在天上飞，看到树总要落，落归落，不一定做窠，做了就飞不高，也不能飞了。工友们成天七嘴八舌地问："咋样，跟不跟她回去？"开始王阿牛只是抬着眼皮看天，不出声。有一天他直直白白告诉大家，不回了。他说的时候很轻松，好像解决了一个什么难题。工友们也长出口气，异口同声说："不回去，不回去好哇，添乱。"

　　天冷了，工地上不能再施工，农民工们要先回去，王阿牛留守在这儿看工地，工钱和平时一样，还给他砌了个小火炕，运来一小车煤。有吃有住还给钱，这事他一百个乐意，工头刚说一半，他就满口应下来："好，行。"这事又遭到好一顿艳羡，四喜子搓着脚丫子说："好事全让王阿牛撞上了。"赵大宝回他一句："这好事白给你你能要？你家那婆娘恨不得一下子把你吞进肚里。"王阿牛在心里拟订着他的冬闲计划。花谢花会开，春去春再来，小红走了还有小绿小白小蓝……

王阿牛把最后一个虾头放进嘴里，他摸摸上衣口袋，里边还有七十块钱，晚上他要把这钱全给小红，小红会高兴吧，比先前多了二十。这时红鼻子老板冲他喊："小伙儿，来个烤鸭架吧，小店新增特色，十块钱一个。"王阿牛看看红鼻头老板，思谋片刻说："来两只。"老板把装着两只烤鸭架的不锈钢盘放在王阿牛面前，红乎乎油汪汪的烤鸭架上还沾着星星点点的芝麻。鸭香、油香、煳香拧成一条绳子，一股脑儿往他鼻孔里钻。王阿牛被这香气熏得眼睛眯了，嘴巴张了。他从衣口袋里掏出一把零零碎碎的钞票放在桌上，老板一张一张把钱捋在手心。"这儿还有块口香糖。"老板说。他从钱票里抖搂出一块口香糖来。王阿牛把糖捏到鼻尖下，清清凉凉的薄荷味，是上回小红塞在他兜里的，薄荷味真冲，把他两个鼻孔灌得鼓胀胀的。这丫头，闻着糖香王阿牛眼神温了。小红脸总红得像一盆火似的。你脸咋总这么红呢？火烧云烤的呗。小红说她家那地方没有电灯，吃过晚饭家家户户都出来看火烧云，就跟城里人看电视似的，算是娱乐生活。火烧云一出来，小孩子脸就红了，大白狗变大红狗，红公鸡变金了，黑母鸡变紫了。天上的云从西边一直烧到东边，红堂堂的好像着了火。火烧云会变戏法，一会儿红堂堂，一会儿金彤彤，一会儿半紫半黄，一会儿半灰半褐，葡萄灰，大黄梨，紫茄子，还有些说不出来的颜色。这会儿看云人的黑眼珠里就多了五光添了十色。火烧云还能变动物呢！看，天边上有一匹马，马头向南马尾朝西，那马是卧着的，像是等着人骑到它背上，它才站起来。再过一会儿，那匹马更大了，马腿伸出来了，马脖子也长长了，但马尾巴却不见了。马屁股那儿竟多了一只狗，狗很不听话，蹦蹦跳跳往前跑，跳着跳着就没影了。前边不远处又有了一头狮子，和土地庙门前的石狮一边大，也是蹲在那儿，很威猛很安静的样子。看见狮子不动，人们用手揉揉酸涩的眼睛，等再把眼睛伸到天上时，那狮子也跑了，不知是什么时候跑的，反正没有了。不过火烧云还没走，这会儿再看过去，心里想什么那就是什么，想它是猴子就是猴子，想它是羊就是羊，想它是阿牛那也一定会是阿牛。一个火烧云能耍出这些花样来？王阿牛忽然就表示起怀疑来，跟你哥这儿瞎吹吧？俺又不是没见过那东西，跑上几天车的那个天里火烧云真能这么神？王阿牛开始不信邪了。这回他跟自己较起劲来，不就是坐完火车坐汽车吗？有什么？俺还怕了不成？俺倒要开眼看个究竟，什么马狗狮子的？小红你要是敢骗俺，俺就把你活吞了。嘿嘿……再吞你俺可就免费了……

王阿牛霍地一下站起来，他冲着老板咧咧嘴，脸腾的一下就红了，嘿……嘿，不好意思。然后一把抓过钱一阵风似的刮出大门……

作者简介：张鲁镭，女，中国作家协会会员，一级作家，辽宁省作家协会主席团成员，辽宁文学院签约作家。现工作于大连市戏剧创作室。小说集《小日子》曾入选2008年"二十一世纪文学之星丛书"，作品多次发表于《人民文学》《中国作家》《十月》《北京文学》等杂志，并被《小说选刊》《小说月报》《中华文学选刊》所转载。

王大花的革命生涯（节选）

郝 岩

一

王大花站在热气弥漫的锅台前，不去理会大锅里挤出来的炖鱼的新鲜味道。她一点也没有想到，鱼锅饼子店外异常宽阔而又阴冷潮湿的花园口老街上，一场令人猝不及防的狂风暴雨躲在深藏不露的苍穹里，在先期抵达的一团团湿气雾气掩护下，正马不停蹄地挺进着，准备席卷花园口。

王大花想不到，在1942年，这个辽南深藏不露的初秋看似平常的日子里，她的命运会从此发生改变。

王大花当然对一切浑然不觉，此刻，她正在自己"王记鱼锅饼子店"的厨房里，对着热气翻滚的大锅发呆。泼辣能干的王大花正被一个叫"大姑娘"的女人纠缠着。昨天晚上，她的丈夫唐全礼在睡梦中，不时"大姑娘、大姑娘"地叫着，这个几乎是一夜之间冒出来的女人，让她一下子没了精神，甚至有些失魂落魄。

王大花的"王记鱼锅饼子店"不大，却远近闻名，她做生意实诚，靠着不错的口碑攒下众多的食客。王大花炖鱼的手艺远近闻名，店里的鱼都是在花园口近海打上来的新鲜活鱼。花园口近海的鱼品种不一，以大小不同、形状各异的杂拌鱼居多。品相不同，味道不同，按理说不太好侍弄，但王大花别出心裁地把这些品相各异的鱼炖在一起做成了鱼锅，再配上同锅烀出的金灿灿的玉米面饼子，一下子把这些不起眼的鱼炖出了别样的味道，鱼是要多鲜有多鲜，饼子是要多香有多香。

　　王大花做鱼锅饼子很是讲究，往锅里放鱼和烀饼子要讲究层次顺序。何时放什么鱼，何时往锅里烀饼子，全靠火候的掌握。火候不到，鲜香气不足；火候过了，鱼炖老了，饼子硬了，口感就没了。人都说千炖豆腐万炖鱼，她会根据鱼的不同肉质、不同品种，分先后顺序放进锅里。做鱼的最后一道手续，也是王大花鱼锅饼子远近闻名的诀窍，就是待到锅里的鱼热热闹闹咕嘟咕嘟地动起来时，她会抓过放在锅台上的酒瓶子，往嘴里灌上一大口老白干，噗的一下喷到锅里的鱼上，接着再来一口，再喷到鱼上，一时间，白酒均匀地喷洒和浸入，使大锅里的鱼鲜气、酒香气搅和在一起，在灶间弥漫开去。这时候，她再麻利地将粗瓷盆里早已经和好的软绵绵的玉米面揪下一团来，娴熟利落地在两手之间倒上几个来回，啪的一下将面团拍在锅壁上，瞬间，黄灿灿的玉米饼子底部被滚烫的锅壁牢牢抓住，饼子上面还是绵软的部分从锅壁慢慢地向锅底滑下去，一点点探出小半个身子，浸透在咕嘟咕嘟炖着的杂拌鱼汤汁里，盖上锅盖再焖一会儿，过些时候再掀开锅盖时，一锅鲜美无比的鱼锅饼子就成了。

　　王大花的鱼锅饼子在整个花园口远近闻名，不知道引来了多少吃货，就连驻地的日本人，也时不时地会慕名而来。

　　鱼锅饼子饭店的店铺一分为二，前院是店面，后院里居家。店面又分成前厅和厨房两处，中间挑着一条帘子隔开。王大花终于还是被热气腾腾咕嘟炖着的鱼锅给提回了神，她听见男人唐全礼在前厅里招呼着，又有客人来了。今天的饭口早就过了,客人虽然少了,却还是三三两两地不断。如果换作以往,大花会高兴,但是今天,她高兴不起来。干干活就忍不住出神,她的脑子被"大姑娘"占据着,怎么都赶不走,搅得她脑子里稀乱。大姑娘啊大姑娘,大姑娘你究竟是谁呢?她咬牙切齿、反反复复地在心里骂着那个不知道躲在哪里的女人。

　　火有些蔫了,她蹲下身子,哈腰往炉膛里加了几把柴草,接着用力地拉了几把风匣,立刻,灶坑底有些昏暗的火苗重新泛开来,继而蓬勃热烈地燃烧起来,蹿出炉膛的火苗把王大花的脸映成了晚霞般的潮红色,使丰满壮硕的王大花看上去有些许的妩媚。

　　唐全礼撩开门帘,急三火四地闯进厨房,发牢骚说:"饭口都过了,这人还不断……"

　　王大花停下手里的活,没有好声气地说:"不断还不好了?这锅里贴的可不是黄澄澄的大饼子,这都是金灿灿的金粉,别人家求都求不来,你倒还叫起屈来了!"王大花掀开锅,抓起酒瓶子往锅里的鱼身上倒着,顺嘴喝了一大口。

　　唐全礼挨了呛,看着王大花脸色难看,感觉有什么不对劲儿,站在那里有些不知所措。

　　王大花边往锅里贴着饼子,边回头瞥了眼唐全礼:"上啥神,拉几把风匣!"

　　唐全礼蹲下,拉着风匣,昂着头,试探着对王大花说:"我盘算着,咱是不是该盘个店……"

　　王大花说:"好哇,咱上大连去盘一个。"

　　唐全礼有些意外,他显然没有听出王大花话里的讥讽:"上大连?你胆子可真肥,那是小日本的天下,咱这儿……咱这儿还归溥仪皇帝管着呢。"

　　王大花哼了一声,啪地又把一个饼子甩到锅壁上,气哼哼地说:"溥仪能管着谁？他那个样也能叫皇帝？我看，撑死他就是个驴皮影，幕后拉条子的还是小鬼子！"

唐全礼一时无语看着王大花。

"咋着，你不想去大连？"王大花有些生气地盯着唐全礼。

唐全礼还是不语，心不在焉地拉着风匣，风匣被他拉得像一头呼哧呼哧害了喉病的老笨牛，一点力气也没有，灶火依旧半死不活。

"你到底想不想去？"王大花追问。

"你……你真想去？"唐全礼抬脸看着王大花，神情犹豫。

"想啊，咋不想，我想去见个人。"王大花的语调里带着几分冷硬与尖刻，还有些酸溜溜的味道。

唐全礼似乎有些不懂，问道："见谁？见三花？"

"不是。"王大花摇头。

唐全礼疑惑："那还有谁？"

王大花语气冰冷："大姑娘！"

唐全礼吓了一跳，险些从小板凳上跌坐到地上。王大花是怎么知道这个名字的？他直愣愣地看着王大花，像看一个陌生人。

王大花也盯着唐全礼，让他无法逃脱。王大花的泼辣，唐全礼自然要远比花园口的所有人都体会深刻。她的倔脾气一上来，从来都是不管不顾的。当然，她犟归犟，却从来都讲理，这是唐全礼甘心服她的根本。唐全礼是"倒插门"，从进了王大花家的第一天开始，便摆正了自己的位置。好在王大花是个明礼重义的女人，她从没有在倒插门这件事上让唐全礼难堪过。偶尔有谁嚼老婆舌让她知道了，她会不动声色却也毫不留情地找对方说道说道，既堵上了人家的嘴，也保全了唐全礼的面子。

不过，王大花一提到"大姑娘"这三个字，唐全礼立即心虚起来，他的目光一直躲避着王大花。

王大花看出唐全礼的怯意，就换了语气："今天一睁开眼就忙，我还没来得及问你，大姑娘到底是谁？"

唐全礼装糊涂："啥大姑娘小媳妇的，瞎胡咧咧……"

"瞎胡咧咧？昨晚你梦话里喊了好几遍大姑娘！"王大花边说边解开围裙往灶台上一扔，冲着唐全礼叫道，"从昨天开始，你就不大正常，说是去大连了，叫你捎块香胰子你都能给忘了！晚上睡觉嘴里喊的都是大姑娘大姑娘的！都说日有所思，夜有所梦。我不把话说破，你还真蹬鼻子上脸抓乎，我缺心眼啊?！"

唐全礼虽然心里发虚，却还装作硬气，他把手里的柴草狠狠地塞到炉膛里，"说梦话你还当真了，这不没事找事嘛！"

王大花还要说什么，外面有客人招呼，唐全礼借机离开厨房。

唐全礼人在店里，心思却根本不在店里，他的心思确实在"大姑娘"身上。王大花的性格他清楚，一般的事情，如果是没有证据的事，她不会把事情闹大，充其量发发邪火，过不了小半天也就烟消云散了。在王大花看来，她嘴上所说的"大姑娘"，牵扯的不过是些争风吃醋的破烂事，而唐全礼心里的"大姑娘"，关乎的却是一家老小性命的大事，弄不好，他和王大花还有儿子钢蛋三个人就全完了。几天里，每当想起"大姑娘"三个字，唐全礼就感觉既六神无主又步步惊心。

毕竟是过了饭口，客人本来就不多，终于送走了中午的最后一个客人，唐全礼从怀里摸出怀表，时针马上就要指向一点了，不由得脑袋又大起来。约定的时间快到了，怎么等的人还没有来？

唐全礼焦躁起来，他走出店外，往四下看去。他的目光穿越潮乎乎的街道，打量着街上的每一个行人。在他看来，似乎每一张陌生的面孔，都像是他要等的人，可却没有一个人走进他的饭店。

唐全礼偷偷地看了眼街对面的一间民房，那是间破旧得不起眼的民房，有些歪斜的烟囱毫无声息地躲在屋顶，没有烟雾的缭绕，像贪婪忘我的赶海人遗落在礁石上的孤独身影；破旧的窗户和门楣，像时日不多的病人，不再渴望敲门之后的吱呀惊喜。那里，似乎死一般的沉寂，但是，唐全礼知道，在那窗帘背后，隐藏着几个人，那黑漆漆的窗洞里，一双双眼睛正紧紧地盯着鱼锅饼子店。唐全礼知道，躲在那间民房里的是刘署长的人，他们焦急而又兴奋，只等唐全礼这边的一个信号，他们就会立即冲出来，扑进店里。

唐全礼重新回到店里，眼睛还不时瞟向窗外的街道，琢磨着来赴约的人长什么样。突然，他的心跳加速了，只觉得眼前一黑，似乎什么东西一下子堵住了心口，只见一个穿黑衣、戴礼帽的中年男人出现在街头。他下意识地觉得，这个中年男人应该就是他要等的人。

唐全礼猜得没错，中年男人叫韩山东，此刻，他正朝着鱼锅饼子店走过来。前天，韩山东在大连接到上级指示，让他赶往花园口老街32号的交通站，来等一个从哈尔滨来的同志，那个人带着一部秘密电台，双方约会时间在下午一点到一点二十分之间，交通站就是鱼锅饼子店。韩山东进店后，要坐在靠近门口有窗户的桌子前，然后要向店老板要一份九转大肠，店老板会问他要咸口还是甜口，他要回答"甜口，加点香菜"。

上级没有告诉韩山东他要接头的这个人有多重要，可韩山东知道，就在半个月前，大连的地下党组织又一次遭受重创，仅有的三部电台全部被敌人搜走了。没有电台，就意味着敌人切断了他们与上级的一切联络。尽早恢复通信联系，是大连党组织的当务之急。

终于等到韩山东走进店里，唐全礼几乎是满眼放光地迎上来，热情洋溢地问道："吃饭吗兄弟？吃点啥？"

韩东山扫了眼门口窗前的空桌子，没有走过去，而是选择了一张离窗口远一些的桌子坐下来。唐全礼眼巴巴地跟过来，又问了他一遍吃什么。韩山东看了眼唐全礼，要了一碗海蛎子羹汤，一份鱼锅饼子。

完全不对劲儿嘛！唐全礼笑着向韩山东点着头，心里却大失所望，他冲着后厨的王大花高声喊道："鱼锅饼子一份，海蛎子羹汤一碗——"

唐全礼的喊声刚落，店里又进来一位客人，像是要赶路的样子，还没等唐全礼开口，他就急三火四地点了一份现成的小菜和一个馒头，没等坐下就狼吞虎咽地先咬了一口馒头。韩山东注意到了唐全礼对这位客人的表情变化，而且他发现，大街上每走过一个人，唐全礼都有些紧张。

鱼锅端上来了，韩山东正要吃饭，这时，又一个男人走进来，还没等唐全礼问话，男人便径直坐在了靠近门边有窗的桌子前。

唐全礼眼前一亮，赶忙迎上去，低声问道："兄弟，吃点啥？"

男人有些犹豫，四下看了看别人桌上的饭菜，似乎是一时拿不定主意。

唐全礼压抑着紧张的情绪，声音颤抖着低声问："来盘九转大肠？"

"大肠？"男人一时摸不着头脑。

唐全礼满怀期待地点点头，继续道："咸口还是甜口？"

男人看看唐全礼，有些不解："有毛病啊？到鱼锅饼子店里吃饭，你不推荐鱼锅推荐大肠，还什么九转大肠？"

唐全礼泄了气，不耐烦地一指旁边的桌子："那你坐那张桌子，这儿有人定了。"

"那你不早说。"那人嘟囔着，起身坐到另一张桌子前。

唐全礼等着男人点完菜，转身进了后厨。

韩山东吃了一会儿，掏出旱烟袋，装满烟叶后点上，吧嗒吧嗒地开始抽起烟来。他抽的是新收的烟叶，仿佛带着秋天金黄的气息，味道纯正醇香，每吸一口，就让他觉得浑身舒坦通畅。韩山东跷起二郎腿，悠闲地抽着烟，但是他的神经一刻也没有放松，反而越绷越紧。他知道，任何可疑的蛛丝马迹和差池，都会让他送命。他现在坐的这个位置，恰好能看到店里所有的动静，他借着抽烟遮掩，正在观察着饭店里的每一个人。

天气潮湿，虽已进入秋天，但夏天那种莫名的潮热一直尾随着不肯离去，让人无端地会生出焦躁不安的情绪。韩山东吸完了一锅烟，再看看怀表，已经是一点十分，再过十分钟如果那个人还不出现，今天的接头任务就黄了。

烟锅里的烟灰已经倒掉，空了壳的烟锅一定还残留着往昔的味道，任何过往都沉淀着岁月的痕迹。他不由得凝视着手中黑黑的烟锅出了神，那里像花园口海口一样，既深不可测，又似乎触手可及……

二

走在花园口的老街上，夏家河的目光不时地留意着街道两侧的门牌号。

老街还是那条老街，只是比记忆里的热闹了不少，好些店铺也像是换了主人，另做起了别的生意。各家房门上的门牌号，显然是伪满洲国的警署为了便于管辖重新设置的。夏家河觉得别扭，一旦把老街上的店铺改成具体的阿拉伯数字，就把老街特有的味道冲散了。

夏家河要去的地方是老街32号，到底是哪家他也不知道。不过，夏家河心里有些隐隐不安，他在心里反复祈祷，别是王大花家的鱼锅饼子店就好。这次到花园口，他最怕见的人就是王大花。来之前，他想象过与王大花见面的种种可能，内心里虽然有些期许，却还是忧意占了上风。见了面怎么办？要说什么？除了道歉，他想不出别的话。可既然道了歉，就得把当年不辞而别的理由告诉王大花，不然道歉就没有诚意。

当年，王大花的父亲再三恳求，让他悄悄离开王大花，别让女儿的下半辈子担惊受怕。夏家河这次本以为接上头，办完事，他就能和大连来的同志离开花园口，谁知人算不如天算，他还是没走成。昨晚火车上出的那件事，现在想起来还是叫他后脊背发凉。

火车进了花园口，就离大连不算远了。花园口归伪满洲国管辖，等第二天一早，火车就跑到大连了，那里是日本殖民统治的天下，日本人给改了个名，叫"关东州"。从伪满洲国进到"关东州"，花园口站的例行盘查非常严格，但昨天晚上的盘查，因为日本宪兵的突然增多，显然是把例行的检查升级了。

一路上，夏家河与受命护送自己的两个年轻同伴一样，一直小心翼翼，甚至有些提心吊胆，表面上还要装得气定神闲。晚上，火车正在咣当咣当地跑着，夏家河突然看到车厢两头出现了日本宪兵，宪兵对每一个乘客的行李检查得都很仔细，夏家河知道接下来的检查结果意味着什么，他们一行三人都无法再沉住气了。这时，车尾部一个中年男人携带的皮箱引起了宪兵们的注意，他们要强行打开箱子，中年男人抱着箱子不肯松手，双方开始争执起来，宪兵们一拥而上将中年男人拉开，车头的宪兵也跑过去，只留下一个人把守车门。在中年男人绝望的号啕中，宪兵们终于用刺刀挑开了皮箱，里面包袱里包裹着十几根金灿灿的金条，中年男人试图抢回金条，宪兵们手里的刺刀对着中年男人七上八下地一阵乱捅，四处喷飞的鲜血，引发了旅客们的阵阵尖叫。

车厢里乱作一团，年纪大一些的同伴迅速用眼神与夏家河做了一个简单的交流，还没等夏家河反应过来，他已经起身，拎起座位下的皮箱朝着车头方向快步走去。他的举动一下子吸引了宪兵们的目光，他们叫嚣着追了过去，同伴跑了起来，同时掏出枪来，朝着堵在门口的宪兵射击，宪兵应声倒下。车尾的宪兵们齐齐追上来，同伴边还击边朝车头奔跑。

宪兵们一窝蜂地从夏家河眼前跑过去，夏家河示意另一个年轻的同伴，拎起座位下的皮箱，朝着车尾跑去，同伴紧随其后。夏家河的举动，一下子提醒了还处于惊恐中的旅客，不少人跟着夏家河一起朝车尾奔跑，车厢里顿时乱成了一锅粥。宪兵们觉察到什么，叽里呱啦用日语高声叫喊着让旅客站住别动，怎奈声嘶力竭的叫嚣此时已经无济于事，他们朝着车窗和车顶一通鸣枪，旅客们这才抱头蹲下，闪出一条通道，只剩下夏家河和同伴在奔跑。宪兵们追上来，同伴不时回身还击。两人穿过车厢，总算跑到了车尾，却被前面一道铁门挡住了去路。夏家河冲撞铁门，铁门纹丝不动。同伴向门锁开枪，一脚踢开铁门，一股强劲的夜风扑面吹来，夏家河站立不稳，身子摇摆。

同伴大喊："快跳啊！"

夏家河有些犹豫，这时日本宪兵已经追了上来，同伴急了，用肩膀将夏家河顶撞出去，回身迎着宪兵冲了过去……

天快亮时，夏家河摸进了花园口。他在城外把皮箱安置在一个放心的地方，便进了城里。

夏家河离开这座老城快十年了，十年里，老城变化不大，除了重新编排的门牌号，其他一切对他来说，都是轻车熟路。他先找了家小旅馆，梳洗一番，迷迷糊糊睡了小半天，眼看着到了接头的时间，这才打起精神上了花园口的老街。

老街上略显安静，看上去没有丝毫的异样。夏家河清楚地知道，昨晚发生的意外，不可能不波及花园口，这里的平静，一定只是表象，表象之下必定隐藏着激流旋涡，甚至是惊涛骇浪。在花园口这片土地上，到处都是日本人的暗探和伪满洲国的特务，还有黑白两道的各种势力，星罗棋布，错综复杂，容不得他有一丝一毫的大意。

夏家河装作漫不经心地走在老街上，等他走过大半条街时，越走越不安起来。一是离约定的时间只剩下五分钟；二是他已经清楚地记起，拐过前面的一个街口，就该是王大花的鱼锅饼子店了。真是怕什么来什么，等他找到老街32号时才发现，老街32号门上招眼地挂着"王记鱼锅饼子店"的牌匾。

这里正是王大花的店。

夏家河略显迟疑，但时间紧迫，由不得他多想，他顿了一下便朝饭店走去。这时候他的心里有些不安，不是为自己的处境，而是为即将碰面的王大花。王大花的店，怎么就成了交通站？莫非王大花或是她家里的什么人是自己的同志？夏家河不敢想下去。他唯一的期望，是这个店已经转让了出去，是别人顶着"王记鱼锅饼子店"的名号在经营。

迈步跨过饭店门槛的一瞬间，夏家河清醒过来，他是来执行任务的，他努力把关于王大花的事情赶出脑海，朝着靠门有窗的那张空桌子，自然地走过去，坐下。

韩山东的目光一直跟着夏家河，直到夏家河落座，他的心跳不由得加速。

此时，心跳更快的还是唐全礼。从夏家河进店那一刻起，他的心便提到了嗓子眼儿，本来接头的时间眼瞅着就要过去了，如果人不来，一直躲在对面街上小黑屋里的刘署长一帮人饶不了他，一定会认定他供出的情报有假。如果守备队队长小田再追究，怕是连个解释的机会都没有，自己的小命就没了。唐全礼已经把花园口的十八个地下党员都供出去了，现在只有他还活着，这要是让党组织知道了，他唐全礼一定是死路一条。他这叫什么？这叫叛徒！出卖同志的叛徒！叛徒都没有好下场。

唐全礼也不想当叛徒，可他有自己的理由，他跟那些同志不一样，人家的家都不在花园口，就他拉家带口地住在花园口。谁都知道他是个顾家的好男人，唐全礼也很认同这种夸奖，只是没想到这会成为他被捕后的一个软肋。刚被抓进去的时候，唐全礼觉得自己能挺过小田的审讯，大不了咬咬牙把大刑都过一遍。可偏偏小田和刘署长没让他过大刑，直接跟他说起王大花和他的儿子钢蛋，说得像拉家常一样随意亲和，他们羡慕唐全礼老婆孩子热炕头的幸福生活，他们用软绵绵的刀把唐全礼的心理防线捅破了，唐全礼直接崩溃了。

刘署长一大早就来找唐全礼，告诉他哈尔滨方面要来送电台的事。现在花园口就只有唐全礼一个交通站了，电台要从花园口转移到大连，只能来唐全礼的交通站。刘署长警告唐全礼，小田队长还指望着这件事立功呢，要是出现个闪失，就直接把他们全家抓进大狱。如果这件事办成了，唐全礼就可以领到一大笔赏金，想到哪里藏身都行。赏钱的事，唐全礼没敢想，只要自己配合小田和刘署长他们抓到人，自己就没事了，到那时带着老婆孩子顺利脱身，他就知足了。

唐全礼简直是望眼欲穿，既害怕又担心，本来以为一点二十到了，他就能松口气了，谁知眼瞅着最后的时间就要过去了，却进来位黑大个儿。

夏家河刚一落座，唐全礼就紧张地过去，问道："兄弟，吃点啥？"

夏家河看了眼唐全礼，"来份鱼锅饼子，少放盐。"

唐全礼不动，他有些不甘心，直愣愣地看着夏家河，期待着他下面的话。

夏家河说："再来个菜，九——"

"酒？你还想喝酒？滚，你快给我滚！"随着一个女人的叫骂声，王大花冲了过来，她一把推开唐全礼，对着夏家河怒目圆睁，气都喘不匀实了。

夏家河惊住了："大……大花……"

"别叫我名，快滚！"王大花伸手来抓夏家河，那架势，像是要一把将他扔出去。

夏家河向后缩着身子，挤出一丝笑来："我……我吃口饭就走。"

"这里的饭只给人吃，不喂狗！"王大花又上来拉扯夏家河。

"干啥呀，这是……"唐全礼一头雾水。

"滚！滚！"王大花越喊越来气，眼里竟然涌出了泪水。

唐全礼意识到什么，他看着夏家河，问道："你……你是虾爬子？"

夏家河不置可否："我吃个饭就走……"

唐全礼也惊住了："你真是虾爬子？"

"滚啊你！"王大花的泪水终于滚落下来，她强忍着才没哭出声来。

"好啊，你个死虾爬子，你还送上门来了！"唐全礼明白过来，抡起一条长凳就要砸过来，王大花有些慌了，一下子横在夏家河前面："还不快滚！"

"你开的是馆子，我来吃饭，凭什么撵我走？"夏家河说得有些气弱，却还是直着脖子。约定的接头时间眼看着要错过了，他有些着急。

"就凭你是虾爬子！"唐全礼抡着凳子直往前蹿，"你把大花害成啥样你不知道？还有脸来找她？把你烧成灰渣渣她都不解恨！"

"掌柜的，你们吵吵啥！还叫不叫客人吃饭了？"韩山东拍着桌子，大声地质问，他怕这场没完没了的争执，吓跑了要来接头的同志。

夏家河连忙附和："对对，我吃口饭就走。"

"我叫你吃！"王大花拿过墙边的扫把，朝夏家河挥来。

夏家河起身躲着，王大花不依不饶，挥动扫把，唐全礼也抡着板凳，夏家河只得朝门外奔去，王大花紧追不舍，唐全礼吼着："滚！再来干死你！"

夏家河边躲着王大花的扫把，边退到一条僻静的胡同里，他苦苦告饶："大花，你别这样……我真的有要紧事，你让我进去……我吃口饭就走……"

王大花又挥起扫把，扫把终于落在夏家河身上。夏家河由着王大花去打，直到王大花觉得打累了，扫把滑落在地，蹲在地上抽泣起来。

接头的时间已经过了，饭店里的韩山东匆匆把饭吃完，起身走了。

夏家河现在能做的，就是陪着王大花，让她把一肚子的委屈哭出来。王大花总算哭够了，盯着夏家河："咱俩散都散了，你还来干啥？成心来恶心我？找我就找我，你跟唐全礼嘚啵啥？"

夏家河一头雾水："谁是唐全礼？"

"拿板凳打你那个人，我老头儿。"

"他怎么会认得我？我没见过他。"夏家河一头雾水。

"没见过就不能认得了？你个陈世美，臭名顶风能吹出八百里！"

"当年，是我对不住你。"夏家河低下头。

"少来！你一句对不住就拉倒了？"王大花眼里喷着怒火，转瞬却又盈了泪。

夏家河不知如何是好。

"娘——"一个五六岁的孩子跑过来，夏家河看着孩子，又看王大花，"你儿子？"

钢蛋很机灵，张嘴喊道："叔！"

"他不是叔！"王大花瞪着钢蛋。

"那是谁？"钢蛋问。

"娘的冤家！"王大花咬牙切齿地说完，拉着钢蛋就走。

"大花，我话还没说完哪……"夏家河追上王大花，拉住她胳膊。

王大花打开夏家河的手，盯着他："咱俩没啥好说的，当年的事都过去了，我现在过得好好的，往后别来找我，我经不起折腾了。"

夏家河还要说什么，王大花扭头出了胡同。夏家河想跟上去，见有人好奇地看着自己，只得走开。错过了今天的接头时间，只能等明天了。一想到明天过来还要面对王大花，夏家河的脑袋又大起来。

王大花领着钢蛋回到店里，唐全礼不在。锅里的饼子已经煳了，王大花收拾着几个煳了的大饼子，将煳痂揭掉，泡在水里，好留着喂鸡。不一会儿，唐全礼蔫头耷脑地回来了。

"死哪儿去了？"王大花没好气地问。

唐全礼压住火气："别没事找事啊！"

"我没事找事？这一天你就跟掉了魂似的，心思都跑到大姑娘身上了！"王大花不依不饶。

"闭上你个臭嘴！"唐全礼火了。

王大花也火了："咋啦？说到你痛处了？今天你不把大姑娘的事说清楚，我就不算完！"

"王大花，我倒想问问你，你和他虾爬子到底咋回事？我就几天不在家，你俩就又勾搭上了？"

"你放屁！"

"我放屁把虾爬子放来家了？"

"那是他自己个儿冷不丁来了，唐全礼你别瞎寻思！"

"我不在家的时候，他到底来过没有，你给我说明白喽！"

"唐全礼，我真是瞎了眼了，跟了你六年，你还不信我！"王大花怒道。

"虾爬子都找上门来了，我拿啥信你？你对得住我吗？你俩到底干啥了？"唐全礼觉得委屈，喊叫声里带了哭音。

王大花直勾勾瞪着唐全礼，看得他有些发毛，知道刚才的话有些重了。唐全礼回身打开炕上的躺箱，翻找着什么，不一会儿，翻出一个布包，三下两下扯开来，露出里面的相框，丢在炕上。

相框里，是夏家河在哈尔滨上大学时候照的相片，他正一脸严肃地盯着两人。

唐全礼喘着粗气："这么些年了，你一直藏着这个，别以为我不知道。"

"你知道咋了？我和他的事，咱成家前我就跟你说了。"

"你说了不假，可你没说一直藏着他的相片。"

"你是没藏大姑娘的相片，可你把她藏在心窝子里了！"

"我那个大姑娘，不是你想的那样！"

王大花一听急眼了，唐全礼总算亲口承认了："你还真有大姑娘了！"

她疯了一样扑向唐全礼，抓挠起来。

"娘——"钢蛋跑进来，一见这阵势，吓得大哭。

"你个疯婆子，非害死我不可！"唐全礼抽身，朝外跑去。

钢蛋哭着："娘，你咋了？"

王大花一屁股坐到炕上，杀猪般哭号起来："你爹他狼心狗肺！他不要你娘了，他要给你找个大姑娘当后妈……"

唐全礼懊丧地给了自己一个嘴巴子，抬脚朝外走，摔上院门时，把在吃草料的毛驴吓得打了一个哆嗦。

作者简介：郝岩，祖籍山东蓬莱，生于大连，现供职于大连晚报社。中国作家协会会员，中国电视艺术家协会会员，中国电影文学学会理事，辽宁省作家协会签约作家。第十一届全国电视制片业十佳编剧、2015年中国最具影响力十大电视剧编剧，参与作品曾获"五个一工程"奖、飞天奖、金鹰节。

红豆黏糕和奔跑

赵 颖

我是一名农村妇女，今年三十六岁。我叫陈乌米。这个名字听起来不是太顺耳，但北京来的记者郭旺荆很欣赏我的名字，他说我的名字洋气，说俄罗斯人、阿尔巴尼亚人都有叫乌米的，中国有一个民族叫羌族，也有叫乌米的。郭记者这是夸我，其实他并不知道乌米的含义，郭记者二十多岁，是城里人，对农村生活不太了解，他跟我闲谈的时候说过，他十三岁才被母亲领到郊区看见过猪。当然，他就不知道啥叫乌米。乌米是庄稼不授粉或授粉错误在庄稼的穗上生出的赘物。我有两个姐姐，我爹我妈希望他们的第三个孩子是男孩儿，而我被生下来的时候，极不争气，真就成了赘物。我小时候叫乌米，长大了，上学的时候，我真正的学名就叫了陈乌米。

我家在辽宁省福城县大洼乡红树村。我有两个孩子，也都是丫头，我喜欢丫头，我不喜欢小子。我不喜欢小子的原因是因为我丈夫也是小子。我丈夫叫赵庆林，高中毕业，他原来是大洼乡小学的体育老师，后来小学教师竞争上岗，他被淘汰下来了。庆林很懒，他不会种地，因为他小时候就没种过地，他父母都是乡中学的老师。现在他在家干的都是女人的活，洗衣做饭，我干的都是男人的活。庆林没有啥恶习，不抽烟不喝酒也不赌博，但他喜欢钓鱼。他没事总到我们村北的小凌河边上钓鱼，把鱼钩甩到河里，他靠在河边的柳树旁睡觉，鱼咬没咬钩他也不管。有一回一条大鱼咬了钩，把钓竿都拖到了水里他都不知道。他就懒到了这种程度。

我现在的日子不错，在我们乡也算数得着的富户。我们家富裕不是靠种庄稼，也不是靠多种经营，而是靠我的本事，我能跑。短跑在全县农民运动会上，我拿过女子二百米第一，八百米我拿过全省的第一，在去年全国农民运动会上，我拿了八百米第二。我争得了这些荣誉以后，乡里县里省里都给了我很高的荣誉，我获得了各级有关部门的奖励三万多元。我还被特招到县体育训练中心做了长跑教练，变成了国家正式职工，每月还能挣三千多元的工资。

我到了县里以后长了见识，我高中没毕业就辍学了，文化水平不算高，但我还能读懂书，能看报，能接受外面的事情。我在一个资料上看到了肯尼亚一位长跑女运动员，叫多维拉姆，她母亲患有精神病，一犯病就跑，一跑就想跑到山上去，多维拉姆家乡的山上有许多野兽，如果她的母亲跑到了山里，就可能被野兽吃掉，所以，母亲一犯病，她就拼命地追她的母亲，她一追就是六年，后来，她母亲死了，第二年，她参加了肯尼亚的长跑比赛，她获得了第一名。多维拉姆在国际上的许多赛事上都获得过很好的名次。

北京记者郭旺荆采访我的时候，说我是中国的多维拉姆，我不知道多维拉姆是谁。当然，我是在向郭旺荆介绍我的身世后，他才说我是多维拉姆的。我看完多维拉姆的资料后哈哈大笑，我认为郭记者这样称呼我多少也有些贴切。我的母亲不是疯子，但我的母亲在若干年以前，她的行为跟疯子也没有什么两样。

一个人成名以后，别人想了解他总是先要了解他的身世，成名的起因，以及他的私生活等。我对我的身世、成名的起因包括私生活从不掖掖藏藏的。

我七岁的时候，父母因为没有儿子，仍不甘心，后来母亲又怀孕了，乡计划生育办和村计划生育站以及乡派出所联合行动，强行让我母亲做人工流产，我父亲像英雄一样在屋子里转了一圈以后，挥起大手对我母亲说，你转移我掩护！他让我母亲逃。本来母亲是应该一个人逃的，但她放心不下的是我，本来父亲就已经很烦我的两个姐姐，对我更是烦得要命，他嫌我小时候吃饭慢，好哭，又嫌我干活不利索（我五岁就已经被我父亲分派到地里拾柴火捡麦穗去了），当然，父亲总训我，但从来没有打过我，我毕竟还是他的亲骨肉。

我记得母亲逃亡的时候，应该是半夜的时候，她夹了包袱，走出院子又折回来了，她把我从被窝中薅出来，领着我逃了。

我们先坐了一段汽车，但没出乡就被截住了，原来乡里已经设卡拦截了四名计划生育逃跑者。车上的人都下来接受检查，村委会主任也在卡子上，他是专门来截我妈的，趁他们不注意，我妈拉着我就钻进了道旁的高粱地，一直跑到高粱地的尽头。我妈和我无处躲藏，最后决定上我舅舅家去。我舅舅在三桥村，离这里十八里路，我妈领我不断地跑，跑了十几里的时候，我又渴又饿，妈妈领我逃出来的时候只带了一瓶子水，没有带吃的，我喝了水却顶不住饿了。妈妈忽然对我说，咱快点跑，舅家有红豆黏糕。

我想多说说红豆黏糕。红豆黏糕是咱们农村最讲究的食品，一般说在过年的时候要做黏糕，所以黏糕也叫年糕，就是年月日的年，取年年高升的谐音。做黏糕当然得用黏米磨成面。咱村里的黏米有好几种，有黏苞米、黏高粱、大黄米、小黄米。有钱的人家还可以从县城买回江米磨面，江米南方叫糯米，磨出来的面是白的。黏糕当然是蒸出来的，大锅添足了水，放上竹屉子，放平，屉布子铺匀，水开了，屉布子上冒汽了，就均匀地往屉子上撒面，熟一层撒一层，一指厚的时候就要撒一层红豆，一般黏糕要有三层红豆，最上面那层红豆铺得要厚，然后盖上锅盖，文火蒸……我做过一次黏糕，做得不太好，因为我性子急，咱农村有句老话，心急吃不了热黏糕。再说，我老舅做的黏糕，那是农村难见到的好黏糕。老舅撒黏糕用黏高粱面和黏苞米面换着撒，蒸出来的黏糕一层红一层黄，很好看。关键是老舅撒黏糕用的红豆是用红糖和麻油搅拌的，蒸出来的黏糕，满屯子都有香味。老舅做出的这种黏糕，不是谁都能做得起的，因为老舅家的条件好。老舅非常有才，他是乡村医生，是正骨医生，他医跌打损伤在县上都很有名，他研制的正骨膏药在县医院临床试验，治愈率达到百分之百，县里买了他的专利。老舅除了医术高明，书法也有名气，厨艺水平也很高，能做出那么好吃的红豆黏糕，还不算是他最拿手的手艺。每逢年节的时候，老舅母总是给我们送红豆黏糕。

　　在我七岁的那个夜晚，在那个让我恐怖、疲惫、饥饿的夜晚，没有比红豆黏糕更好的精神力量去鼓舞我，红豆黏糕可以让我振奋起来。于是，我跟着母亲又疯狂地跑了起来。快天亮的时候，我们终于到了我舅舅家。让我感到失望的是，我们在舅舅家待了一天，我没有吃到红豆黏糕，吃的是高粱米饭、白菜炖豆腐，还吃了一顿我一直都不喜欢吃的疙瘩汤（现在疙瘩汤成了城里餐桌上的美食，美称为珍珠汤、玉卵汤，北京一家餐馆叫它不是浑蛋）。那天母亲的气色不好，因为我听到舅舅在一个屋子里训斥母亲，舅舅说，你想想，这么做值吗？女孩子有什么不好，咱妈死前得谁的济了，谁最孝顺，还不是你吗？我在赤脚医生学习班演讲，去县医院学雷锋，妈咽气的时候我也没在跟前。你伺候妈半年多，这不就看出来了吗，养儿不孝等于瞎胡闹。闺女才是宝，闺女才养老。你得做了，再说，我现在的身份也不能支持你，我是县里的先进医务工作者，乡里的计划生育领导小组副组长。这时，舅母说话了，这个家我说了算，姐就在咱家藏着了，如果你怕担责任，我把咱姐送到我娘家去，我非得让我外甥生下来不可！

当晚，我和我妈被转移到了我舅母的娘家。临走前我拽着母亲的衣襟小声地说，妈，我想吃红豆黏糕。

舅舅听到了我的话，他可怜起我来，说，乌米，舅今天就磨面去，明天蒸出黏糕给你送去。

我和我妈被转移到舅母娘家。母亲在喜悦中过着不安的日子，我们在舅母娘家待了三天，舅母就匆忙地赶来了，手里拎着人造革兜子，那里面放着饭盒，我猜那肯定是红豆黏糕。舅母说，大洼乡政府派人来了，逼着她老舅说出你们的下落，她老舅这回可是死活一个坚强，硬是没有把你们交代出来。但大洼乡来的人当中有两个是公安，据说是专门搞侦查的，他们很可能要奔这儿来，他们刚走，我就赶快给你们报信来了，你们还得转移。她老舅让你们赶快回去，到医院做了，我是不同意她老舅的意见，我帮你们就要帮到底。我现在给你们提供四个转移的地方，你们可以在这四个地方轮换着待。这四个地方是我四个好朋友的家，我已经分别给她们去了电话。她们是：清源林场食用菌实验站的马桂香、土塔乡兽医站的王淑琴、西桥供销社的夏玉兰、小洼乡中学的曲凤芝。你先到王淑琴家，离这儿二十二里地，你在她那里待四天，马桂香去接你，你在马桂香家里待四天，就去西桥，离马桂香家三十五里，马桂香家里的条件比较好，加上她还欠我三百块钱，这钱我不要了，你可以在她那儿待两个月。最后一站是曲凤芝家，曲凤芝的爱人赵世宾是我同学，也是我家奉岐的朋友。在曲凤芝家待上十天左右再返回马桂香家，这么轮上几圈，就到了八个月，临产的时候再回我妈这儿来……

我妈为舅妈这么周密精细的安排，感动得要掉下眼泪，而我则急切地想打开舅妈拎来的皮革兜子，我已经闻到了饭盒里红豆黏糕的香味。我们没有在舅妈娘家多停留，当晚就直奔土塔乡兽医站。这里通往土塔乡的路都是土路，前几天下了一场雨，土路还有些泥泞，我妈拽着我，急急地赶路，谁知走了不到五公里路的时候，后面追来一辆汽车，听到汽车喇叭的声音，妈惊恐地对我说，不好了，是乡政府的车追来了，我们得赶快跑！不由分说，妈拽着我钻进了道旁的高粱地，高粱地里有许多积水，我和我妈在高粱地里摔了一个跟头又一个跟头，汽车的喇叭声没有了，我们也走到了高粱地的尽头，就在我妈幸福地长叹了一口气的时候，我却悲伤起来，我一直抱得很紧的那只皮革兜子，不知道什么时候没有了，我就哇哇地哭。我在哭的时候，不断地说，红豆黏糕，我的黏糕。我妈看我哭得可怜，就让我坐在地头上，她又返回去找那只皮革兜子。母亲至少折腾了两个小时也没找到那只皮革兜子，这时天都快亮了，我哭着要自己进高粱地找那只兜子，我妈却说，不能去找了，天亮了，乡政府的汽车还会开过来，很快就会发现我们，你弟弟就保不住了。

我妈拽着我又奔跑起来，这一路上，我两腿很沉，是我惋惜那一饭盒红豆黏糕。我妈却鼓励我说，我们抓紧跑吧，跑完了四家，最后一站还是你舅妈的娘家，到时候你舅妈还会给你做红豆黏糕。妈妈的这句鼓舞比任何鼓舞都有力量，我拼命地跑，甚至跑到了妈妈的前面。

在以后不算漫长却也不算短暂的六个月里，我几乎每三天左右就会有一次长跑，跑得很急很快。在跑的时候，我和我妈都充满了愉快，我们俩在长跑的时候，妈妈还能跟我说话，她说，你弟弟长得像你爸也行，你爸头大脸大，一脸的福气。你弟弟长得像你舅舅也行，你舅舅有才。你弟弟将来要读大学，大学毕业以后回咱们大洼乡当乡长，将来你们生孩子，生多少都没有人管，因为你弟弟说了算。妈在说这些话的时候，气喘得很均匀，一点也看不出疲惫。其实，我弟弟什么样我不太关心，我关心的是什么时候能够跑完这漫长的路，什么时候能吃到老舅做的红豆黏糕。

我们最后一站是曲凤芝家，说到曲凤芝家，我必须多说一些，因为曲凤芝就是我现在的婆婆。我们在曲凤芝家出了事，由于我和我妈不断地奔跑颠簸，在西桥供销社夏玉兰家往曲凤芝家奔的时候，过一条河，河上是一座独木桥，快到对岸的时候，妈摔了一跤。到了曲凤芝家，妈妈就有了异常反应，妈妈开始流血，脸色苍白，曲凤芝立即通知我舅妈，我舅妈领来了医生，我妈早产了，生下了孩子，这孩子很鲜活，却不是我弟弟，是我妹妹。我妈的心情异常悲痛，我妈认为她这七八个月的奔跑应该是无意义的奔跑，她让儿子做乡长的梦彻底破灭了。爸爸知道了妈妈生孩子的消息，他没有来看望我妈，更不来看望我和我的小妹。后来听说我这心胸狭窄的爸爸因为没有得到儿子，在村头的河边号啕大哭了一个多钟头就跳河了，因为河水太浅几次跳河都没有死成。我妈也没有脸面见我爸，我们就暂时在曲老师家住下了，这时我感到我的责任很重，半年多的逃亡生活，让我感到我们每到一处，都是在给人添麻烦，我妈让我学会了做事勤快，做人懂礼貌。我在曲凤芝家就像一个大人，我抢着和曲姨做家务，还给曲姨的儿子、只比我大两岁的赵庆林洗衣服，曲姨非常喜欢我。有一天，她跟我说，乌米，你给我当儿媳妇吧。没等我说话，我妈却先说话了，行，我看行。当时长得很胖，还有些迟钝的赵庆林也说，行，我看行。

　　我的长跑生涯在我七岁的时候开始，后来，我入了小洼学校，就在我的未来的公公婆婆那所学校读书，这也是我妈的主意。我们后来回到了家里，我们家有了四个女孩儿，我们家又被罚了六千多块钱，卖了一头牛和一间半房子还有十麻袋黄豆才交清了罚款，但我们的日子更加艰难。我的两个姐姐辍学了，在家做农事，我要在家做农事，我妈忽然想到了小洼乡学校的赵老师和曲老师，就把我托付给了他们。他们给我提供学费，却不能给我提供住宿（公公是一个有思想的民办教师，他怕我在他家住宿，给别人造成童养媳的嫌疑），我每天上学放学也是在长跑中进行的，我每天至少要跑十六公里。

　　在这里，我还要说一说红豆黏糕。我舅舅、舅妈一直很喜欢我，我在上小学和中学的时候，都是舅妈、舅舅资助的，舅妈知道我每天上学要走十六公里的路，就要出钱给我买一辆自行车，我对舅妈说，我不想要自行车，我跑步很快，我只想舅舅每月给我做一次红豆黏糕，作为我上学的干粮。我这个要求并不过分，舅舅、舅妈他们满足了我，这种满足一直持续了几年……

一个长跑运动员的饮食非常重要，我在一份资料中看到，肯尼亚的多维拉姆最喜欢吃的是玉米和海枣以及一种树的溶汁做成的糕，她不喜欢吃水果，却喜欢吃一种叫东椒的蔬菜。我在获得全国农民运动会长跑第二名的时候，有一位记者曾询问我的饮食，我随意说出了红豆黏糕，第二天，有一家食品公司的老总找到我，要生产一种红豆黏糕，就叫乌米牌红豆黏糕，并注明是×××运动会专用食品。我笑着说，红豆黏糕确实好吃，但它应该是我在那个特定年代的精神食粮。北京记者郭旺荆说，我这句话说得很有才华。

当有人问我，我之所以能够成为一名出色的长跑运动员，和当年的特殊遭遇以及红豆黏糕有多大关系时，我如果只说饥饿让我奔跑，为了妈妈让我奔跑，这多少有些过于质朴，如果人们知道了肯尼亚的多维拉姆，我的经历就没有多大意思了。

在这里我想说一个一直让我犹豫、一直让我难于启齿的一个隐私。我在读高中二年级的时候为什么要辍学，不仅仅是因为我的家境贫寒，还有一个重要的原因是我遇上了一个如狼似虎的体育老师，他叫朱一军，当然，这是一个化名，你可以想象他是朱二军或是朱三军。我参加了那年全县举行的中学生运动会，我长跑获得了第一名，我得到的荣誉只是一套运动服和五百元助学金，而朱一军老师却得到了更高的荣誉，他获得了全县优秀体育教师的称号，在他的申报表格主要成绩一栏上写着：我经过一年多的努力，为培养一位全县的青年冠军呕心沥血，为此付出了极大的代价，终于取得了突出成绩。我获得全县冠军也成了朱一军不断接触我、用更多的时间辅导我的理由。可是突然有一天，朱一军对我说，他喜欢我，要和我那样。我很瞧不起朱一军，他并不是一个科班出身的体育老师，他原来是乡里一位领导的小车司机，后来乡里那位领导去了县里，临走前就把朱一军安排到了乡中学,当上了老师。他由于文化水平低,教不了文化课,就凑数教体育课。

我知道我要出事了,但我必须用我独特的办法对付他。我说,我们两个一起跑,当你抓到我的时候,你想怎么着都行。距离是八百米或一千米。我还是一个女孩子,朱一军却是一个身强体壮的大小伙子,他认为,他追上我应该不成问题。于是,我们的交易在一个傍晚开始,就在学校的后墙外。后墙外有一条柏油马路,一直通到山上的盘旋道。我们开始跑了,我低估了朱一军,在我们跑到三百米左右的时候,朱一军抓到了我。我气馁地坐到了地上。我闭着眼睛,迎接一个噩梦的到来。但朱一军没有把我怎么样,他让我站起来,对我说,我这样做有点欺负你,也有失我作为一个人民教师的道德水准,我只是想让你答应我,在你到了已婚年龄的时候嫁给我。那年我十八岁。那天,朱一军只是搂抱了我,亲吻了我。

我觉得我要想摆脱朱一军,就必须在长跑上再下功夫。经过了一个多月的苦练,我长跑速度又快了一分零三十秒,这应该是个惊人的速度。有一天,我忍不住又向朱一军挑战,我们还在学校后墙外的柏油马路上比赛,这一次,我远远地把朱一军抛在了后面。我坐在终点线上等朱一军跑过来,我对他说,你可以放弃娶我的念头了。朱一军说,这次和上一次是个平局,今天晚上才是决赛。

果然,这天晚上,在我放学的时候在我回家的路上他拼命地追我,他追我至少追了十二公里,后来,他倒在了路上。这一次长跑是我一次愉快的长跑,我心中的愉快远远超过了我的精神食粮红豆黏糕。在奔跑的时候,当和朱一军有了距离,我就要回头看看他,我抛弃的不仅仅是个无聊而又无耻的体育老师,更是抛弃了一个魔鬼,这个魔鬼才是我真正的精神力量。

朱一军为了追我,昏倒在路上,第二天他就住院了,他患有心脏病。几天以后他出院了,可是没过几天,他又住院了,这次住院他没有回来,他死了，还是死于心脏病。他在临死前对学校的领导还有看望他的县里领导说，我是为了学校的教育事业，我是为了培养一个体育明星而倒下的，我死而无憾。

在朱一军住院期间，我们学校和我的班主任对我异常气愤，认为我应该手捧鲜花去看望朱老师，当然他们不知道我和朱一军之间可能发生或还没来得及发生的悲剧。我还是去了，是班主任给我买的鲜花，我把鲜花放在朱一军的病床前的时候，还冲他深深地鞠了一躬，对他说，朱老师，祝你早日康复，我还等你给我做教练呢。

朱一军狡猾地说，乌米同学，你现在最应该知道的是，我对你的一片苦心。为了使你成为体育明星，我可能会使用很多你意想不到的办法……

此时，我不知道眼前脸色苍白的朱一军老师，他是个人还是个魔鬼。也许他既是个人又是个魔鬼，但他肯定不是一块红豆黏糕。

我现在已经三十六岁，快步入中年，我不可能成为一位长跑明星，在我身上不可能发生太多的奇迹，当然，我也不希望在我身上发生奇迹。我现在的欲望已经远离了红豆黏糕，但我没有远离奔跑，因为我在奔跑的时候同样会获得只有我自己知道的那种愉快——

我在奔跑的时候会想到我的家人，当然，我常常想到的是我的母亲。她现在仍然很健康，她和我老妹妹在一起生活。妹夫在土塔镇开了一家饭店，叫生产队饭店。老妹是主管，妹夫是厨师，我妈每天开着三轮车跑县里进蔬菜、鸡鸭鱼肉，她已经六十四岁了，但她很像四十六的年龄，车开得很快。她在开车的时候一定是在幻想自己在奔跑，此时，我会和她一起奔跑。

我丈夫又在钓鱼，总有一天，一条大鱼会把他的钓竿和他一块儿拖到水里。此时，我在奔跑时会大笑。

舅母已经病故了。舅舅还在，他不再行医了，他每天都在练字，练的是欧体，他说这种字体符合他的性格。他每月至少要做一次红豆黏糕，不过,他的红豆黏糕在用料上已经有了改变,他用豆沙替代了红豆,又在黏糕的中层加了青丝玫瑰和杏仁、核桃仁。我已经不喜欢他现在做的红豆黏糕了,因为叫红豆黏糕很不确切。

我仍在不停地奔跑,我在奔跑时有过突发奇想,我跑进高粱地里看到了让我惊奇的一件东西,那是我在二十多年以前丢失在高粱地里的那块奇香无比的红豆黏糕……

作者简介:赵颖,女,笔名兆影,国家一级作家。中国作家协会会员,阜新市作家协会副主席。1986年毕业于辽宁文学院首期作家班。20世纪80年代开始发表文学作品,在《青年文学》《作品》《长城》《中国铁路文学》《山东文学》《鸭绿江》《章回小说》《当代小说》等文学期刊发表中短篇小说一百余篇,及散文、报告文学二百余万字。出版长篇小说《晨染梧桐》《大矿山》《乔丹的神秘来信》《特殊密工》及长篇报告文学《搏击》《惊蛰》等。电视剧文学剧本《大矿山》已改编拍摄成三十集电视连续剧《矿山烽火》,辽宁电视台等相继播出。长篇小说《大辽诗后》入选2017年中国作家协会少数民族精品工程。

玉虫（节选）

唐大伟

引 子

佟一琮的工作室里，最引人注意的是老娘的照片，远远超过了他亲手设计和雕琢的各种精美玉器、朴质的原石。

每个人一进门就能看到，醒目，夺目。

这张和真人差不多大小的半身照里，当时只有四十几岁的老娘衣着朴素，发髻轻绾。似笑非笑，两道细弯眉古典又温柔，一双杏眼眼角略微向下，写着年深月久地心引力的强大。老娘最好看的是鼻子，立体又端庄，即使做过整容手术也不一定能达到这样的效果。老娘的嘴唇紧紧抿着，一如她在生活中常见的样子。

佟一琮已经很久没有见到老娘了。

母子俩最后一次见面是在他的工作室剪彩的那一天。那天之后，老娘就失踪了。之后，他一直在寻找老娘，到过很多地方，拿出手机里的照片问过很多人，可是，每次都是失望而回。后来，他接受了老爹的说法：

"她不想回来,谁都找不到。"

可是,他的心里仍然盼望着,老娘会在某一天突然出现在他的面前,轻轻地抱抱他,或者什么也不做,只是安安静静地坐在他的身边,陪着他。在身边,就好。

他想亲口对老娘说:"老娘,我真的好想你!"

从小,佟一琮最怕老娘。老娘话少,不啰唆,从没骂过他。可他觉得老娘身上有妖气。做儿子的把"妖"这个字用在自己老娘身上,实在不合情理,可是佟一琮实在想不出更贴切的词来形容了。

老娘似乎总能预知一些事,经常三言两语地点拨他。他觉得没太懂,仔细追问,老娘却一个字也不肯吐了。经多年后的事实验证,老娘的"先知",总是能一一应验。

第一件应验的事,发生在佟一琮周岁时。按照东北这边的规矩,孩子周岁了,一定要抓周。于是小佟一琮左手拿了一块石头,那是岫玉中的籽料河磨玉,现在这块玉做成的平安扣就系在他的脖子上;右手拿了块石头,是岫玉中的山料黄白老玉,现在这块玉做成的摆件正放在佟一琮工作室。

据说,当年老爹看到他抓了两块玉石,气得七窍生烟,发誓绝不让他当玉匠,要改改佟家的风水命脉。老娘在一边咯咯地笑了,笑完说道:"命定的事,谁都逃不过;只是可怜我的儿,怕是多磨难,定要娶两房了。"老爹听完,脸色铁青,两只不大的眼睛,射出的寒光像两把利剑,无论谁碰上了,必定受伤。

第二件应验的事,是佟一琮的一个梦。他在梦里拥有了自己的工作室,上面赫然写着"大师",这让他又惊又喜又愧。醒后,便将梦中所见景色、环境、房舍,包括室内装饰一一画出,并在上面写上"佟一琮工作室"六个字。

老娘看后,写了十六个字:梦里依稀,求者戚戚。闽者为伴,天地澄明。

佟一琮问老娘是什么意思，老娘却说自己泄露了天机，不愿再吐一个字。

对老娘，佟一琮因爱而敬，因妖而畏。

第一章　玉在深山草木润

1

佟一琮的第一件玩具是一块石头。玉石，岫玉。

佟一琮是满族人，镶黄旗。祖上什么时候到的辽宁岫岩，还是压根儿就是土生土长的岫岩人，佟一琮不清楚。大概是长到十来岁时，他第一次问了老爹佟瑞国，坐在水凳上的佟瑞国眼珠子一瞪，骂道："小兔崽子，净问没用的事，谁让你进来的，滚出去！"

岫岩玉雕匠人都是坐在水凳上琢玉，一代又一代，一年又一年。一辈辈的玉匠都是这么走过来的。

佟一琮最爱看老爹在水凳上对着玉石雕刻，看到了心里就欢喜、快活，觉得那玉石可真美，原石美，做成了玉器、玉件就更美，美得透骨，美得抓人的魂。可老爹不让他看，更讨厌他在琢玉时问东问西，特别是涉及祖宗的问题。

经历过老爹一次次的瞪眼、发脾气，甚至抡起木棒之后，佟一琮索性不再问了，反正问了也白问，佟瑞国根本不会给他答案，也许佟瑞国压根儿就不知道答案。

老爹佟瑞国只迷两样：一迷琢玉，老爹只琢岫玉；二迷安玉尘，佟瑞国的老婆，佟一琮的老娘。

关于祖宗问题，佟一琮如果再问，轻则惹来一顿骂，重则惹来一顿打。他聪明，才不捅那马蜂窝呢！爱谁谁，爱哪儿来的哪儿来的，哪儿来的不一样？哪儿来的也是在岫岩生岫岩长的，填表的时候，写上籍贯辽宁鞍山岫岩就可以了，谁会去查十八代祖宗呢？再说了，哪儿能比岫岩好呢？

读大学以前，准确地说，正式走出大山以前，佟一琮觉得岫岩哪儿都好，山好水好人也好。春天的青山碧水柳绿花红，冬天的白雪映日苍山雄阔，各时有各时的景色，各处有各处的特点。人也纯粹朴实，与人相处，个顶个儿都是掏心掏肝，不藏半分心机。

那个时候，佟一琮想，到哪里找这么好的地方、这么好的人呢？岫岩多好啊，还找什么桃花源？这不就是现实版的桃花源吗？

当然，在他心里最好的还是岫玉，不管是普通岫玉、多彩花玉、带着石头外皮的河磨玉、绿白相间极似翡翠的甲翠，没有一样不招他喜爱。岫玉里，做了一辈子玉匠的老爹最喜欢的是河磨玉，河磨玉外表或者灰白，或者黄褐，或者赭红，内里的玉肉细嫩润滑。佟一琮最喜欢的是花玉，花玉色彩斑斓艳丽，质地温润、细腻、坚韧，颜色变化多端是别的玉石没有的特色，是最能考验玉雕师造诣和灵活性的上等玉雕材料。

上了大学，从大山里出去之后，佟一琮的想法变了。他终于懂得小时候学会的那些成语，诸如井底之蛙、孤陋寡闻等之类的意思，外面的世界光怪陆离，太大太炫目，色彩斑斓，五光十色，机会多，平台大，有数不尽的发展机会。

岫岩太封闭，不仅是缺少了一条当时还没有的高速公路，最封闭的还是根深蒂固不愿意改变的思想。思想大了，天地才能大，岫岩才能出去，宝贝岫玉才能出去，才能像维密天使一样吸引全世界的眼球，引领全世界的时尚。

想到这点，佟一琮便耿耿于怀，一脸的愤愤不平，就像自己看中的姑娘，要多水灵有多水灵，要多漂亮有多漂亮，要多着眼有多着眼。可是愣有人说是村姑，没见过世面，又土气又俗气！他不愿意听到别人拿村姑来比岫玉。岫玉好着呢，距今七千到五千年前的红山文化就用上了岫玉，红山文化出土的玉龙，就是用河磨玉做成的，造型夸张、奇特，兼具写实与抽象手法，结构简洁，质朴而粗犷，满盈着生命力，同时又有着无法言说的神秘感。岫玉就是缺少一个更大的平台体现自身的价值。

这就好比听过的一句话：位置决定价值。同样的一个岫玉件，摆在岫岩的小档口和摆在大都市的奢侈品柜台里，价位何止相差百倍千倍！好东西就应该有好价值，但这个平台在哪里，怎么能实现价值的最大化，对于当时的佟一琮来说，只是一个不明确的模糊念头，一个说不清道不明的念想。

不过，佟一琮心里头认定一件事：得让别人也认可他认可的事，才能真正体现出岫玉的价值。至于这个"别人"是谁，佟一琮也说不清楚，是买玉的人、做玉的人，将来把岫玉真正推广的人，还是一个大的平台呢？

辽宁岫岩素有"八山半水一分田"之称。佟一琮记事起就听人念叨这句话，上高中时他在心里画了个问号，另外半分是什么？答案是：半分道路和庄园。

占了八分的山是岫岩人的衣食父母，山多就有宝贝，宝贝换来柴米油盐，换成数起来哗哗响的人民币。别处山里常有的宝贝，岫岩的山里都有，蘑菇核桃榛子松子和林蛙……样样都不少。别的山里没有的宝贝，岫岩也有，那就是岫玉。

岫玉有名，被列为全国"四大名玉"之一。

玉有灵性，古来就有种种传说。人们说出各种吉祥话也都要带上"玉"字，像什么"琼浆玉液""冰清玉洁""如花似玉""亭亭玉立""金童玉女"等等，就连夸奖小伙子帅气，都要讲上一句"玉树临风"，夸小姑娘则会说上一句"小家碧玉"。可见，玉在人们心中的地位之高。

岫岩上了年纪的老人说，让孩子们玩玉，是为了沾沾那份天地之气、那份灵秀之气，人是浊物，可玉通灵，沾了灵气，孩子们聪明。

在岫岩，别的人家的孩子玩玉，爹妈都由着性子，爱怎么玩就怎么玩，玩出花样来是本事，是能耐。岫岩的孩子哪有不玩玉的，不玩玉的孩子还是岫岩的孩子吗？在岫岩，十几岁的玉雕徒弟到处都是。

可到了佟一琮这儿就变了。只要佟一琮手沾上了玉，佟瑞国立即眼珠子一横，眉毛耸立，不说为啥不行，怒气冲冲扔出仨字：不许碰！

佟一琮第一回听着没当回事，挨了顿揍；第二回听着，也没当回事，又挨了顿揍；第三回听见老爹怒气冲冲地吼，吓得七魂没了三魂，浑身打战。他怕佟瑞国的打。佟瑞国对儿子是真骂真打，只要是随手能抄起的家伙，逮着什么都会落到佟一琮身上，不管脑袋屁股，挨上了就是一块青一块紫。

佟瑞国的火暴脾气，除了老婆安玉尘，没人压得住。

佟一琮觉得老娘安玉尘是全世界最俊的女人。要说哪儿俊，他还真说不清楚，就觉得老娘和别的女人不一样，比如那双眼睛里面像是汪着山泉水，清得能照见人心。而且老娘心灵手巧，别人家孩子穿上什么新衣裳，只要让安玉尘瞧着了，没几天，高仿版、超A货的衣服就穿在了佟一琪、佟一琮姐弟俩身上。

从小，佟一琮和姐姐佟一琪的穿着在同学中都是最好的。佟一琮对这事不是特别在意，男孩子嘛，最在意的永远是玩，或者吃。女孩子就不同了，佟一琪可是要炫耀显摆张扬一番。每每穿了件新衣服，她准会把那两只羊角辫梳得高高的，像要翘到天上去。佟一琪长大了更爱美，看到漂亮衣裳就挪不动步，看到化妆品和漂亮首饰也挪不动步。

佟瑞国说就是安玉尘给穿出来的，给惯出来的。

安玉尘说："哪有女人不爱美的，我姑娘就应该漂亮。"

佟一琮觉得姐姐佟一琪是爱美，站在人群里挺招风的。可她和老娘一比就逊色多了，单是那沾火就着的性子，就能要了人命。但是，老姐居然遇到了韩风那样惯着她的男人。可见，这世间的人也好、物也好，都是一物降一物，有着定数。

佟一琮认为，老娘最让人赞赏的是性子，不温不火，不急不缓，就按着自己的节奏走。再急再恼的事，到了安玉尘这儿，也像石子投进了深湖，至多瞧见眉毛蹙到一起。没人见过安玉尘发脾气。

佟一琮小时候以为老娘没脾气，不会生气，年龄稍大点，他看明白了，老娘不是不生气，是生气时和别人不一样。

安玉尘生气了，那双原本圆溜溜的眼睛会弯成月牙，笑眯眯地看着人，别人都以为她在笑，实际上她是在生气。她生气显露在说话的语气语调上，脸上笑着，语气语调却是凉的、冰的、寒的，嗖嗖地冒凉气，直接把人拉进北方的寒冬腊月。佟瑞国最怕安玉尘的眼睛弯成月牙，一看见那样的眼风，他的火气瞬间被灭掉。只要安玉尘在，佟一琮即使玩不着玉石，但肯定也挨不着打。

对于佟一琮玩玉这件事，安玉尘的态度是由着佟一琮的性子。这一点，和岫岩其他家长对孩子玩玉的态度并没差别。佟一琮甚至能从老娘的眼神里发现一丝丝鼓励的意味，虽然老娘表现出来的并不明显。

佟瑞国的态度截然相反。佟一琮玩玉如果被佟瑞国发现，就只有一个字——打。往死里打！

可是，小孩子见了玩，哪儿还有记性？看到别人玩玉，佟一琮心痒手痒，踮着小脚削尖了脑瓜往前凑，说来也怪，只要是看着玉、摸着玉，他就觉得全身的毛孔都开了，用时髦的话说就是幸福感爆棚，用东北话说是"浑身舒坦"。

这种幸福感通常会在佟瑞国那里硬生生地被截断。佟瑞国发现佟一琮亲近玉，便会劈头盖脸地一顿胖揍，丝毫不给申辩的机会。

佟一琮小时梗着脖子，愤怒地问："为什么别人可以玩玉，我不能玩？凭什么？"

佟瑞国也是不讲道理，硬生生道："就凭我是你老子！"

渐渐地，佟一琮懂了，"凭什么"这仨字就不是儿子问爹的话。在佟家，当爹的说啥，就得是啥。大家长的权威，谁敢藐视？

不让玩玉，佟一琮也有自己的玩法，反正他不会让自己的小日子过得像白开水一样无色无味。小孩子哪里有闲得住的，总得让身子忙着，手脚忙着才有意思。

佟一琮喜欢看画，不管是美术课本上的画，还是书上的插图，或者年画、小人儿书，他都愿意看，看了就在心里琢磨，哪儿画得好，又缺了哪儿，要是自己画咋去画，咋画更好看。他也确实有点画画的天赋。但凡是他见了的东西，三下两下他就能描出个样儿来，活灵活现的，家里的猫狗鸡鸭都被他画到了纸上。

因为画画，佟一琮也挨过打。那次，他在家里的白墙上胡乱涂鸦，还美其名曰"抽象派艺术创作"，整面墙很快布满了彩色粉笔的痕迹。

佟瑞国发现时，他已经画了一整面墙。佟瑞国抄起一根木棒，追着佟一琮满院子飞跑。父子俩一个前一个后，一个叫着"妈呀，快来救我"，一个骂着"小兔崽子，看我今天不打折你的腿"……

可能因为挨了棒子，过了一阵子，佟一琮的注意力又转移了。他迷上了跟邻居王太奶学剪纸，每天一得空，就往邻居王太奶家钻，缠着人家教他剪纸。王太奶是岫岩剪纸的高人，是国家级非物质文化遗产传承人。

王太奶并不愿意教他，说："小伙子学这个干啥？这是丫头爱学的玩意儿。"

他说："王太奶，你教我呗。我可喜欢了呢！"

王太奶说："不行，我得忙活呢，鸡鸭还没喂呢。"

他说："我帮你喂，你教我就行……"

死缠烂打，软磨硬泡，各种献媚讨好，王太奶被他逗得哭笑不得，说他："一根筋的这股劲儿随谁呢？"说完，开始手把手地教他。一来二去，他便也学会了。只是，他剪出来的不如王太奶的精细，倒也像模像样。他说，自己要剪出更美的，争取像王太奶一样，剪出的蝴蝶翅膀颤巍巍，像要飞起来似的。

佟一琼还自学了二胡，这是受家里的影响。老爹喜欢拉，老娘喜欢听，听多了看多了，他就也试着拉，慢慢地就也学会了，《凤阳花鼓》《摘椒》《赛马》他都爱拉。有时候，听到的流行歌曲，他嘴巴里哼哼着，二胡便也拉出了曲调。他拉二胡不讲什么指法，凭的是感觉，如果觉得走了音，就继续找，找来找去，音就对了，也算是无师自通了。

佟一琼喜欢上学，学校里小伙伴多。可是不爱读课本，他总觉得课本太没劲了，好像就是为了拿个高分才学的，"考考考，老师的法宝，分分分，学生的命根"，多么无奈的现实。分数真的是他的命根，如果拿到高分，老爹喜笑颜开，褶子里都是笑容。如果没考好，肯定会挨打。为了少挨打，他就尽量拿高分。

他爱读闲书。闲书总比课本有意思得多。他把那些好词好句记在本子上，读到高中时，小本子攒了一纸箱。这对他的作文倒是有了不小的帮助，当同学都在为作文发愁的时候，他总能轻轻松松拿到高分。

图书馆闲书多，没事的时候，佟一琼一坐就是一天，逮到什么读什么。反正只要不是课本，他都有兴趣读。岫岩图书馆的老馆长跟他特熟，每次见着都喜欢得不得了，不停地说着"孺子可教"。

佟一琼最喜欢的，当然还是玉石，他常想，要是让我玩玉石，画画、剪纸、二胡什么的，我都不玩了。

不过，一个月里，有两天是例外。在这两天里，他就算玩了玉石，也不会挨打。这是佟一琼发现的一个秘密。

每月的农历初一、十五两天,老娘安玉尘都会突然不见踪影,而每到这时佟瑞国就会没着没落的,不停地拉二胡。这样的日子他只拉两首曲子,《二泉映月》或者《长相思》。二胡声一起,弄得佟家上下悲悲惨惨凄凄切切,连院子里的鸡鸭鹅都跟着发蔫。

事后,他问老娘干啥去了。

安玉尘只说是去姥姥家了。

佟一琮从小就没见过姥姥家的亲人。姥姥家在哪儿?老娘的亲人都什么样?佟一琮一无所知,在他看来,这是佟家最大的秘密。关于这事,他问过奶奶、老爹、老娘和姐姐佟一琪,甚至问过邻居家牙齿都掉光了的王太奶。没有人能给他答案。老娘的身世是个谜,姥姥家是个谜。一个他永远也解不开的谜。

不过谜没解开不要紧,至少每个月里的那两天佟一琮都可以漫山遍野地看玉石,走进河沟里摸玉石,或者干脆到玉石摊子看制作后的玉器成品。那是他最快活的时光。

那些摆弄玉石的老人儿都认识佟一琮,也知道他爹不让他玩玉,见了就会逗他:"佟一琮,今儿来玩了?不怕你爹打你?"

佟一琮眼睛盯着玉,头也不抬地答:"今儿没人管!"

有时看得上瘾,第二天,他又悄悄地去了玉石摊子,看看谁家又做出了什么新鲜的小玩意儿。自以为神不知鬼不觉,却招来了佟瑞国的一顿打。

挨打不是光彩事,出了大山,佟一琮没和别人说过,他本身就不是个多话的人,这个性格,随了老娘安玉尘。

但凡事都有个例外,他还是讲给了一个外人,那人就是程小瑜。

那年,佟一琮二十三岁,读大四。地点是岫岩的小河沟,沟里的水是温泉水,清澈温和,水下的石头滑溜溜。佟一琮猜测,说不准那里面就有上好的河磨玉。

那是他从男孩儿变为男人的第一次,他清楚程小瑜是他的第一个女人,但他不清楚自己是程小瑜的第几个男人。曾经,他为这事儿耿耿于怀,后来心思就淡了,第几个不重要,重要的是,程小瑜是他佟一琮的女人,心和身都系在他佟一琮身上。

程小瑜是佟一琮的大学同班同学,班花、系花、校花。

程小瑜漂亮,和一个影视明星长得特像,虽然没有那种强大的气场,小清新却可以打出一百分。特别是她的皮肤,白里透粉,用"艳若桃花"来形容绝对不过分。用邻居王太奶的话说,小脸蛋掐一把能冒浆。如果非要挑出不足,也就是个头了。程小瑜属于娇小玲珑型的,身高不到一米六,从外表看,是个典型的江南女子,一笑一颦露出来的都是娇羞。佟一琮最清楚,那绝对是蒙人的假象,这个女人骨子里写着野、媚,可那野和媚谁能看得到呢?也只有他佟一琮,想到这儿,他的嘴角不自觉地翘了上去。幸福啊,不光是猫吃鱼,狗吃骨头,还有你喜欢的那个女人正巧也死心塌地地喜欢着你,能变着花样地气你,又能变着花样地哄你,让你的那颗小心脏又疼又痒,扑腾腾地乱蹦乱跳,软软的身子挨过来让你酥到骨头里。

大学开学第一天,佟一琮就瞄上了程小瑜,他的瞄是偷瞄,看一眼,心能怦怦乱上半天。程小瑜冲他微微一笑,佟一琮的魂就飞上了天,觉得血液流动的速度比高铁动车还要快,血液在血管里直接上演了一出电影特效,飞速加上超常规。末了才发现,人家程小瑜的笑是给别人的,那颗情窦初开的青涩小心脏像被人从云彩上摔到了地下,还要踩上两脚拧巴几下。

这种状态不光是佟一琮一个人,班上、系上、学校里的男生都知道程小瑜,追着绕着往她身边凑,盼着能得到她的一点点垂青。忽喜忽悲、忽冷忽热、忽近忽远,是程小瑜送给男生们的日常礼物。

佟一琮知道，在若干的追求者当中，自己并没有什么优势。要论家庭条件，自己是正宗农字号子弟，班里系里富二代、官二代比比皆是；要论个人条件，佟一琮只能算是中等，一米七八的个头儿，黑皮肤，程小瑜身边，玉树临风者大有人在，小鲜肉成排成团；若论才气，明里暗里写给程小瑜的信和字条，雪花一样飞来飞去，女生宿舍楼下，卖弄诗文者不止一例两例。

追女孩子这事，就像各地的招商引资口号一样，没有条件创造条件也要上，没有优势创造优势也要上。佟一琮的优势就在于他的厚脸皮，厚脸皮是他的自嘲，是比较难听的说法，好听的说法是执着、坚持，是"铁杵磨成针"的毅力。

程小瑜从大一开始就没断过男朋友，那些男朋友的使用期通常是三个月，最短的只有两个星期。但无论程小瑜的男朋友是谁，佟一琮都一直以哥们儿自居，不舍不弃地陪在程小瑜身边。

在别人眼里，他就是个备胎。可他自己觉得，备胎怎么了？备胎有备胎的机会。爱本来就是一个人的事，我爱就成了，碍着别人什么事了。我备胎，我乐意！

事实上，他也有自己的小狡猾，只有以哥们儿的角度走近，才能和程小瑜保持最长久的关系，才能最深入详细地了解程小瑜，才能有机会让自己一举获胜。

果然，几年下来，程小瑜的男友走马灯一样换了一个又一个。铁杆哥们儿佟一琮却始终待在程小瑜身边，成为不变的护花使者。程小瑜在班里、系里、校里的女性朋友只有屈指可数的几个，大多数女生对程小瑜充满了各种各样的羡慕嫉妒恨，看向她的眼神里，藏着不友好，送给她的笑容里也隐藏着敌意。程小瑜不理会那些眼神和敌意，照样我行我素，一副爱谁谁的架势。其实，她这样并没有错，人本来就应该为自己活着，而不是活在他人的评价里、他人的眼光里。

这样一来，佟一琮这个哥们儿更显出珍贵。程小瑜渐渐地习惯了生活中有个佟一琮，习惯了佟一琮静悄悄的陪伴。她毫无保留地把自己的事，件件桩桩都讲给佟一琮，让他帮着分析，帮着拿主意。佟一琮也不小气，从男生的角度一一分析、逐个破解，每当他的主意得到程小瑜的认可，程小瑜都会猛地一拍他的肩膀："虫虫，我太佩服我自己了，竟然能交下你这样的好哥们儿！""虫虫"是程小瑜给佟一琮起的绰号，倒是和他的名字同音。

程小瑜问过佟一琮，琮是啥意思？佟一琮告诉她，琮是一种内圆外方的筒形玉石，古时候的礼器之一。

程小瑜说："那不就是敬天的东西吗？一琮……这名字看上去平常，意义倒不小呢。玉琮是什么时候开始有的？汉代，还是唐代？"

佟一琮说："最早的玉琮是在安徽潜山薛家岗第三期文化发现，考古学家说是五千多年前的。咱也没见过实物，照片在网络上能找到，据说是造型最大、制作最精、纹饰最美的史前玉琮，号称玉琮王。"

程小瑜说："那我叫你玉琮？"

佟一琮说："别，你还是叫虫虫吧，我喜欢听你这样叫。"他把这个绰号看成程小瑜对他的昵称。不，是爱称。

程小瑜说："我是小鱼，你是虫虫，看来，你注定是我的食物啦！"

佟一琮笑着，也不反驳，因为他知道，自己确实是让程小瑜吃定了。

作者简介： 唐大伟，女。辽宁省作家协会会员。鞍山市作家协会理事。曾提名为2013年辽宁青年作家奖候选人。辽宁省作家协会2016年作家定点深入生活作家。

北京某文化出版公司签约作家。网络作品《每天都是倒计时，请多心疼自己》等文章，阅读量达百万。

太阳花

阎耀明

　　这是夏日的一个午后,闷热把屋里屋外的空气搅得混混沌沌,虹儿就觉得自己的呼吸开始不顺畅,总有一种近乎窒息的感觉。她把手里的书重重地放在八仙桌上,冲动地站起来,目光穿过玻璃窗和长长的院子,来到街上。街上空无一人,只有白白亮亮的阳光在哗啦哗啦地流淌。

　　虹儿的心开始跳得急。她望了望柜上那座老钟,已经是下午两点了。转回头,就又向街上望,一双眼里充满了企盼的光。

　　她在等,等那个决定前途和命运的考分。

　　今天是公布高考分数的日子。

　　虹儿明显地感觉出自己的心慌意乱。她命令自己不去想,回到桌前,坐下,又捧起《红楼梦》。看《红楼梦》是虹儿渴望很久的事。她从同学手里借到了这套书,刚刚拿回家,就被父亲抢去了。这是高考前,父亲不允许她在面临高考的最紧张最关键的时候看这套书。现在好啦,可以轻轻松松地看了。然而虹儿很快就感觉出此时她并不轻松,那干干净净的纸页上,铅字开始有了生命,像一个又一个小精灵,极调皮,与虹儿做着快活的游戏。精灵在虹儿的眼睛里不停地闪动,跳来跳去。一会儿从这一行串到那一行，一会儿又从前面跳到了后面，满满的一页纸上，尽是舞蹈着的小精灵，虹儿的耳朵里注满了精灵无休止的喧哗声。

这是怎么啦，心里这般浮躁？她自言自语着。放下书，她坐直了身子，将双眼紧紧地闭起来，开始做眼保健操。刚刚做了几下，就松开手，搓了搓，然后用力摩擦自己的脸。

虹儿站起来，将身子紧紧地伏在柜面上，探着，在镜子中端详自己。似乎很久没有这样端详自己了，每天都是在匆匆忙忙的复习中度过的，谁有时间想别的事情？她发现自己消瘦了许多，脸上有一种紧巴巴的感觉。尽管消瘦些，可我还是个漂亮女孩儿，虹儿心里说。班里的同学一致公认自己是全班最漂亮的女孩儿。可漂亮代替不了考分，能考多少分呢？虹儿的心里有些沉，她转过身，倚着八仙桌，又向街上望。街上除了刺眼的太阳光，见不到一个人影。

她拿起书，翻了两下，想想，就往桌上轻轻一丢，转身来到院子里。没有一丝风，空气似乎凝成了粥，稠稠地将她包裹起来。虹儿开始张着嘴呼吸。

恍惚中她看见一个银白的人在街上飘，自行车后架上的箱子也是白的。虹儿就很快地走到院门口，站在了树荫下："哎，你等一下。"

虹儿的话冲开空气，把年轻人唤到跟前。"几根？"年轻人开始翻箱子。

"两根。"虹儿摸出钱，"不，五根。"

虹儿把冰棍拿在手里，立刻就感到凉意在迅速漫遍她的全身。可是，她刚刚转身，突然就爆出一声叫："这是什么破冰棍！唬人吗？我又不是小孩子！"说完，就将一支冰棍重重地摔在白箱子上。这支冰棍的包装纸已经脱落，冰棍上沾着些黑色的杂质。

年轻人吓了一跳，忙又拿出一支递到虹儿的手上，转身走了，熔化在炽热的阳光里。

虹儿也吓了一跳。为什么发这么大火？她问自己。于是她又望了望远去的年轻人摇晃的背影，好一阵，才慢慢转身回到屋里。

她坐在椅子上，一边吃冰棍，一边用扇子扇风。眼睛，还是望着大门外，望着街。

冰棍很清凉，虹儿吃得很快，转眼就吃了两根，但她觉得心里仍是闷闷的，丝毫没有清爽的感觉。

这时虹儿看见一个人走进了院门，手里还拎着一只火红的公鸡。是邻家胖大嫂。后面跟着一群孩子，叽叽喳喳说着话。

虹儿心里一阵紧，她不知道发生了什么事情。她站起身，慌慌地迎出门。

胖大嫂重重的喘息声如风箱样拉来拉去，拉得虹儿心痒痒的。炎热已经使胖大嫂的脸上分布了数条清晰的汗迹，厚厚的双唇极有规律地跳动，把弟弟的罪行一股脑儿倾在虹儿面前。

"你看，"胖大嫂扬起手里的公鸡，"你看这鸡腿，生生给打折了。"公鸡恐惧地抖着身子，尖嘴里发出呻吟声。"弄个破弹弓，是打鸟儿还是打鸡？"

一群孩子团团围着她们，一律是仰着脸，眼睛尖尖地盯着虹儿。

虹儿抬起头，目光漫过孩子们的头顶和胖大嫂浑圆的肩，伸向大门口。她注意到弟弟正胆怯地躲在大门边，歪着头向院子里望，见她抬头，慌忙闪开。虹儿的心里就一阵恼。她开始生气，实实在在地生弟弟的气。吃过午饭，她千叮咛万嘱咐地告诉弟弟，去街西学校的大山墙前看着点，发了榜，就来告诉她。可弟弟却闯了这么个祸。

"大嫂，你说咋办吧。"她说。她本来想劝几句，可话一出口，却没有了歉意的成分。

院门口，闪出邻家大哥的身影，塔一样立着，粗粗的声音直直地冲过来："回来！你给我回来！丢不丢人！"

胖大嫂盯着虹儿，抖了抖手里的公鸡："总不能就这么拉倒了。"

虹儿转身回屋，又风一样飘出来，把一支冰棍递到胖大嫂的手里，还有五块钱。

胖大嫂开始转身向大门外走，孩子们拥着又叫又笑，跑成一团。

"丢不丢人！"邻家大哥还在吼，"孩子又不懂事，不就是一只鸡吗？"

胖大嫂一边吃冰棍一边嚷，一直嚷到街上。虹儿没有听清她嚷什么，只是静静地站在那儿，任阳光热烘烘地烤着她的身子，肩头便有些辣辣的感觉，有点疼。

愣了好一阵，虹儿才回到屋里。屋里静悄悄的，只有老钟不紧不慢的脚步声在空空的屋子里走动。父母都到瓜地里去做活了，家里只有虹儿。

坐下来的时候，虹儿的心里更加躁乱，呼吸也莫名其妙地粗。剩下的一根冰棍静静地躺在八仙桌上，虹儿却懒得去吃它。书就更看不成了。她定定地望着桌面，一动不动。这张古旧的八仙桌是家里的老古董了，父亲也说不清它是何时来到爷爷家的。父母亲成家时，它就摆在这儿，从没动过。母亲每天都把它擦得亮亮的，闪着乌红色。就是这张桌，伴着虹儿度过了无数个不眠的夜晚。一次又一次，当她学习已晚的时候，母亲轻轻地把一碗荷包蛋放在她的面前，散着浓浓的热气和蛋的香味。虹儿的心里就热热的。在虹儿的心中，父母亲为了自己的成长和学习所付出的劳动实在是太多太多了。

如果考不取，那将如何向父母亲交代？她感到这考分简直就是一条绳索，紧紧地捆着她。

弟弟已经悄无声息地走进屋里，站在门边，眼睛怯怯地看着虹儿："姐……"

虹儿把桌上的冰棍递给他："吃吧。"她没有责备弟弟，抬手摘去弟弟头顶上的一叶碎草。

弟弟咬了一口冰棍，抬起头："姐……"

"不用慌慌张张的,"虹儿看着弟弟,"往后玩弹弓注意点就行了。"

"不是,姐,学校山墙上,贴红榜了。"

"什么?"虹儿一下站起来,眼睛瞪得圆圆的,伸手抓住弟弟的肩,"你说学校发榜了?"

弟弟陡地来了兴致,他的目光不再怯怯的,洋溢着鲜鲜活活的内容,"是啊,发榜了。有你的名,姐!"

虹儿愣了有一分钟,反反复复地看着弟弟的脸:"有姐的名?"

"有!真的有!"

虹儿深深地吸了一口气,在弟弟的额上响响地亲了一口,旋风般出了门。

虹儿不知道自己是怎么回家的,不知不觉地她就在屋里了。她的心怎么也平静不下来。村里人夸她她没听见,心里总是反复闪出这句话:我考上大学了。

真的考上大学了。她告诉自己。不久,自己就要离开家乡,到省城上大学了。

虹儿突然觉得心中有一种说不清的感觉在不停地涌动,鼻子就酸起来,她清晰地感到自己的泪水流了出来,极畅快地流。她用双手捂住脸,深深地埋在胸前,无所顾忌地哭起来。泪水已经从手指缝流出来,顺着小臂向下流。

好一阵,虹儿才平静下来,她擦了擦脸,想了想,又轻轻地笑,无声地笑。

她来到日历前,认真地看。7月28日,这是个好日子,是个喜日子,是个此生都值得纪念的日子。

虹儿把那张薄薄的纸撕下来,拿在手里。这是三百六十五张中的一张,这一张应该收藏起来,她想。她把那张纸认真地夹在《红楼梦》里,又轻轻地拍了拍。

父母亲还在瓜地里干活呢,他们听到这个喜讯一定很高兴,虹儿想。应该马上到瓜地去,向父母亲报告这个好消息。

虹儿转身就走出屋门,来到了街上。她似乎已经忘记了天气的炎热,走得很急,双腿摆动得十分灵巧。不一会儿,虹儿就出了村子,向村南一望无垠的田野走去。

爬上土坡,虹儿感到似乎有风在吹,迎着她的脸面,把一些隐隐约约的香气送过来,送进虹儿的鼻子里。她一眼就看见河对岸的瓜地里,父母亲正蹲在瓜秧中干活。

她很快走下土坡,踩着石头,跨过弯弯的小河,来到对岸,站在了瓜地的边缘。

太阳在空中静静地悬着,把大片大片的光洒到大地上。虹儿看到地头上无声无息地立着秫秸窝棚,在宽宽的草坪上投下方方正正的影子。父亲的衣服随随便便地躺着,躺在阳光下,反射着淡蓝淡蓝的光。面前的瓜地阔阔地伸展开,极平坦,绿油油的香瓜秧伏在地上,吸吮着阳光,那样安详,仿佛把烦闷与不快都淡忘干净,自自然然地生长着。父母亲正在田地里埋头劳作,那身影在瓜地中异常显眼,有一种高高大大的感觉。太阳一样地照在他们的头上、肩上,不时晃动一下,闪出许许多多的生动来。这时虹儿闻到一股味,先是微微的风在面前旋了三五下,然后就有一缕一缕的馨香弥漫在她的眼前。她分不清这馨香是来自瓜秧,还是来自野花。这是淡淡的香味,在虹儿的头上缠来缠去,钻进她的鼻孔里,直沁入她的胸中,引得虹儿深深地吸气、吸气,仿佛要把这香气都吸进一般。风吹得很轻很淡,长长的瓜秧和宽宽的叶片就一下一下地摩擦,发出细碎的声响,很像生命茂盛的声音,低低的,深沉有力,在田野中升起。瓜秧的枝叶,还有脚前青碧的草,在微风的旋转中,缓缓地摇动着身姿,触摸着她白净净的脚趾,痒痒的,描述着大自然的无限温馨。平平展展的大地的胸膛,迎接着太阳光在上面生长,开出鲜鲜亮亮的太阳的花朵,把世界装扮得鲜美无比。

虹儿被面前这盛开着的大片大片的太阳花所陶醉。

虹儿突然领悟到，这馨香来自父母劳作的大地，来自那开不败的太阳花。

闪闪烁烁的太阳花开在她的面前，在父母的背影点缀下，形成一幅精美绝伦的图画。这图画似乎是虹儿企盼很久的了，虹儿在这一瞬间体验到了一种全新的感受，给予她很多的启迪。

她收回目光，捏了捏手里的书。

"今天有什么特别吗？"她问自己。

"今天没有什么特别。"她回答自己。不同的只是人的心。

虹儿翻开书，拿出那薄薄的日历，端详了一阵，轻轻把它撕成碎片，丢在河水里，如细小的花，随河水缓缓流去。

她转身走进地里，望了望，蹲下身，开始整理瓜蔓，平静地做着父母亲正在做的事情。她似乎忘记了来这儿的目的，只是干活，那么专注，那么细心……

作者简介：阎耀明，辽宁省葫芦岛市人。1992年开始发表作品。2009年加入中国作家协会。著有长篇小说《长腿小子的故事》《怪味朋友》《月亮镇奇遇》，系列小说集《超级球迷》《手指里的风景》《旋风拉拉队》《到天堂走一趟》，短篇小说集《天使的声音》，共创作文学作品二百万字。作品曾两次获得辽宁优秀儿童文学奖，多篇作品被《小说月报》《儿童文学选刊》等转载。

香格里拉118号（节选）

常 君

当时，林染正抱着双臂站在落地窗前看雨。窗子很大，从上到下，一整扇一览无余的大玻璃。林染很喜欢这种无遮无挡的通透的一览无余。

确切地说，林染没看见雨，只看见框在窗子里的那些不变的风景在颜色上的改变。雨不曾改变它们的形态，却改变了它们的颜色。对面楼群的灰色外墙变得更深了。还有那些草坪，凝重地伏在那里。林染经历了它们的枯荣，从衰败、萌发到葳蕤，也经历了颜色上的过渡，枯黄、鹅黄、碧绿，以至于今天的墨绿——时令已是暮春。

这时，丁一的电话打了进来。

"干什么呢？"丁一略带磁性的男中音。

准确地说，和林染通话的这个男子不叫丁一，林染与他素昧平生，从没见过面，他真实的名字、年龄、工作单位、家庭住址，林染统统不知，只知道他姓丁，一个丁姓的男子，仅此而已。

"看雨呢。你呢？"

"和你一样。"

林染听见咔的一声，是打火机的声音。林染想象，一个中年男人手指间燃着一支香烟,站在窗前凝视着微蒙的远方,只是五官模糊不清。

他们不再说话了,好像彼此都在看雨,便不打扰对方了。他们之间的通话常常这样,比如散步呢,想心事呢。过了一会儿,好像彼此的事情都结束了,或者告一段落了,通话才会继续下去。今天也是如此。

"今天周六,昨晚你应该值夜班。你比平时回来晚了。"丁一说。

"我步行回的家,在雨中散散步。"林染说。

"接下来应该进行的是洗澡。这是你的习惯。"

林染的嘴角无声地上扬了一下。

又是一阵沉默。

"雨天很适合倾诉。我想……我们……到西城故事坐坐,好吗?"丁一的语言忽然变得不流畅起来。

林染一下子愕然了,慌乱中找了一个不太高明的借口:"我还没洗澡呢。"

"对不起,我忘记了你的习惯。过一会儿我打给你。"

电话里没了声音。林染看看手机,对方已结束了通话。

去年深秋的一个早晨,林染刚要下夜班,忽然大呼小叫地住进来一个孕妇,羊水已经破了。每天看女人如何把男人生出来,如何把女人生出来,林染已经练就遇事不惊了,和白班医生立即进入了产房。有时林染竟有几分喜欢产房内特有的环境。产妇那种本真的叫喊,在她听来竟有几分悦耳。

回到家,打开门,满屋子的空寂迎面向她兜头包围过来。女儿住校,丈夫楚扬又出去写生了。每次出去写生,楚扬都会例行公事地告诉林染一声。林染不去注视楚扬的眼睛,她不想从他的眼里看见让自己的心抽搐的东西。最近一年来,楚扬出去写生的次数明显多起来,有时一走就是半个月。回来后接电话时神色诡秘,总要关上书房的门。林染心中隐隐约约有了一种预感。

一天早晨下夜班，林染刚走出住院部大门，一个面容清秀的女孩儿站在了她的面前："林医生，您好！"

林染看了看女孩儿："我好像不认识你。"

女孩儿很坦然地说："我见过您的照片，楚扬带我去过你们家。"

林染的心倏地一沉，向一个深不见底的深渊下沉。她怒视着女孩儿的那张饱含着水分的脸，刚想张嘴，却又下意识地看了看四周，不断有熟识的面孔与她打着招呼，她僵硬着一张脸，机械地点着头。然后看了女孩儿一眼，头也不回地径直在前面走着。

林染把女孩儿带到了住院部后面的花园内，这里人迹稀少，只有零星几个患者穿着病号服在慢慢走动。

林染没有注视女孩儿那张稚嫩的脸，她把视线转到了别处，许久，才问了一句："你找我什么事？"

女孩儿沉吟了一下，说："我怀孕了。在一个私人诊所做了药流，可能没流彻底，已经二十多天了，身上还一直不干净。我想请您帮帮我，我很害怕。"

林染猛地回转身，"你……"

女孩儿深深地垂下了头。

距离林染她们几步之遥的是医院爬着青藤的透视墙，透过斑驳的空隙，可以看见外面马路上疾驰而过的车辆，然而林染只看见转动的车轮，却听不见它们发出的声音。

林染把女孩儿带到了妇科门诊，对值班的罗医生说女孩儿是她的一个亲戚。罗医生把女孩儿带进了手术室。隔着白色的门帘，罗医生说："林医生，你不进来吗？"林染脸色惨白，说："我有点不舒服。"

当负压吸引器的嗡嗡声响起的时候，林染听见了女孩儿狼一般凄惨的号叫："楚扬，你这个浑蛋！"林染一下子瘫坐在了椅子上。

林染换上家居服,把长发盘起,尽量把接下来的时间和空间,用声音填充得满满的。放水的哗哗声,洗衣机的轰鸣声,吸尘器的嗡嗡声,声音真是个不折不扣的好东西。它可以使林染整个人变得活泛起来。而当她把洁白的床单平展展地晾在衣架上,当她躺在洁净的地毯上,一切重新归于沉寂时,她才感到那种生命不能承受之轻的重量,一种难以承受的压榨似的重量。

忽然,身旁的手机振动起来。林染打开一看,是一个陌生号码。以往遇到这种情况,林染总是置之不理。这一次,不知怎么了,林染一下子按了接听键。

"您好!"一个很低沉很陌生的声音。

"您是……"林染从声音里没辨别出对方的身份。

"一个陌生人,我们从没见过面。我同自己打赌,随便按一个号码,结果就按到您这里来了。小说里好像经常出现这样的情节,是不是很俗气?"

林染无语。

"通常异性听到我这样的解释,总是送我两个字:无聊!您是个例外。"

"因为在某些时候,人或许都有过这样的想法,只不过您比别人捷足先登。"这一次,林染开口说话了。

"哦,是吗?比如您?"男人的声音陡然变得明亮起来。

林染的身体先前是缩在地毯上的,此刻,她舒展开四肢,一副很放松的样子。"您贵姓?"

"免贵姓丁,人丁的丁。您呢?"

"林。"林染把左臂舒适地枕在了头下。

除此之外,那一次,和他们自身有关的诸如年龄、工作单位、家庭住址等私人的东西，他们都没有涉及。他们只是有一搭没一搭地随便聊着，从地球变暖，南极的冰川正在以什么样的速度融化，到最近的三环安装的尾气排放自动检测仪，尾气超标的车辆禁止上路行驶，等等。有时话题断了，林染竟能绞尽脑汁想出热点话题，以补充出现的短暂空白。

那一次，他们聊了将近一个小时。最后，林染的手机没电了。

林染凝视着黑屏的手机，将它轻轻地丢在地毯上。

以后，隔上一两天，他们就会通一次电话，短信更是频繁，到如今他们聊了已经半年多了，谁也没提出见面。不知丁一觉得如何，反正林染觉得保持这种状态很好，一个熟悉的陌生人。

接下来是洗澡。

一切和往常一样，林染走进浴室，打开冷热水管，在浴缸里放上水，伸手试了试水温，温度正好。又放了几滴薰衣草精油在里面。然后开始脱衣服。当束缚身体的棉质纤维被掀去后，林染还是表现出这次洗澡与往日的不同。镜子里的她双手缓缓地从面颊、脖颈向下滑去。有多长时间，林染没有如此欣赏自己的身体。生女儿时，林染的奶水不足，几乎没怎么哺乳，所以乳房保持得还算饱满。小腹也还平坦，妊娠纹看上去不太明显，不仔细看，看不出来。但是总体来说肌肤已明显呈向下趋势。人类唯一不能战胜的就是时光啊！林染想起每天她都能见到的女人的身体，腹部膨出，像倒扣了一口锅，越发显得双腿比例的不协调，圆规似的。脸上遍布黄褐斑，乳房硕大惊人，乳晕几乎占据了乳房的三分之一。书上说，怀孕中的女人是世界上最美丽的女人，林染看了淡然一笑。那只不过是从孕育了人类的某种意义上自圆其说的，当不得真的。女人的身体从怀孕开始，就已经走下坡路了。

那个当今社会很流行的话题：离婚，就像芒刺一样，深深地刺向了林染。当年，楚扬是个靠在街头画画为生的穷画家，父母对他们的结合持反对意见。而林染却一意孤行，大有置亲情于不顾同楚扬远走天涯的豪迈之情。如今，在父母眼里，他们经过不懈努力争取来的爱情堪称完美的典范。休息日回去，林染几次张嘴，想把自己心中的想法告诉父母，然而她又闭上了嘴。她不想让孱弱的父母再为自己的事情而忧心忡忡。

　　对于这件事起到关键作用的还有女儿。女儿上小学三年级，周末回来，林染和楚扬都表现出异乎寻常的善于言谈的优势，女儿的归来让冷清的家中荡起一丝久违的温馨。晚上，女儿发现了问题，妈妈的被褥赫然放在自己的床上。那天从医院回来，林染就搬到了北卧室睡。女儿一脸严肃地问："你们吵架啦？"林染摇摇头。事实上他们真的没吵，林染甚至都没有去质问楚扬，只是他们之间沉默了，无话可谈了。"那你的被子怎么在我的床上？"女儿穷追不舍。林染掩饰说："是早晨搬过来的，想和我的宝贝女儿好好亲热亲热啊！"女儿笑了。母女俩钻进被窝，林染搂过女儿，问起她的学习情况。女儿说，这次月考她得了第一。林染知道，班级的第一名通常是一个叫吴涵的女孩儿占据着，女儿总是排在吴涵的后面。女儿曾发誓一定要超过吴涵，这次终于如愿以偿了。但是林染发现，对于这次夺冠，女儿没有表现出太大的欣喜，林染问："考了第一怎么还不高兴？"女儿说："吴涵的爸爸妈妈离婚了，她根本没心思上课听讲。要不然第一的位置轮不到我！"林染的身体一哆嗦，女儿感觉到了，问林染怎么了。林染拉灭了台灯，说："没什么，好好学习。睡吧。"这一夜，林染失眠了。

　　林染倾听着从南卧室传来的楚扬闪烁其词的接电话声和嘀嘀的短信提示音，喉咙里像塞了一块破抹布，欲吐不能。她只有拼命地值夜班，将自己置身于那种挣扎在生与死边缘的淋漓尽致的呐喊声中，她的呼吸才能畅通一些。

　　林染和高中时的同学顾萍交情甚密，经常一起逛街、购物、做美容，顾萍有一个最大的特点，就是喜欢煲电话粥，拿起电话没个半小时不放下，聊的无非是老公、孩子一类的话题。顾萍的老公是搞房地产的，算是成功人士。顾萍在家做专职太太，有的是时间。在林染听来，"顾萍式"的对老公的奚落，实际是对老公的变相褒奖。那些不疼不痒的缺点，实际看来都是优点。对于老公的话题，林染常常是缄默不语，或者偶尔用"嗯""是"这样的单音节词响应，以此证明自己还在倾听。

有一天林染在家休息，顾萍的电话来了。这一次，顾萍没有煲电话粥，而是干净利落，让林染马上到卓展购物中心来。林染赶到卓展，看见顾萍的进口手袋旁已经放了两个鼓鼓的购物袋，而手上拎的裙子还在让跟在身后的营业小姐包上。顾萍虽说有钱，但平时从不如此大手大脚，那天的确反常。买衣服不试穿，也不翻价签，好像免费似的。最后，又不由分说给林染买了一套。林染百般阻止，顾萍用力推开林染，把银行卡塞进收银窗口，咬牙切齿地说："钱是什么东西？钱就是王八蛋！"看得林染呆呆的。

购物出来，顾萍又加大油门，白色的跑车像一粒出膛的子弹，向西城故事射去。

在靠窗的座位上，顾萍累了似的安静地瘫坐在那里。右手的小银勺机械地搅动着杯子里的咖啡，目光空洞而迷离。隔着桌子，林染握住了顾萍的左手。顾萍的右手脱离开勺子，覆盖在了林染的手上。林染感到了一种力量，由顾萍的指尖直深入到她的肌肤。顾萍脸色绯红，嘴唇翕动着。那一刻，林染真想冲过去紧紧地将顾萍抱住，把憋在心里的话天河决口般倾倒出来，让两个人的泪水汤汤泱泱流成一条河。然而，林染忽然感到手背上的力量在一点一点减弱，顾萍的右手拿开了。转瞬之间，顾萍又眉开眼笑起来了，高声说着一些她们曾经说过的司空见惯的话题。

林染高涨的情绪，也像泄了气的皮球，萎了下来。

顾萍点燃了一支香烟。隔着一张桌子的距离，林染忽然看不清顾萍脸上的笑容了。

从那以后，好长一段时间，也不见顾萍打来电话。林染拿起手机，想给顾萍打过去，又撂下了。

　　一天晚上值夜班，十点多钟，难得的清静，暂时没有产妇生产。林染让与她一起值夜班的护士长赵姐先去里间眯一会儿，有事会叫她。林染对着夜色出了会儿神，扭头发现赵姐像个幽灵似的站在她的身后，吓了她一跳。林染问她怎么不去睡。赵姐说睡不着。然后是一副欲言又止的样子。过了一会儿，终于满脸涨红地说："不行，再不和你说说，我就要憋死了！"接着一股脑儿地向她诉说了白天的事。一段时间以来，她就怀疑她老公在外面有"情况"，但是一时抓不到证据，上午她去了电信局，想查查她老公的短信和通话情况，电信小姐拒绝服务，说必须持有本人身份证才能办理此项业务。没办法只好回来了。赵姐咬牙切齿地说，哪天她非把丈夫的身份证偷出来不可！看他还有什么话说！说完，叹了口气，拉着林染的手，推心置腹地说："你说我的命咋这么苦呢？年轻时和小的操心，老了老了又和老的操心。也不知得操到什么时候。真羡慕你，你家楚扬有才华，又不用你操心。"赵姐把林染的手放在自己的手心里摩挲着。这种零距离的肌肤相亲，让林染的心头涌起一种翻江倒海般的冲动，林染怔怔地望着赵姐那张充满诚挚的脸，张了张嘴，又猛地闭上了。以后，林染尽量避免和赵姐一个夜班。

　　林染的洗浴过程既缓慢又显得潦草。她缓缓走进浴缸，将身体浸泡在弥漫着薰衣草气息的水中。双手在她的肌肤上一寸寸缓慢地滑过，神情庄重得像要迎接什么异乎寻常的重大事情。然而又是心不在焉的，她的目光总是涣散地逡巡在梳妆台上，放在上面的手机无声无息。

　　披上浴巾走出浴缸时，手机发出了振动声。丁一发来了一个大大的"？"。林染一下子变得慌乱起来，脚下一滑，险些摔倒。她的手在化妆包里上下翻找着，末了，还是两手空空。她长出一口气，找出了两枚珍珠耳钉。这两枚耳钉好久未戴了，不知耳洞是否还能穿得进去。林染把耳钉拿在手里，心里说，如果一下子穿进去，就去；否则，就不去。她照着镜子，对着耳洞一用力，耳钉服服帖帖地吻在了她的耳垂上。

林染打开手机，翻到一个"！"，她迟疑地伸出了手指。待她定睛看去，那个"！"已经插上翅膀飞了出去。林染怔怔地望着手机发呆。

在选择要穿的衣服时，林染颇费了一番心思。拿起一件，总能找出一到两条不能穿的理由。最后，林染选择了一条湖水蓝的棉质长裙，一件同样质地的白色上衣。她看了看镜中的自己，脸色惨白寡淡。林染拿起唇彩，在嘴唇上刷了一层淡淡的粉色，然后才出了门。

是那种不用打伞的雨，与暴雨、雷阵雨一类的相比，林染还是比较喜欢这种雨，无声无息，却可以润到人的心里。林染决定步行去西城故事。

林染走得很慢。走到市府广场时，林染拐了进去。几何形的绿地，经过雨的滋润，越发绿得欲滴。紫丁香一簇簇、一丛丛，在雨中缄默着。白天这里的人很少，华灯初上，这里才成了人的海洋。不值夜班的傍晚，林染总要到这里走走。有时，喧嚣的声浪反而能使人安静下来。

林染想起她和丁一"认识"大约一个月吧，一天晚上，她又来到了这里。独自徜徉在花径上，忍不住给丁一发了一条短信：忙什么呢？过了十多分钟，丁一也没有回复。以往丁一总是在第一时间回复林染。口袋里的手机一直没有振动。林染有几分失望地走上了回家的路。回到家，关上封闭性很好的防盗门，林染就处于一种无所事事的状态，不知干什么好。她打开酒柜，拿出一瓶干红，对着夜色独自喝起来。将近九点，丁一的电话打了进来，解释说刚才陪他老婆在散步，不便回复。晚饭后，他老婆都要他陪着在小区内遛上几圈。这是他家十几年如一日的习惯。林染有几分醉意地说："你们夫妻很恩爱啊！"丁一在电话里苦笑了一声，然后说："一个小时前，她把我们家的电视开到了最大音量，以掩盖她泼妇一般的叫嚣声。"林染端着酒杯，一时无语了。丁一似乎很激动，接着说："在她眼里，我一直是个很失败的男人。在部里熬了快十年了，还一直未坐上副部长的交椅。"从一个月来的交谈，林染模糊地感觉丁一好像在政府机关的某个部里上班，至于具体哪个部门，丁一没说，林染也不问。职业对于他们两个人的聊天，好像没多大关系，就像丁一也知道林染是名妇产科医生，至于在哪个医院的妇产科，也不重要。丁一继续说："而这把交椅对于她来说，是至关重要的。它关系到她的脸面。脸面对她胜过生命。有时候，我在心里暗暗怜惜，我老婆作为一个街道居委会主任，实在是太可惜了。她完全可以成为一个演技不错的演员。几分钟前还是暴风骤雨的，而一旦踏出家门，挽上我的胳膊，走在小区内，她的脸上马上晴空万里阳光普照。我们家是小区内公认的五好家庭，恩爱楷模。小区内夫妻吵架，我老婆总是以模范的形象去言传身教。"丁一滔滔不绝。林染忽然问："你喝酒了？"丁一回答说："正在喝。我老婆回娘家住了。"林染哈哈大笑起来："我也在喝酒。来……咱们干一杯！"林染举起了酒杯。丁一说："好，干……杯，酒真是好东西啊！"林染说："你说得……不准确，酒是最忠诚的……好东西！"那天晚上，林染把楚扬的事向丁一和盘托出。说完，林染抑制不住地哭了起来。电话里没有声音。过了好一会儿，林染的啜泣声渐渐平息了，电话里才传来丁一轻声的问候："好些了吗？"林染说："谢谢！"

　　林染重新走回马路上，速度依然很慢。

　　快到林染工作的医院时，丁一发来了短信："有点事，可能会晚到。"

　　林染合上手机。她的心里没有对丁一的晚到有丝毫的不悦，相反觉得丁一的短信来得很是时候。她今天很愿意在这雾一般的雨中走走。林染觉得她今天的思维有时出现短路，或者说和她的行动有些脱节，没有保持步调一致。她需要调整一下。

　　林染毕业于正规的医学院，在医院工作了十多年，又有医学论文在杂志上发表，所有这些硬件，让林染对上次评副主任医师职称抱有很大信心。考试那天，丁一一大早就发来了短信，祝她考试顺利，心想事成。那次考试，林染自认考得不错。走出考场，林染给丁一发了一个眉飞色舞的笑脸。

一天中午休息时间，院长把电话打到了科里，让林染到他办公室来一趟。林染一向不善交际，见到领导只限于点头微笑。院长找她会有什么事呢？是不是评职称的事有消息了？林染的心里有点沾沾自喜。

院长很热情，绕过阔大的老板台，将林染按坐在沙发上，并且亲自泡了一杯茶，塞到林染的手里。不知是有意还是无意，院长厚实的手掌在林染的手上拂了一下，随即拿开了。

院长将虚掩的门关上，转回身说："小林啊，你是我们院里很有潜力的医生。你的那些硬件我都看了。你的技术我们也是有目共睹的。但是，这个职称不在我管辖的范围，是上面的事。今天我找你来，就是想告诉你，我在上面有些关系，必要的时候我可以为你疏通一下。"

林染激动地站起来说："院长，那太感谢您了！"

院长走到林染面前，说："不用谢。作为院长，我也非常希望我们院里有更多德才兼备的医生被评上。小林啊，我一直很赏识你。"说完，在林染的肩上拍了两下。最后一下，林染分明感到那只手用了力。

这件事，林染没说给丁一听。那几天，丁一正处于一种焦头烂额的状态中。丁一的老婆私自做主买了高档烟酒，逼着丁一给领导送去。丁一不去，两个人闹得不可开交。一天晚上，丁一给林染发来了短信，说他正在主管领导家楼下徘徊呢。后来，又打来电话说，领导夫人说领导不在家，可他分明看见领导的皮鞋就放在进门的鞋架上。领导夫人对他爱理不理的，让他站也不是，坐也不是，没待上两分钟，就告辞了。

之后，林染星期天又收到了院长发来的短信，邀她去郊外游玩。林染看后删了短信。第二天上班后，院长打来电话，问她怎么不回他的短信，林染镇静了一下，回答说，没有收到他的短信。那边院长啪地撂了电话。

林染心里暗暗对职称的评定有了几分担忧。

那天下午，林染在家休息。院长直接把电话打到了她的手机上，说请她到万城酒店1809房间来一趟，上面掌握职称评定大权的一个领导正在那里。这关系到她的职称评定，请她务必来。

合上手机，林染犹豫了好久，才硬着头皮去了万城酒店。

酒店走廊内安静极了，猩红的地毯很厚实，双脚踏上去无声无息，可林染分明听到了一个擂鼓般的声音在她的心底响起。

林染在1809号的房门前迟疑地抬起右手，门便开了。院长身着宽大的浴袍，一把将她拉了进去。

林染惊慌失措："院长，上面的领导呢？"

院长嘿嘿一笑："不那么说你能来吗？给你发短信，你说没收到，骗鬼去吧。我还就喜欢这样的性格。如果把那些黄毛小护士比作没开拃的青杏，你就是恣意怒放的花朵。来吧，今天好好为我怒放一次！"说完，肥厚的嘴唇凑向了林染。

林染用尽全力，向那颗肥硕的脑袋撞去。然后，夺门而出。

林染一口气跑回家，死死地关上了房门，好像后面有人追击似的。林染将身体靠在房门上，止不住泪水滂沱。然后，迫不及待地按下了一串号码。电话响了好几声，丁一也没有接。林染刚想再打过去，丁一的短信进来了："我在郊区陪领导钓鱼。"林染合上手机，泪水顺着双颊滑落。

晚上，丁一打来了电话，问林染什么事。本来经过一下午的时间，林染已经恢复得差不多了。丁一这么一提起，林染的泪又来了。她啜泣着将自己受到的屈辱向丁一倾诉了一遍。

听完林染的哭诉，丁一说："你让我很钦佩！真的，我不如你！"然后说下午他陪领导钓鱼。他了解了很久，才知道领导有钓鱼的嗜好，为此他为领导买了高档进口钓竿。最后，他沉默了一会儿说："我觉得现在我就是一条鱼!"林染听见长长的一声叹息。

最终的结果是,科里各方面都不如林染的陈卫卫评上了副主任医师。而且,在医院评选的十佳医生名单上,林染也是榜上无名。

西城故事的欧式建筑冷不防矗立在林染的面前。她一下子收住了脚步。以往感觉到西城故事这段路挺远的,今天怎么这么快就到了呢?

作者简介:常君,女,中国作协会员,辽宁省作家协会第九届签约作家。鲁迅文学院第二十九届高研班学员。作品散见《小说选刊》《新华文摘》《中国作家》等杂志。出版小说集《卡布基诺》《香格里拉118号》,长篇小说《起死回生》。

雁叫寒林

薛 涛

一

再见到老人时,他明显变老了。

皱纹满脸都是,连耳垂都堆积了褶子;胡须泛滥成灾,从下巴一直漫到鼻子两旁,占据了大半张脸。他的样子越来越像一个通常的导演,比如朱导演、马导演、牛导演、杨导演,或者签名潦草的二三流画家。

山中的寒来暑往还是把他的年龄捎走了。他是一点点变老的,身边的高大乔木们都知道。它们的眼睛长在腿上和胳膊上,专门看见细微的东西。

二

他的癖好没变,常年远离人烟,在山林中寻找几年前坠落的一颗星星。

他懂些天文知识，那颗星星在坠落时肯定燃烧殆尽，变成了一块不大的陨石。他不太会辨别陨石，只要是造型特异、留着腐蚀纹理的石头就带回来。石头越来越多，渐渐把他的营地圈起来，远远看去很像一座神秘的石头阵。这还不算，他的石头还悄悄摆到几条秘密小道，不知不觉形成了路标。少年就是凭借断断续续的石头找到的他。老人用石头为少年摆出了一条路，这条路线在雪地上模糊可见，外人却不易察觉其中的奥妙。

　　老人的行踪是个秘密。除了同桌、学习委员、劳动委员和麻辣烫的服务生，少年没有跟外人讲过。用劳动委员的话说，这个老人的来历确实惊心动魄。一个化工厂污染了方圆数里的空气和水，陆续有人患癌症死去。那年春天，老人的孙子也得肺癌死了。老人去化工厂讨说法，被暴脾气的保安打伤。老人回家喝闷酒，喝到半夜怒火中烧，索性摸进化工厂放了一把火。老板成了穷光蛋，他成了纵火犯，逃进山林。山林里的生活一点都不枯燥，老人一边逃避追捕，一边寻找天上掉下的那颗"星星"。

　　"地上死个人，天上掉颗星。我孙子死的时候，天上就掉下一颗。我得把这孩子找回来……"老人仰望星空，浑浊的双目闪着亮光。

　　这句话少年听了不止一遍。它是老人的精神支柱，也是他的生命哲学。少年对这个说法一直表示怀疑。假如这个说法是对的，天上的星星早就掉光了。少年很想跟他讨论一下，可是他的表情固执，少年把要说的话吞了回去。

　　星空冷寂，又一颗星星掉下来，砸向大地。他马上示意少年，"嘘……"目光紧紧锁住星星下落的轨迹，他想听见星星砸出来的动静。

　　片刻没有回声，寒夜依旧冷寂。连续降雪，大地铺上厚厚的白被子，把所有的声音都吸了进去。少年猜测流星是砸在谁家的草垛上，怎么可能发出一点回声？老人叹了口气，"又死一个人，这回是谁家的孩子呢？"说着便缩回冰屋不出来了。这时，远方传来两声懒懒的狗叫，算是代表大地对天外来客的欢迎词了。两声狗叫，也慰藉了老人的孤寂。

天寒地冻，一切变得冰冷、简单，连嘘寒问暖都省略了。

"瘦子跑到哪儿去了？他不是一个好侦探，总是南辕北辙……"老人把冰屋的门封死，压上一块狗皮。

老人很担心瘦子。这样的天气连大地都冻裂了，能把人冻僵。这些年，瘦子成为他唯一的陪伴。其实他俩就是你死我活的死敌，可是一旦长时间没有瘦子的踪迹，他居然会空虚，心里没着没落。这个秋天里瘦子又"失踪"了，可见他又一次误入歧途，越追越远了。

三

瘦子的生活轨迹从来没变过，继续走在寻仇的路上。

他的化工厂被烧，当天就破产了。他走上了配合警察追捕纵火犯的道路。就这样，他从一个胖老板变成一个瘦子，他忘记了自己的名字，干脆自称瘦子。他踏遍东北的山山水水，今年秋天到达漠河。望着黑龙江对岸的俄罗斯，他绝望了，最终他选择顺黑龙江朝着下游疾走。后来，几个弟兄给他透露过一点信息，在二道江一带的老林子里有个捡石头的怪人。他一分钟都没耽搁，赶紧从黑河赶过来，顶着第一场雪钻进老林子。

一个水潭成为他重点监控的区域。这次，猎人和猎物先后发现了对方。

水潭是老人的水源。他不独占它，它同时还属于几只老鸦、途经这里的雁与天鹅、鹿，一头野猪也曾经来这里宣示主权。第一场雪的当夜，水潭的边缘便结了一层薄冰，比迅速凋零的草木还敏感。老人再去打水时，水潭变寒潭，一只老鸦小心地立在冰上啄水喝，很不痛快。老人轻轻踢开冰层，打了一桶水走了。老鸦赶紧飞回来，痛痛快快喝了个饱。

瘦子从那块破冰发现了令人惊喜的迹象，这里来过一个人，或者是一头野猪、豹子、狍子什么的。瘦子兴奋坏了，这是他进入林区后最大的收获。就这样，瘦子在寒潭附近徘徊数日。附近的石头阵也让他颇费思量，在那里足足坐了一天，他几乎是坐在了老人藏身的地窖上面。老人头顶不时发出沙沙的巨响，重重击打着老人的心脏。那是瘦子踩踏落叶的声音。

瘦子最终没有发现人的痕迹，便到别的林子里转悠。接下来的几天，老人不敢妄动，彻底断了烟火，猫在地窖里生吃土豆。生土豆吃起来更甜，这是他的一个发现。

有一天傍晚，瘦子鬼使神差又转回到寒潭附近。瘦子脚步还没站稳，便听见潭水哗哗的响声，避进林间一看，是一头梅花鹿领着小鹿静静舔食冰饮。他呆呆望着，温暖的瞬间冲淡了失望的情绪。他突然理解了纵火犯当年的冲动。他早就听说了，那个老人是为了孙子才失去了理智。等梅花鹿离开，他在潭边一直坐到天亮。半夜里他离开过一会儿，把潭水让给几只途经的狍子。天亮了，一头貛刚走，他也决定离开这片林区，去正确的地方看看。

瘦子离开时，一双眼神目送他。那眼神有些得意，也有些失落。

瘦子当然不知道身后的目光，所以走得很决绝，也很孤单。

四

少年的计划是住一周就离开老林子，他的寒假要结束了。

一场大雪从天而降，一下就是两天，把山林封死了。这场雪下得没有道理，立春一个多月了，这里的天气还在跟春天苦斗。一道厚厚的雪墙把春天的脚步挡在森林外面。

少年折腾了两个小时，走出营地还不到二里远。那座冰屋默默蹲在身后，等他回来。冰屋的顶端镶着一块冰，闪耀银光，像一座灯塔指示着方向。他瞄一眼白茫茫的林子，转身朝"灯塔"爬回来。

这个结果老人早料到了，笑眯眯帮少年搓手搓脚。大雪封闭了山路，连豹子都很难出去，何况是一个孩子呢。在冰屋下面老老实实待着，等待天气好转，这才是聪明的。毕竟立春一个月了，寒冬的势头应该继续向北退却才算正常。

这座冰屋与因纽特人的冰屋没有区别，它是深冬的产物。几场大雪下来，落叶和木板挡不住严寒了，老人索性在地窖上方修了这座冰屋。冰屋在林中特别显眼，很容易暴露他的行踪。他顾不上太多了，他甚至盼着瘦子早些发现这座冰屋。可是没谁知道这座漂亮的冰屋。山高林密，连鸟都不多见，那只老鸦也不知去了哪儿，瘦子更是走在"正确"的方向。仅有的一次暴露，对象却是梅花鹿。老人刚探头出来，两头鹿马上跟他讨吃的。梅花鹿领着小鹿在冰窖外面蹲一夜了，不能空手而走。他把几个土豆送给梅花鹿母女。

两头鹿陪他度过两个夜晚，第三天早上没了踪影，冷寂重新渗透进来。

地窖在冰屋下面隐藏着，他在地窖下面藏着，两层保护让他远离严寒。梅花鹿走了之后，他轻易不再上来，学一棵人参把自己深埋地下。地窖和冰屋之间的木梯成了摆设。地窖还是当年他和少年一起挖的地窖，空间比当初大了一号，角落还搭了一个火炉，有烟囱通向外面。地窖成为老人的卧室，也兼做厨房的储藏间。

储藏间里的积蓄不多了，还剩一把黄豆、三个地瓜，外加几串干蘑菇。今冬多雪，大雪几次封死山路，把老人购置食物的打算也封死了。

老人感激地看着少年："你要是不来，我真过不下去了。"

少年说："我答应给你带吃的，不来的话就是个浑蛋。"

这是老人跟少年说的第一句话，算是很隆重的欢迎词了。老人比上次沉默，常常望着远处的山林思索。他还在琢磨那块陨石降落的位置。他暂时放弃了远处的林子，把搜索的重点又转移到附近的几片林子。雪太大，他的活动半径受到限制了。别的林子只能等春天再说了。

减少活动半径的另一个好处是节省粮食。少年带来的干粮确实不少，为营地增加了不少口粮。老人最喜欢吃压缩饼干，对酸菜味方便面也情有独钟。当然，因为少年被困在这里，他带来的口粮不够供应自己的。这让少年很尴尬。不过老人没说什么，可见他是个大度的人。他只跟化工厂的老板过不去。

五

几天之后，老人很严肃地宣布，他们断粮了。

少年不信，在地窖掘地三尺，只找到几颗发霉的豆子。他又把背包翻个底朝天，居然搜到一块口香糖。

"我俩不会饿死吧？"少年其实并不懂断粮意味着什么。

"没那么简单。"老人说得轻描淡写，心里却非常清楚，必须出去寻找食物，不然真要没命了。

两人分了口香糖。甜味给身体增加了力气，随后便爬出冰屋。在林中爬行很久，老人却在一棵山楂树下停下来。少年不明白这棵树的价值，回头看着老人。

老人指着树下："信我的，一起挖！"

老人拨开厚雪，最先泛上来的是一些落叶，泥土的气息紧跟着散发出来。老人把落叶扬起来继续向下深挖。后来，老人的身体突然僵住，发出一声惊叫。少年吓了一跳。

"有蛇吗？手被蛇咬了吗？"

"不是蛇，让果子咬了一口。"

老人双手捧出几颗红果子。少年明白了，学老人的样子开始挖雪。半天下来一共得到十六颗红果子。

"我俩暂时死不了啦。"老人说。

回到冰屋，下了地窖，老人烧开一壶雪水，把八枚红果子煮烂。当晚，他俩喝到了酸甜的山楂粥。然后，两人躺在木板铺上睡觉。到了半夜，少年的胃开始反酸，大口呕吐，把山楂粥吐了出来。

　　老人给少年倒杯开水，说："可惜了，可惜了。多好喝的山楂粥啊！"老人说着，自己也开始反胃，险些吐出来。

六

　　第二天去一片针叶林里找蘑菇，一无所获。蘑菇们都去了哪里，老人也说不清楚。在老林子里，蘑菇深受喜爱，鹿、狍子、老熊都不会放过它。几颗松塔让老人激动了一下，仔细一看是空的。不用猜，松子十有八九是让松鼠掏走的。松塔还是带回来做了燃料，填进火炉取暖。老人还带回一把鲜嫩的松针。少年第一次品尝到煮松针的味道。他敢说，这是世界上最古怪的汤菜。

　　老人明白，松针不能顶替粮食，只能补充少量的营养。老人常年住在林子里，松针缓解了他的关节炎和气管炎，补充了维生素。

　　第三天，老人和少年又虚弱地躺在地窖里，起不来了。

　　"记住，假如我死了，你坚持喝热水，吃山楂，胃疼也要吃。还有松针，味道不好也坚持吃。这样的话，你能活一个月，再有一个月春天就来了。"

　　"你别死……"少年说。

　　"现在还不能死呢，我说的是假设。记住我的话了吗？"老人问。

　　"记住了，山楂、松针、热水……"少年重复老人的话。

　　"谢谢你来看我，给我带来方便面……"老人的唠叨让地窖里充满了暖意。

　　"我死了你也能看见一颗星星落地，它是来找那颗小星星的……"

　　"我能找到两块石头……是吧？我说的也是假设。"

"假设成立。"老人突然剧烈地咳嗽起来，赶紧拾起几根松针嚼起来。

老人果然没死。后来，老人还爬起来往火炉里填柴。柴火不多了，这比没有粮食还可怕。少年爬起来，把被子盖在老人身上，带上斧头爬出冰屋。

少年爬进一片灌木林。咔嚓！咔嚓！斧头无力地落在树枝上，再无效地弹起来。少年绝望地重复着这个动作，他太需要一份鼓励了。这时，一个虚弱的声音从身后传来，"救命……"少年张望了一下，没看到人影。少年就当是饥饿产生的幻觉，继续挥动斧头。这次，一根枯枝被砍断了。少年叫了一声好，庆祝第一个胜利。

"救……命……"又是一声求救，声音从少年身后传来。少年回头看去，一个人下半身深陷雪窝，头无力地垂在胸前，大概冻僵了。多了一个同伴，少年内心充满狂喜。

少年爬过去，把这个人慢慢拖出来。经过漫长的爬行，休息，再爬行……他们终于挨到了冰屋的门口。

七

他像一根冰棍滑进地窖。他身材干瘦，满脸胡须，气质跟老人相似。

最初他全身冰冷，后来开始发烧。少年让火炉重新燃烧起来，地窖里洋溢着温暖的气氛，足以让昏厥的人产生一个幻觉：春天来到了。

他说着梦话。

"春天……开工吧。"他说。

老人似乎听见了他的话，歪倒在一旁应答着："该种豆子了……"

"我得继续找他，他毁了我的工厂。"

老人沉默了，许久才说："你还不知道吧？你找到他了……瘦子。"

他喉咙里发出一阵混沌的响声，说不出话来，彻底昏厥了。老人的脸抖了抖,像一个冷笑。

少年推了推老人:"嘿,我救了他,别怪我。他不行了,要死了。"

老人闭着双眼,对地窖里的一切都心知肚明:"喂几匙山楂粥,别让他死。"

少年煮了山楂粥,喂给他喝。他的嘴角动了动,山楂粥渗入口中。他突然干咳几声,又从昏厥中爬了出来。

"我在哪儿?"他虚弱地问道。这句话显然不是梦话。

"这地方不赖,离阎王爷挺近,我随时能送你下去。"老人说完也咳嗽起来。

两人同时咳嗽起来,少年却昏睡过去了。

八

少年醒过来才知道他喝的不是可乐,还是那种倒胃的山楂粥。老人用汤匙喂给他的。

地窖里又多了一些柴火,老人歪在火炉旁边看着他笑。老人的笑很疲倦,却是发自内心的欣喜。

"你睡了两天。瘦子还睡呢,像猪一样……"老人的声音虚弱无力,不过在狭窄的地窖里非常清晰。

瘦子造访,老人的精神好多了。

瘦子已经成为老人生活的一部分。最初,寻找坠落的星星是老人生活的全部。这个信念从来没有动摇过、停止过。后来,寂寞找上门来。他会追赶闯入森林的小火车,直到心肺要炸裂了才罢休。一群南迁的大雁在水潭旁边休整了几天,水潭里的鱼虾营养丰富。他兴奋得彻夜难眠,后半夜摸到水潭旁边,为它们撒下粮食。大雁飞走后在他心里留下一块空白,他在水潭旁闷坐了一天。再后来,连远方的狗叫都能让他激动不已。有一天，瘦子的身影终于又出现了。瘦子正一瘸一拐走上山脊，眼看又错过找到他的机会。其实他很愿意陪瘦子周旋几天。他故意挥着木棒敲打一棵椴树，瘦子居然没听见，转眼不见了。老人索性大声喊起来，喊声在群山中回荡，瘦子也没再现身。老人明白，这一别又要很久才能再见。瘦子是个没有方向感的路盲。

瘦子确实一直在"迷路"。瘦子本来打算收工了，明年春天再重返林区。可是那场大雪把他也困在这片林区。瘦子风餐露宿，在几片林子之间暴走，几乎耗尽了体能。后来，一缕青烟为他指出了"正确的方向"。他全力朝那缕烟的方向爬过去。找到冰屋时，他终于冻僵了。

瘦子高烧不退，连梦话都说不出来了。老人打定主意了，无论如何要等他苏醒过来。在看到"纵火犯"之前，老人不允许他下地狱，更不允许自己死在他的前面。老人用山楂粥和热水拉住瘦子，让瘦子卡在地狱门口。少年却不停地坠落，虚空、失重……朝地狱的方向走了两天，也被老人拽回来。

"你别落下去，挺住。"老人趴在少年耳边说。

"我太累了，落下去就轻松了。"少年终于明白了星星们的苦衷——没有依傍的悬停太累，流星选择的是放弃也是解脱。

"你能走出去。春天快来了……"老人说。

老人也一度陷入昏迷。后来，梦见瘦子狠狠地敲打冰屋，老人终止了坠落。

"你又活过来了。"少年跟老人打招呼。他对老人无能为力的时候，奇迹自己发生了。

"那个伙计把我吵醒，救了我的命。他还没抓到我，不会放我去见阎王爷。"老人看着瘦子，悲喜交加。

"他现在没力气抓你，我都替他着急。"少年想笑，却笑不出声音。

九

　　一天、二十天，或者一个月过去了。瘦子的呼吸大概已经停止了。少年在昏睡，看不到那颗流星的坠落。一阵清越的鸟鸣把老人唤醒了。

　　老人侧耳细听，微弱地说："大雁，大雁回来了！"

　　少年睁开眼睛，问道："谁回来了？"

　　老人说："春天回来！快出去接……"

　　少年积攒力气，好不容易爬上木梯，却很容易地滑下来。他没放弃，攀住木梯继续向上爬。后来，老人趴在木梯上把他托举上去。这个瘦小的孩子现在比一头熊还重。

　　少年很快把几个消息送回地窖，是几个自相矛盾的消息。

　　"雪薄了，没化尽呢！"少年说。

　　"哦，它们回来早了。"老人叹了口气，为那些性急的鸟担忧。如今的气候怎么了，大雁都回来了，为什么还有雪？老人愤愤不平。

　　"天上没大雁，又下雪了。"少年说。

　　"对啊，大冬天的，哪能有大雁的叫声呢？我听错了。"老人想，真是饿晕了，听觉出了问题。

　　好消息和坏消息都是模糊的，互相打了折扣，让老人和少年纠结再三。

十

　　一簇嫩绿的豆苗在角落盛开。

　　去年秋天撒落的一把豆子，竟然发芽了。老人爬到豆苗旁边，热泪盈眶，喘着粗气说："春天，是春天了！"

　　老人把豆苗一根一根拔出来，塞到少年嘴里，"吃下它，爬出去。雪化了，你能爬出去……"

少年紧紧抱住老人，细细咀嚼豆苗，一股绿色植物的味道在地窖里弥漫。

雪停了，新雪映照寒夜，四周一片惨白。少年爬出林子却闯到寒潭来了。他累坏了，蹲在岸边喘息不止。冰雪依旧覆盖寒潭，倒是岸边蹲着一片灰褐色的大鸟。一场雪下来，它们打扮成白天鹅的样子，个个身披斑斑点点的白纱。大鸟们似乎在睡觉，头藏进翅膀里面，姿态非常安详。少年屏住呼吸，生怕惊动了大鸟。

一阵寒气袭来，少年憋不住，咳嗽起来。可是，那些大鸟还是一动不动，保持着从容的阵型。少年试探着拍打身边的那只大鸟，大鸟竟然无动于衷。其实，所有的大鸟都冻僵了。那件薄纱只是好看，却挡不住寒气。

它们确实回来早了，偏偏又赶上这股寒流。它们打算在水潭旁休整半宿，这个水潭它们很熟悉，去年南飞时在这里休整过。可是它们刚刚落下，一阵风雪紧跟着也落下来。最初，它们之间互相欣赏雪白的薄纱。后来，睡着了……

少年很难过，把大鸟一个一个抱起来，放在一起。分开睡太孤单了，挤在一起睡才踏实。做完这些，少年耗尽全身力气返回冰屋。老人说过他在某个地方藏着一个爬犁，少年打算用爬犁把大鸟们运到冰屋里面。这些大鸟陪着老人，老人就不寂寞了。

漫长的爬行，少年终于爬回冰屋。他喘息一会儿，才对着地窖口里面喊道："大雁回来了！十八只！"

老人抬起眼皮，用力问了一句："那我怎么听不见叫声了？"

少年无语了，不忍心把大雁冻僵的坏消息告诉老人。少年问老人爬犁藏在哪里，老人一时回答不出，他刚刚积攒的力气用光了。

这时，地窖上面偏偏传来一阵一阵清越的雁叫。雁叫响彻林区，把冻僵的树木也叫醒了。少年怀疑这是幻觉，他明明看见那些大鸟冻僵了，是他把它们堆放在一起的。难道刚才看见的全是假象，大鸟们故意装死，逃避了他的"袭击"？他把它们抱在一起的时候，它们的表演继续进行，又一次瞒过了对手。

"我说对了，春天来了……"老人说完这句话，便不再吭声，朝着大地更深处坠落下去。他坠落的表情无比满足。

少年仰望夜空。大鸟飞临屋顶，在幽蓝的夜空低回、盘旋。它们开始表演飞行技巧了。大鸟们的演技让少年的内心夹杂着屈辱和惊喜。

一颗流星擦亮北方的夜空，朝大地坠下来。雁群似乎得到指引，盘旋而上迅速组成"人"字形的雁阵，朝北方的浩瀚夜空飞去，做出一个簇拥的姿态。

流星继续坠落，砰地砸在少年心头，发出一个响亮的回声。天，唰地亮了，一片浅绿的山野在少年眼前打开了。

十一

鸟的世界没有骗局。

十八只大雁拥挤在一起的时候，冻僵的身体渐渐回暖，它们慢慢苏醒了。头雁第一个醒过来，它唤醒同伴。它们都梦见一座闪着银光的冰屋，冰屋里温暖如春。十八只大雁回味着漫长的梦境，陆续升入夜空，围绕梦境中的冰屋盘旋。冰屋闪耀银光，如一颗巨大的星星。

最后一个危险的寒夜熬过去了，它们离家越来越近。

2014年2月16日初稿

作者简介：薛涛，辽宁省昌图县人，一级作家，全国文化名家暨"四个一批"人才。出版儿童文学作品数十部，获得多项海内外文学奖。

散文

根深叶茂
——庆祝改革开放四十周年"深入生活,扎根人民"作品集

三条养育我的大河

巴音博罗

妻夜半醒来,忽然偎在我的肩上嘤嘤哭泣起来。我大惊,以为发生了什么事,想要开亮壁灯,却又被一双温柔的手制止了。黑暗中我们相拥了许久,待情绪渐渐退潮,心儿平复如初,妻才喃喃地说:"我想起老家了,想老家的河……和山。"我无语,只觉另一张泪湿的面颊呼出的气息,幽幽的。"你不知道,我现在一看见那一幢幢越来越密的高楼,心头有多堵!还有汽车,废气……"我说:"我们不是有公园,有湖水吗?"妻子抱怨道:"我要的是自然流淌的水,活着的水,真水!"我听罢内心一动,悠然长叹一声,起身披衣下床,去了书房。

书案上摆有一部小说,是非洲裔作家奥克利的《饥饿之路》,开篇即赫然写着:"万物伊始有条河,这河又变成一条路伸展到整个世界。由于这条路原本是条河,因此它总是那么饥渴。"

很多民族诞生的神话或传说,都离不开一条充满象征意蕴的浩浩大河。从古埃及、古印度、古希腊到古老的华夏文明,尼罗河、幼发拉底河、底格里斯河、恒河和亚马孙河,以及泥河俱下的混浊黄河,那像人类苦难的泪腺一样滚滚不绝的苍苍长河,是我们共同的母亲,母亲中的母亲。正如美国黑人诗人休斯所唱："我了解河流，我了解这河流和世界一样古老，比人类血管中的血流还要古老，我的灵魂变得像河流一样深沉。"

"我天生就是水命。"这是年逾古稀、满头霜发的老父从青年时代就一直挂在嘴边的一句话。我想如果用在我的身上，也完全适合。

在我历经四十余个春秋的生命中，有三条大河不仅寡母般生养滋育了我贫寒的少年和青年生活，还深刻地影响了我人生的信仰和对生活的观念。"子在川上曰：逝者如斯夫。"大河日夜奔流，河水浩浩荡荡，仿佛千军万马，嘶鸣铿锵，过千山万壑，历千难万险，始得入海入洋。河的昂然气概，河的凛然正气，以及河的不屈不挠之精神，都幽静无声地暗暗注入了我的体内，月光般笼罩住我，也给了我血液。河与我合而为一，融为一体，这是真的！我的一米八〇的大个儿有河的伟岸，我宽肩窄腰有河畔岩石的雄姿，我天生羊毛卷的头发有波浪与漩涡的律韵，我爽朗的大笑和深邃灵活的眸子，有河的风采河的辽远开阔。我有时沉默也是河的仁厚无言；我有时忧伤亦是河的惆怅和哀愁。河水绕过大半个村庄流向远方，两岸的青山逶迤如青绿色的屏障目送着她一路远去，过千沟万坎直到汇入海洋。河像一条柔韧绵长的绳子，密密实实将自然万物连缀成亲人般的一体，任什么也不能将它们分开了。

我降生在一条名叫浑江的大河旁。那儿有个充满水汽的地名：沙尖子，也就是沙洲的意思。据说那是个颇为繁华的水旱码头，有船由此入海捕鱼，有商货由此运抵辽东南各地。可惜我乳臭未干，刚刚降生这个广袤世界不足两岁，一颗硕大的脑袋尚未学会观察与思索。但我确信，我童真稚嫩的眼瞳是浏览过两岸的渔歌的，我月牙形的耳郭是承装过那奔腾不息的水声的。（据母亲讲，跟我年岁相仿的邻居的另一男孩儿，名字叫红烈的，五岁时死于浑江的漩涡中，当然这是我家离开之后的悲惨之事了。我日后时常觉得那泓小小幽魂，和勃勃大江一道夜夜徜徉在我不安的梦中，仿佛一个巨大的黑影。)

　　这样我三岁时,有幸遇见我生命中的第二条大河,辽宁省丹东市与宽甸县交界的艾河。那河在我印象中既凶险又安详,既丰美又贫瘠,它是我启蒙于生活的恩师。它也是我发育、成长的滋补品,精神上的依靠。

　　从咿呀学语到趔趄学步,再到懵懂记事,我仿佛一条柳根子鱼,总是离不开长满巨型岩石和多彩河卵石的沙岸。河的北岸是一片乱坟岗和黑松林,父亲的水文站就设在那儿。而我们则住在只有十余户人家的河的南岸,中间是一座日本人修建的灰色水泥大桥。桥面极窄,两车相错时往往要有一车退让,方能顺利通过。

　　我是在父亲的脊背上学会游泳的。每年夏天,父亲会强行将我扔进碎玉一样清澈的河水里,我惊呼,乱叫,吓得面孔苍白,甚至连灌几口浑水,但我的游泳技能却一天比一天强。背上被炎热的阳光晒脱的皮尚未长全,我已如野鸭子一样扑通扑通浮水了。有一次,我和邻居家的狗剩子一块去河边嬉戏,狗剩子只会几下狗刨,游不多远。为了捉弄一下他,我假装说那儿的水很浅,刚没脖,说时我在水中稳稳立住不动,像真的立在地上一样,狗剩子信以为真,笨拙地游向河心,到那儿一探底,身子立马沉了下去,"救命!"眼看狗剩子在水中一蹿一蹿地挣扎,我也吓傻了眼,幸亏不远处的下游河水真的浅了下来,狗剩子才湿淋淋爬上岸。这件事,我一直没敢告诉任何人。

　　艾河水急鱼厚,什么白漂子啦、鲫瓜子啦、沙咕噜子啦、鲇鱼鳝鱼草鱼虫虫黑鱼秋生子啦,等等,尤其花鲫子,味道异常鲜美,只是刺又尖又硬,吃时需十分小心才是。此外,艾河里还盛产河蟹。每只足有饭碗大,钳上生着密密的黑毛。每年秋季,高粱一冒红,父亲的水文站的同事就开始上山割藤条,编一种胳臂粗的缆绳,然后遍插香蒿和高粱穗,并用木桩固定住横跨过河水,待到夜幕降临之后,三人一组,划着小舢板,手持大抄捞,借着长节手电筒的照射,沿那浮在水中的藤条一寸寸搜寻过去,但见馋嘴的河蟹爬满缆绳，伸手一抓，不待那厮张牙舞爪反应过来，早已丢进船舱中的水桶里。

这样到了日出时分，往往能捉一水缸肥肥的河蟹。每当下夜班的父亲用水桶提着哗啦啦响并吐着泡泡的河蟹回家时，母亲早已生起灶火，半锅河蟹一会儿就煮出了香味。那种香气真是诱人哪，几十年后我仿佛还能真切地闻到哩！

平日里我家也下网打鱼。网是邻人老康扔下的旧网，破了几个大洞，父亲和我每到黄昏时分，划着小舢板去下网。那时彩霞满天，鱼不时跳出水面，画出一道优美的弧线。落日像个烤熟的地瓜，卡在远处黑黢黢的山岰里。到了第二天早晨，雾气弥漫中，我俩再去起网，仿佛天赐一般，本是破旧的网却总是挂满了鱼。老康是个小气鬼，见了这般情形，又跟父亲索要回了那只旧网。

盛夏到来时，河畔来了对打鱼的父女（他们好像候鸟，每年这个季节都来这儿小住一段）。父亲长着小羊胡，面孔黧黑，女儿身材灵巧，像条鬼机灵的狗鱼，他们捕鱼的工具既非丝网，亦不像本地人那样善用炸药炸鱼，而是挟了几只碧眼长颈的鱼鹰。我们邻居的几个小伙伴被那嘎嘎哑叫的家伙镇住了。我们都喜欢围前围后看个究竟，也尝试像打鱼老汉那样抛掷一些小鱼和虾米喂它们。当满载而归的打鱼人扛着船篙，篙上依次排列着六只尖喙鱼鹰晃晃悠悠走进邻居张老五家的院子时，我们肯定也会屁颠儿屁颠儿跟到那儿，继续逗弄不断屙些青白稀屎的鱼鹰，直到遭受打鱼女孩儿的高声训斥。

多少年之后我一直没忘记打鱼女孩儿那双黑黝黝的大眼睛，我再也没见过一位女孩儿的眼睛能比她还水灵清澈的，后来那女孩儿嫁给了张老五家的大儿子六石子——一个粗暴、蠢笨得赛似毛驴的乡村汉子，我为此懊丧了好些天哩！

而当过渔军的帅小伙树魁子的眼睛,却在一次炸鱼中成了枯干的两个黑窟窿。这是当地人常见的悲剧!总有人被炸伤了手或眼睛,这是人与鱼之间的一场战争,仿佛鬼魂在暗中怂恿,好多人为了尝到那种鲜美的腥味,最终守着残疾度过一生。

有人说那条河很馋,每年都要搭几条人命进去。的确,河水从上游悠缓而下,到了桥下游,忽地拧成一股凶悍的水绳,咆哮嘶叫,狂奔而去,有如一头吼狮。有许多外地人到这儿游泳,因不了解水势水情,活活被那激流和漩涡生吞活咽下去了。

有一年,有一当兵的在这儿洗澡,就是被这股当地人称之为"哨子口"的汹汹大水吞噬掉的。部队和家属来寻尸,寻了三天三夜没见丝毫踪迹。这时,遇到一皓首老翁,指点他们用一草席从上游顺流放下,说是只要那草席在哪儿竖起,哪儿的水底即藏了淹死鬼的尸身。果然,众目睽睽之下,草席忽忽悠悠顺流而下,漂至哨子口水流最急处时,突然一点,诡异地直竖起来,有人下去,很快便摸到河底死死抱紧一块巨石的死人。

夜里,我听见有一运尸马车,辚辚自岭上颠簸而下,我不由得将头扎进被子里,惊出一身冷汗。我是第一次洞见鬼魂的惨白面孔。

艾河畔给我留下最深刻念想的是一个秋风长啸的晚秋,一对城里来此偷情自杀的情侣,和一条神奇的扁担。事情的起因是这样的:我和几个小伙伴正在河滩上玩一种捉沙鳖的游戏时,忽听得一阵嘈杂的叫喊声,飞赶过去一看,水边苞米地中间的土路上瘫卧着一对浑身湿淋淋的狼狈男女,他们的袖口和裤脚都用白布条捆扎着,两只手也紧紧缠绑在一起,村民李铁匠正站在旁边喘粗气。大伙一问,才知那对男女刚刚是投河寻死的,本来两人早已在附近的山洞躲了一夜。因看不到后来日子的光明,这才下决心去寻短见。两人牵手慢慢往河中心走,可是女人在河水浸脖时忽然后悔害怕起来,她一边挣扎呼叫,一边企图拽脱缠在手腕上的白纱绳。恰巧这时上山砍柴的李铁匠路过此地，慌忙奔到河边，眼见二人即将陷入深水漩涡，情急之下用担柴用的扁担上的铁钩将这对偷情男女拉上岸。

在那样一个阶级斗争的禁欲年代。两个已有家庭的人敢于苟且偷情，是要被挂破鞋游街的，很快有人通知城里单位的保卫部门，很快便来一辆警车，将脸色苍白垂头丧气的一对押走了。

诗人杨键在《运河》这首诗中曾这样写道："我凝望着今天的河水，我的生命暗淡了，它好像正处在薄暮向夜晚转换的时刻。"他在另一首诗《长河》中又这样写道："长河边有一个儿子带着他的老母和孩子，很多年前他就凝视着这条河上的萧瑟。如今这萧瑟已变成一盏灯了，无论走到哪里，都在他眼前闪烁。"

关于河的记忆太多太杂了，仿佛一个老年人的乱梦。乡土、俚语、节令、风俗、死亡的凄凉的唢呐声……我像生长于河岸上的一棵河榆，经风淋雨地慢慢长大。我十三岁那年的夏天，全家又搬迁到了岫岩、宽甸和凤城三地交界的地方——沙里寨乡的大洋河边。其实那儿又是个两河交汇的险绝之地，大沙河把它全部的水注入大洋河中，使这条穿行在北国莽莽丘陵群中的河流陡然狂啸，水势强劲起来，一路向东，挟风带电，绝尘而去，仿若一匹挨了鞭子的黑骡！

我那时早已是一面皮黝黑、体格健壮的乡村少年，平日里割柴犁地，推碾磨米，样样精通。随着待在河边的时间越来越长，游泳的技术也日臻完美，不仅能手持重物踩水过河，还能反剪双臂仅靠两腿的力量浮过白浪滔滔的大河。遇上河边打鱼炸鱼的，随便折一柳条，一猛子扎入河底，一袋烟工夫准能捉上一串鲜鱼活虾来。此外，因我的肺活量出众，在与周围小伙伴比试潜水时，我总是能战无不胜名列前茅。这么说吧，只要我憋口气，顺流一口气在河底潜出百八十米不费劲。

那一年洪水泛滥，河床被滔天浊流灌满了槽，洪水不仅冲毁上游几十个村庄市镇，还冲塌了两座有名的水库大坝。我和家人登上房顶勉强度过水声恐怖的一夜，其间我几次下到被水灌满的屋子里，将棉被及没洇湿着的衣物抱上屋顶，母亲怕有危险，坚决不许我再回激流中的危房捡拾东西了。

翌日清晨，父亲去河边测流。由于水势凶猛，浪大漩多，水文站的测流船不敢使用，只好采取往水中扔浮标物测流速的老办法。为了将秫秸扎成的浮标准确置于河中间，必须有人亲自下水才行，但几位老同事见那浊浪拍天的气势，早昏了头，畏缩不前了。我自告奋勇要替父下水，但父亲坚决不允，无奈之下我夺下浮标嘭地跳下悬崖，劈波斩浪冲向河心，父亲吓坏了，不顾翻船的危险，紧急摆舵也随后前来接应，就这样我们父子俩一前一后，在小山似的浪谷中颠簸，岸上的村民都指点围观，直到一个小时后，我才在下游数百米远处的一个被洪水冲倒的大柳树干那儿爬上岸。虽是盛夏，但洪水冰冷如冰，再加上水中漂浮着的柴火和树木的撞击，我的身上早已伤痕累累。惊魂未定的父亲赶上我并将我拉上大船后，狠狠地给了我一耳光，我当时虽仍有些不服气，但浑身疲惫还是有点后怕。

我认定我也是水命。我的前世或许是一条河鲤或鳝鱼。我喜欢水甚至超过了喜欢脚下那片厚土。我曾在一首诗中写道："我是河的儿子，我愿意在滔滔不绝的大河上守望一生。"这是真的。河是我生命的另一种形式，河上的日出日落、月缺月盈充溢着我的梦想，我的喜怒哀乐。仿佛冥冥中的某种悠长的呼唤，我总是情不自禁奔向河边，只要一望见那悠悠汤汤的大水，一望见水边的月牙形的细沙、卵石、芦草和水鸟的翅膀，我就会心安了。

而河是有灵性的，河对我的恩赐总能让我心存感激，恩谢不止。我常常在河边岩石上孤坐，望着河水若有所思，即便我还不能将生命中的许多事情想个透彻，但对清苦而悠长的生活已略有所悟。我开始画画和写作，内心似乎在慢慢敞开，盛装着星云雾电、河洲土地。而河畔那些祖祖辈辈脊梁上晒盐，面朝黑土的乡民，则在我的视线里逐渐与褐色的河床融为一体了。

古洋河留给我最深刻的记忆还是那条大鱼精。大概是被炮火炸昏了头，那足有一丈长的鱼怪一会儿肚皮朝上，躺在水光潋滟的水面休憩；一会儿又勉强翻转身，试图向水深处游去。我和狗子、二驴子等几个胆大妄为的少年跳进水中，将那鱼怪奋力拖向河岸，又用木杠抬到水文站院里。天哪，长这么大我还第一次看到这么大的鱼哩。它花鳍硬甲，浑身犹如穿上一件古代武士的盔甲，而最奇特的则是它的巨大的嘴竟长在颌下。

那天简直像过年一样热闹，附近几个村的乡民扶老携幼都来水文站看稀奇，这条庞然大物让每个人都开了眼界。一个山羊胡须的红颜老者捋着花白的胡须颤巍巍地说："这怕是河里的鱼王吧？伤了鱼王恐怕要遭报应哩！"几个妇女一听，一齐跪下求情，说要把鱼王抬回村里寺庙供上，以求河神宽恕。父亲他们却不信鬼神，早举起斧头一阵乱剁，将那大鱼大卸八块，分成小段。当刀斧利刃砍到暗花甲鳞上时，火星电光如砍金石钢板，鱼血汩汩洇了一地。

那天黄昏，我看见落日如一殷红的鱼眼，炯炯贴于天边。群山轰轰响应，满天暮霭则凄艳如那鱼怪之血，将一个少年的梦幻般的人生，烘托得绚烂壮丽，如诗如画。

作者简介：巴音博罗，籍贯沈阳。中国作家协会会员，一级作家。著有诗集《悲怆四重奏》《龙的纪年》，散文集《艺术是历史的乡愁》等，发表诗歌、散文、小说共计四百余万字，作品多次荣获国内外大奖。是新时期辽海地区在海内外具有影响力和最具代表性的少数民族作家。2009年开始油画创作，被业内誉为"当代画坛怪杰"。

水 吻

孔庆武

一

老虎不上山,下水。

豹子和狼同样不上山,他们也下水。

山,是他们住的地方。水,则是他们睁开眼就去的地方。

赵家湾三兄弟,靠山不吃山,靠水吃水。

赵氏祖上长白山五道沟人,伊尔根觉罗氏,正黄旗。自清代从北京城拨岫岩州驻防。

金戈铁马不如长河落日圆,老祖宗临走前留下遗训,不再碰刀和枪。到赵虎这一辈儿,晴耕雨读,田园牧歌的生活,把平凡的日子过得活泛有味道。

有河计吗?

赵虎的嗓门儿比白云高。雾气氤氲的河面,划出一条渔船,船上的渔网像一团旧棉花,絮絮洋洋摊在船上。

"嗯，不少哩！"

低沉有力的回答。桨声雾影里，划桨的手稳稳地有节奏地将船向岸边划来。近了，豹子和狼身手敏捷抛锚入水撑竿上岸。

密密的网眼挂满吐泡泡扭动着的鱼，一双骨节宽大结实的手，接过渔网。哥儿仨带着新鲜滴水的渔网，开车赶往三十里外的洋河大集。十雾九晴，今儿个天气好，收成不错，赶个早集卖个好价钱。

老虎开车，豹和狼披着军大衣，戴着狗皮帽子，三月春暖鸭先知，下河的鸭蛋，开河的鱼。这一季的收获，影响着一年的收入，下个月鱼汛封河，多年来哥儿仨墨守成规，补网修船静等鱼汛过后的开网。

鱼汛过后的一日，女记者和诗人来采访。赵家湾的拜河仪式，简单，虔诚，隆重。渔把头祖祖辈辈祭水，一炷香，三杯酒，敬天敬地敬水，感恩大自然的赐予。晌午老虎未回，虎嫂从后山打下一沓薄栎叶，从水井旁采下水芹菜，取出五花肉切碎，放入锅中炒炸得微黄酥脆，香味扑鼻，连油带肉滋啦拌入水芹菜馅，搅拌加入盐、葱花、姜末、蒜泥等调料。过筛的玉米面，细滑。手掌放上薄栎叶，用菜刀薄薄地抹上玉米面，填入菜馅，双手合上，一个完整的薄栎叶饼就包上了。铁锅大柴蒸出的薄栎叶饼鲜香入口，带着山野的清新。

老虎拎回一条大草鱼，虎嫂用抹完薄栎叶饼的菜刀，只用了几分钟工夫，开膛破肚，去鳞入锅。吃一口薄栎叶饼，再尝一口水煮鱼，山野味，河鲜味，简直是人间美味。

诗人吃得有兴致，作诗一首：看不见的眼泪。

鱼儿不会流泪
她的泪，早已献给溪水，泉水，河水，湖水，江水，海水
水在她的周围
吻着她最后一滴泪的

是网上的水珠
....

虎嫂去添菜的时候，老虎一口喝光碗里的酒，出了院门。他要在太阳落山前，布下几道渔网。虎嫂听着女记者和诗人讨论鱼的眼泪，似懂非懂。老虎急着出门，她就知道，明天又是一个好天气。

二

大洋河蜿蜒流淌二百三十公里，在东港市黄土坎流入黄海。沿河人家半耕半打鱼。20世纪80年代，河里的水可以直接饮用，趁着大人担水的工夫，孩子用自制的鱼鞭可以打到一瓢鱼。

沿河人家在饥馑的年代，掌握了到河里打鱼打牙祭的绝活。百里大洋河，不知疲倦地流淌着。曲折迂回，或咆哮如雷，或平静如画。深水可乘船，浅水可蹚河而过。

口子街村艾尔玛兄弟使用自编的柳条鱼筐，绑在竹竿上，筐里放着羊油炒面，沉入水底，隔半小时搬起长竹竿，取出活蹦乱跳的鱼儿。

入冬飘雪花时，口子街来了一个手拿十字架的传道士，租住生产队闲置的大院。每个周末，空荡荡的大院，不知从哪里一下子冒出一大群人，有男有女，有老有少，脚步匆匆，表情虔诚。

冬天鱼儿聚堆，三九严寒冰封河面，水里缺氧缺食物，正是捕鱼的好机会。这一日，艾尔玛兄弟在河面上钻下几个大冰窟窿，下柳条筐扳了几次鱼，太阳高高地照在东洋河冰面上，拣着柳筐里鲜活的河汛，回村的路上，迎面走来传教士和身后的信众二十余人。

甩在艾尔玛兄弟身后的脚步声，同时夹杂着"扑通、扑通"的声音。回头一望，冰面上教士指挥着男女信徒跳进河里沐浴。白花花的，像刚开煮的一锅饺子。

　　炸得金黄酥软的面裹鱼，一碟陈醋花生米，外加一壶烧酒，是艾尔玛兄弟犒劳自己的大餐。喝上高粱烧，天冷驱寒，也应了一句话——吃香的喝辣的。钻冰扳鱼忙了一上午，酒劲上来，祛除了疲惫，身上松快了，呼噜声里哥儿仨倒在大炕上睡着了。

　　两个买鱼人慌里慌张跑进屋里，推开门，哥儿仨睡得正香。

　　喊了小半天，总算把哥儿仨唤醒。着什么慌，鱼都在筐里，要多少，上秤约一下就是啦。来人说，这些都要了。走得急，没带钱，麻烦到生产队取鱼筐连上取钱。

　　买鱼人过了秤，报了数，匆匆抬走鱼。

　　艾尔玛兄弟走进队部的院子，鱼香扑鼻。一东一西两口大铁锅里炖鱼汤贴玉米面饼子，一锅出。劈柴棒子"噼啪噼啪"吐着火苗肆意地舞着。点钱的工夫，瞄了一眼东西屋两铺大炕上，善男信女挤在一起身上盖着大棉被，一次洗礼，冻得够呛，正在炕上焐热乎呢！

　　哥儿仨取钱返回，丢下两句话："这大冷天，瞎折腾啥？不整点病，不消停是不？别忘了锅里多放些姜丝。"

　　冰窟窿里打鱼，冰窟窿里沐浴，鱼上岸了，人要下水。人上岸了，鱼要下锅了。一场荒唐事，将时间的记忆定格在20世纪50年代，艾尔玛老汉讲的故事在一圈圈烟雾里缝合得完美无痕。

三

　　外祖母今年九十三岁，除了眼花，耳不聋，腿脚利索，身体矍铄。叼个大烟袋似个老神仙。

　　"旗人姑娘真叫怪，嘴里叼个大烟袋。"从前满族姑娘出嫁的时候，陪嫁里有一杆精致的烟袋。外祖母用的是铜杆，岫岩玉做的烟袋锅。几十年风风雨雨，几十年寂寞时光，换了几次玉石做的烟袋锅，除了铜质烟袋杆，握在手中的还有尘封的岁月。玉石的温润，烟草的缭绕辛辣，从铜烟杆传递的温度，通达肺腑。再从嘴中吐出，外祖母的故事像喷吐的烟雾，平淡又不失意境。听了想读，读了上瘾……

外祖母满族镶蓝旗人氏，打记事起，炕上放两个笸箩，一个是装烟叶的烟笸箩，另一个是装着针头线脑的针线笸箩。

关东四大怪：窗户纸糊在外，反穿皮袄毛露外，养活孩子吊起来，大姑娘叼个大烟袋。

从前，一杆大烟袋，可以抽烟解闷，可以增添满族姑娘的豪气。丁香花开时，上山打猎，下河捕鱼，穿山林草地，烟袋锅里取点烟油，抹在腿脚上，防野蚊子，防蛇虫。

嘴里吧嗒着烟袋，手上忙着针线活，昏黄的忽闪不定的松油灯（后来是煤油灯），烟雾盘旋在灯罩附近，一双手引线捏针，夜色中针尖刺透皮肤滴下的鲜血，和火苗的颜色相近。外祖母除了给一大家子人缝缝补补，还兼做一些零活，外出时孩子大人穿的不开口不漏洞，年节更能体面一些。长此以往，外祖母的眼睛昏花，视力下降，以至现在十米外看不清。

夜里忙完了手头活，蹑手蹑脚到屋后摘几片丁香叶，用水瓢舀了水泡一下，像贴面膜，贴在眼睛上。贴一宿，第二天眼睛能得到缓解。

类似的偏方，外祖母有很多是秘不示人的，例如每年五月初五，取核桃树上七个青核桃，泡在醋瓶里，一年后食用，每次半个至一个，每月三个疗程。治疗咳嗽、支气管炎等。

得益于民间的中草药，在艰苦的岁月中，外祖母能葆有青春般的心灵和健康的体魄。

听说我阴雨天腿疼，外祖母除了给我一剂偏方，还劝我去泡温泉。去年我去看望，外祖母独自在家，中午给我包山菜馅玉米面饺子。还说，没把我当客儿。如果不是眼神不好，相信会有一桌美味。足矣，吃到九十多岁老人包的饺子有几人？无疑，我是幸福的。

这些来自山野的恩泽，野菜、粗粮、叮咚的山泉水……在一个风掠花香呼啸的午后，听得见外祖母爽朗的笑声。

那时，我在哈达碑镇玉石矿附近的沟汤泡温泉。世界上最大的玉矿，最大的巨型玉体出自这里。日月精华孕育的岫岩玉，在地下像个睡美人。矿井的深邃，冒着寒气，下井百米强光手电照在周围，晶莹的绿光明澈神秘……

来自地下的火焰，沸腾了泉水。循着《山海经》找来的人们最先发现玉矿脉，随后发现温泉。水珠细密圆润地亲吻着肌肤，闭上眼睛，想起丁香叶子的清香，凉凉地贴在眼睛上。

我知道，这一生，用文字去热爱，会得到心灵的洗礼，也会失去一些。几乎每个读书写作的人，都存在视力下降的问题。没有眼睛的观察，我拿什么去发现去表达？

但愿在寂静的夜，丁香的叶子带着露珠吻着我的眼睛。水的清澈，给我明亮。不奢求过多，识得尘世的草木、田园、道路……

如丁香叶子的脉络，清晰地整齐排列，如外祖母的一杆烟袋，铜光瓦亮中喷吐水墨意象。

一吐一吸，一念之间。一行一走，一意之间。

水柔软的骨骼，或弯曲，或垂直落下，生命的长河，发源于母亲的十月怀胎，走过春秋冬夏寒来暑往，历经上学、工作、婚姻……奔腾不息地流向远方。

水与岸相吻，岸边有了烟火。水与万物相吻，世间有了万象。

去年夏，天气炎热。采风至岫岩哨子河碧水金沙滩，枕着头上的白云，穿着救生衣，静静泡在水里。无数小鱼吻着裸露的皮肤，六米深的沙滩，层层过滤水中杂质，过滤着体内的浮躁。远离城区的喧嚣，山水自然中得安宁。

心想住在这里，做个水孩子，像鱼儿一样游来游去，吻着水。

作者简介：孔庆武，祖籍山东，1980年出生于辽宁省岫岩县，满族。曾在航空兵某部服役。作品发表在《民族文学》《文艺报》《北京文学》《青春》《星星》《海燕》《满族文学》《山东文学》《空军报》等报刊。有诗歌、散文被《诗选刊》《都市文萃》选载，鲁迅文学院第二十七期少数民族作家班学员。现为岫岩满族自治县文联副主席兼作家协会主席，《岫岩作家》编辑部主任。

辽河湾的蒲草，媳妇鱼，水泡子……

李 箪

奔腾的辽河一泻千里，如玉龙在那里蜿蜒汇入渤海。那里被称作九河下梢，境内大大小小的河流有数十条，河沟、海汊、水泡子，多得像老柳树上的叶子数也数不清。

儿时所有的记忆都与水有关，我和那里所有的孩子一样，像早春水泡子里的苇笋芽子，在水润的环境中一节节生长……

蒲草，水泡子，野鸭蛋

那时我家住的是用蒲草苫的草房子，蒲草柔韧绵密防雨又保暖。我家草房子南面是一个水泡子，有十几亩田那么大，里面长满蒲草。春天，妈妈把嫩嫩的蒲笋做成美味，蒲笋长大后蒲心会钻出小鞭子一样的蒲黄，咬合在上下齿之间轻轻一捋，清香甜美的蒲黄就留在嘴里，把我们的唇舌都染成了草色。成熟的蒲黄是药材，采下来晒干卖掉可以换很多水果糖。长而柔韧的蒲草叶插在头上，就好比京戏武生帽子上的雉鸡翎。半湿不干的蒲棒就像一支大松香，点燃后冒出浓浓的云一样的白烟，散发出独特的药香，夜晚我们小孩子举着它在外面疯跑，恶毒的蚊子就不敢上身。

水泡子是鸭子和水鸟的乐园，它们在蒲草中游弋，啄食小鱼、泥鳅和小蝌蚪。那一年妈妈养了十几只麻鸭，那天一下子少了好几只。妈妈说："苇毛，你去水泡子找一找，看那几只麻鸭是不是迷在里面找不到家了？"

苇毛是我的名字，我们那里到处都是芦苇，随便摘一片苇毛就做了我的名字。家中五个姐妹只有我像个男孩子，所有女孩不爱干的活最后都由我完成。像去水泡子里找迷失的鸭子，像在泥水和粪便中追赶挣脱链子的母猪，像在泥泞中翻起快要烂到地里的土豆，等等，家里没有男孩儿，这些活我不干谁干呢？

小小的我光着脚丫，像一只鹭鸶孤独地站在水草中，透湿的衣裤冰凉地贴紧皮肤，寒冷如水漫金山漫过周身的每一寸肌肤，牙齿像通了电流的破电机"突突"地抖个不停。水泡子中央有一道土围堰，围堰内有一个深潭，水深不可测。

周四叔是我们那里最有学问的人，周四叔说："水泡子中间是个海眼，与大海相通，所以不管多旱，水泡子的水不干。"周四叔满脸皱纹，人们说他的学问都长在壕沟一样深的皱纹里。

住在水泡子边的大哑巴最赞同周四叔的说法，大哑巴说："水泡子里有一条张牙舞爪的大水怪，我亲眼看见的。"大哑巴小时候吞下顶针卡坏了小舌头，说话像嘴里含了糖球似的，呜里哇啦说不清，三十多岁还没说上媳妇。

周四叔取笑他："那不是水怪，是母夜叉，你夜里想媳妇了，把母夜叉背回家当媳妇吧！"

大哑巴涨红着脸，呜啦啦地说："我才不要母夜叉，我想媳妇就把你周四的老婆背回家！"

周四叔就骂大哑巴："你这个不孝的龟儿子！"

我越来越接近水泡子中央，听到蒲草中鸭子"嘎嘎嘎"的叫声，我随即发出热烈而亲切的呼唤："鸭，鸭鸭；鸭，鸭鸭……"几只麻鸭在水草中抻长脖子"嘎嘎嘎"地回应，正是妈妈养的那几只。我们像久别重逢的老朋友，踉踉跄跄地扑向对方。就在我和鸭子越来越接近的时候，浓密的芦苇丛中忽地冒出来一个人，大叫一声："啊……"惊惧像箭镞射穿了我湿漉漉的身体，我小小的身体像一棵没发好的豆芽菜在湿衣服的包裹中瑟瑟发抖。鸭子"嘎嘎嘎"的叫声唤回了我天性中的勇敢，我抬起手臂，手指绷得铅笔一样直并直指对方，我的叫声像划破云层的闪电："大哑巴，你—— 滚——"

大哑巴骂了一句"小毛孩子"，悻悻地走掉了。

鸭子们来到我身边，它们环绕着我，把头伸进水里，用喙啄食我脚上的泥，扇动柔软的翅膀拍打我的腿与我亲昵，我带领它们走向水草茂盛的浅水处，不时有泥鳅被我踩到脚底，它们扭动油滑的身体把我脚心弄得痒痒的，我咯咯地笑。蝌蚪在我脚背上游来游去，冒冒失失的船钉鱼不停地冲撞我的脚脖子。我走近一处小砥，小砥上长满翠绿的水葱和三棱草，在水葱和三棱草中有一个绿草窝，整齐码放着一窝晶莹如玉的野鸭蛋！它们像水浸的卵石一样圆润，像秋日的天幕一样幽蓝，像婴儿的眼眸一样莹白，其中的一枚还烟雾一样笼罩几缕娇羞的红血丝……我永远也忘不了它们当时的样子，它们带给我的喜悦持续了好长好长时间，此后经年，它们时常出现在我梦里，梦中的我光着脚丫，眼前惊现一窝野鸭蛋！

芦苇，小宝，丹顶鹤

悠悠辽河湾，芦苇随处可见，沟边路旁、屋檐瓦缝全是自然生长的芦苇，芦苇喜欢聚集生活相依相存，平时看到单株或小片生长的芦苇往往面黄肌瘦，走进芦苇荡才发现芦苇蓬蓬勃勃抖抖擞擞，苇叶毛茸茸的，阳光下泛出一种如蓝的绿，浩浩荡荡的风，无际无涯的芦苇，芦苇荡里栖息着各种各样的水鸟，运气好还能看到美丽的丹顶鹤。

惬意的时光像春光一样容易消逝，人一旦有了心事就有了忧伤，我的忧伤始于我的弟弟小宝的诞生。妈妈一连生下我们五个姊妹，在仲夏的一个黎明，随着一声嘹亮的啼哭，我蒙眬的双眼看见妈妈身边蜷曲着一个粉嘟嘟的婴儿，屋里弥漫着淡淡的草腥味。他就是我的弟弟小宝，爸爸妈妈和姐姐们全围着小宝，好像我一下子不存在了似的。我像路边的一朵小花，在众人的视而不见中独自忧郁。

一天，我穿上好看的花衣裳，对着菱花镜子把秀发梳理在额头和鬓角上，打开我家的草房子木门，在尖顶屋檐下楚楚地靠着墙根，圆盘似的太阳像抛稻谷一样把金色的光芒洒遍我的全身，我快乐而又忧伤地等待爸爸归来！

爸爸扛着铁锹走进院子，但是爸爸并没有注意他打扮一新的小女。我喊了一声："爸！"爸爸潦草地看我一眼就进屋了。透过窄条玻璃窗，我看见爸爸带泥的大手掌托起小宝……我美丽的心情玫瑰花一样凋谢了，泪雨缤纷花瓣飘落，诅咒像坚果挺立枝头。我诅咒这个孩子。

小宝一天天长大，那时家里大米很少，爸爸是家中的壮劳力，妈妈会在烀土豆的锅里用铝饭盒蒸一盒大米饭，暄腾腾的饭粒像小棒槌一颗颗站着诱人，那是小宝和爸爸的主食，妈和我们姐儿几个吃苞米面糊糊粥，粥里星星似的散落一些大米饭粒。

小宝会体恤地说："妈，大米饭留给爸吃吧，给我烀一个小茄子就行啦！"

爸爸用他的胡子楂儿蹭小宝的脸蛋。看他们亲热的样子，我嘴里的糊糊无法下咽，我躲到背人处，从水缸里舀一瓢水，糊糊粥扣在水瓢里用竹筷子搅，面糊糊漂上来，大米饭粒沉下去，我把面糊澄到泔水里，只吃沉底的那点大米饭粒。挑食让我的小脸迅速消瘦下去，嫉妒像阴沟里的黄鳝不时冒出来。

那日傍晚，爸爸下地干活回来得早。小宝一见爸爸就小鸟一样扑过去，爸爸像变魔术似的从兜里掏出一只白色带斑点的蛋。

小宝惊呼："鸟蛋！"

爸爸说："丹顶鹤蛋，丹顶鹤飞进苇塘。"

小宝捧着蛋观赏，然后说："我去寻找丹顶鹤！"

妈妈说："苇毛，你跟着点小宝。"

我把嘴撇得像个瓢："我像他那么大早满处疯跑了。"

爸和妈没再说什么，小宝穿着草绿色的新衣裤，蹦蹦跶跶跑出院子，从墙缝里拔出一棵芦苇，旗帜一样举过头顶。草绿色的小背影，高举一棵芦苇旗，这就是小宝最后的样子，小宝这一去再也没有回来，他草绿色的小身子永远留在了苇塘……

小宝未成年不能进祖坟，就埋在他逝去不远处的苇坝上，我看见苇坝上有小宝用芦苇叶做的鸟窝，鸟窝里放着那枚丹顶鹤蛋……

我常常偷偷去苇塘，我相信小宝他不会死，他那草绿色的小身子会像芦苇一样从泥土里长出来……我行走在茫茫芦苇荡中，我在苇丛中仔细辨识和寻找，哪一棵嫩绿修长的芦苇是我的弟弟小宝呢？

搬网，干锅鱼，媳妇鱼

我终于拥有一张属于自己的新搬网，一整块月白色的新窗纱，四角用麻绳系在竹劈上，顶端拴一根长竹竿，十字花上悬吊一块肉骨头，五支来水的时候，桥面上会有很多孩子搬鱼，我的新搬网也在众多的搬网中，贪吃的鱼儿忘情地啃啮肉骨头，我适时地起出搬网，一群欢蹦乱跳的鱼儿在纱网上跳跃，船钉鱼、面条鱼、鲫鱼壳子、白鲢和毛虾很快装满铝盆。我用搬网供应全家人一个夏季的鲜鱼虾。

我有时也走半小时路程去更远的四干搬鱼，陡峭的堤坝上，槐树、蛇和乌鸦共生共存，端午节前后，正是槐花飘香的时节，满树槐花灿灿烂烂，像棉花和雪一样洁白，走在槐树下让人心生喜悦，就是不小心撞见蜿蜒而过的草蛇我们也不再惊慌,也不会用泥块和吼声驱赶乌鸦这种不祥鸟。在一片茂盛的草丛中我意外地找到一束野姑娘,举着绿灯笼一样的果实,我刺破野姑娘把籽挤出来,野姑娘变成空皮皮,放在嘴里吹满气再用舌挤压,野姑娘发出颤抖的跟放屁一样的响声,我们吹野姑娘就像现在的小孩子吹泡泡糖一样迷恋。

我搬鱼去的最远的地方是大闸,那是一条不知道名字的主干渠,我们叫它大闸,按照当时的步伐,我走了大约有一个半小时的路程。大闸里有一种鱼叫媳妇鱼,这种鱼全身靛青色鳞片,魔法一样闪着五彩的幽光,因为漂亮所以叫媳妇鱼。老人们曾说媳妇鱼有毒,我们抓到泥鳅和黄鳝可以喂鸭子,抓到这种媳妇鱼,就把它扔到岸上让它焦渴而死。媳妇鱼非常顽强,滚着一身泥土,树叶一样打着卷,暴晒一天晒成鱼干儿,一脚踢到水里,流水洗去媳妇鱼身上的泥土,它僵硬的身体渐渐变得柔软,靛青色鳞片重新泛起五色幽光,媳妇鱼甩动长尾缓缓游走了……多年以后,当我精心饲养的热带鱼一条条死在鱼缸里的时候,我开始怀念媳妇鱼,怀念它的健硕与顽强,怀念它鳞片上魔法一样的紫气和幽蓝,怀念它被忽略和遗弃的妖姬一样的美丽!现在,家乡的河流再也见不到这种媳妇鱼了!

秋天,沟渠里的水逐渐干涸,隐隐可见水中鱼群的青灰色脊背,这是摸鱼、淘鱼和捡干锅鱼的最好时节。我把书包挂在树杈上,卷起裤脚踏入河渠里摸鱼,不小心会碰到水蛇和黄鳝,或被横行霸道的螃蟹夹住手指。

男孩子在三支搭埝截流淘鱼,那是我力不能及的,摸鱼又怕螃蟹夹手,唯有捡干锅鱼像捡便宜一样让我不知疲倦。我提着水桶和笊篱,在埝埪和坝上穿梭,在水草繁茂处或者闸口洼处,鱼儿为了生存寻找水源退隐到那里,弓起一片黑黢黢的鱼脊背,这时一笊篱伸进去就是一笊篱鱼,就像在自家的水缸里舀鱼一样,不问耕耘只管收获,那时,心中的喜悦就像笊篱上的鱼一样欢蹦乱跳!

妈妈洗净鱼,用泡子里的清水加大粒盐花去煮,待鱼虾的鳞片泛出浅浅的粉红，捞出来放在纱网上风干，这些吃苇根和蒲笋长大的鱼，风干后散发出让人久久缅怀的植物的味道，满院子弥漫着鱼香和草香，深深地吸入肺腑，让人对食物乃至尘世产生无限眷恋！

水稻，上水线，大米水饭

来水啦！来水啦！一年当中首次开闸放水，人们像过节一样兴奋，泡子里的水已经见底，泡子与上水线之间的水道已经挖通，只等着把上游的水引进泡子，全村人吃上清洌洌的新水。

三支、五支、四干这些上水线坝上，小草像汗毛一样钻出泥土，不久芦苇出芽，打碗花开出白色的花，杨花柳絮很快飞舞起来，田字格一样的稻田里青青水稻如少女一样亭亭玉立。四干远离居住区，沟渠里芦苇丛生，鸥鸟鸣唱，马莲花在堤上盛开……四面是一望无际的稻田，我无语失声站在桥面上，那无边无际接地连天的绿像丝绸和湖水似的荡漾……今天当我描述这段文字的时候，当年那望断天涯的绿依然像漫漶的远古相思一样涌起我满眼的泪水……

放暑假我和其他孩子在家里搓草绳，一双小手燕子似的上下翻飞，姐姐在草袋机前啪啦啪啦打草袋子，草袋子装土用来垒堤坝，一个草袋子按质量可以卖一两毛钱，密实一些的可以多卖几分钱，我的童年没有游戏，我们要在假期挣够自己的学费和书本费。

雨季来临，经常会有一条不听话的河开了口子，发一场不大不小的水，男人忙完水稻，留下女人管理田间，男劳动力都去修渠引水，去三角洲开荒修水田，水田开得越来越多，水渠垒得越来越坚固，三支、五支、七支、八支、十支、一干、二干、四干……水网纵横，辽河及其支流越来越温顺，水稻种植面积越来越广。

秋凉以后，水稻开始扬花。深秋时节，整个大地变成一块金色的棋盘，农人像剃头匠收割头发似的收割水稻，留下齐展展的稻茬，一堆堆稻码子被戴着红围巾的健壮的辽西妇女搬到马车上，孩子们像逡巡百花的蜜蜂在空旷的大地上飞来跑去拾稻穗，沉实饱满的稻穗放进布口袋就像放进胃里一样充实，刚刚收割的稻田像一个巨大的场院，弥漫着稻茬、稻谷和辽河湾特有的土地的清香。

　　日子好起来了，妈妈要做一盆大米水饭才够全家人吃，大米水饭哪，没有一种食物能像家乡的大米水饭那样饴香爽口，让口腔、牙齿和胃永不餍足，小小的我一顿能吃四碗大米水饭，我的肚肠已经出现隐隐的胀痛，我的口腔和牙齿仍旧渴望继续吞食，永无休止去咀嚼和吞咽，大米水饭把我变成一架贪吃的机器，有好几次睡觉前，我不得不蹲在猪槽子上，用小手指抠我的嗓子眼儿，吐出一些大米水饭，否则就不能入睡。

　　悠悠辽河湾，我喜欢树上的蝉鸣、河里的游鱼和田间的麻雀，喜欢微微吹来的风和密密斜织的细雨，喜欢冬季睫毛上的清霜，喜欢树上银装素裹的枝条和脚下吱吱鸣唱的白雪，大片大片的芦苇花悄然开放，我在这片纯净的土地上出生和成长，享受雨露和阳光，我长高了，身体在拔节并且含苞待放，终于有一天，美丽的生命之花绚丽盛开，一条远古而常新的生命流泉在身体里汩汩流淌，我含笑挥手与童稚告别，走进人生的夏季！

作者简介：李箏，本名李丹，辽宁省作家协会会员，盘锦市作家协会副主席。文学学士，工程硕士，曾参加辽宁文学院第二届高研班学习。作品刊发于《西南作家文学》《中国诗人》《鸭绿江》《海燕》《满族文学》等报纸杂志，小说入选《英译当代中国闪小说精选集》，诗歌入选《辽宁诗歌年鉴》，2014年荣获辽宁省作协"中国梦"散文奖，2015年荣获辽宁省作协"纪念抗战胜利七十周年"征文小说二等奖，多次获得盘锦市作协征文一等奖，荣获盘锦市作协、盘锦文学论坛"最具潜质奖"等奖项，现供职于盘锦市医疗卫生系统。

奔跑的树

李广智

　　树从把根扎入一块土地之中时，是不是就开始了奔跑，向理想中的大地深处奔跑，向天空奔跑。一定是向天空奔跑，树们也会知道，上天有路、入地无门的道理。树们或许看见天空无边无际的，以为这样会跑得更远些，总有一天会接近太阳，那它就可以不让树影整日地围着太阳转了。树影也有跑累的时候，我在屯中奔跑时，常常会看到树，我跑累的时候，也会想到树，我好像一直想努力在树的身体里找回我自己。

　　我和树是一个屯子里两种不同声音的生物。在一个屯子里，我不是一个很善于奔跑的人，我确信我在屯中跑不过那些比我更年轻力壮的人。在生命的特征上，他们比我更年轻，更有朝气。其实，屯里人再能跑也跑不过一匹马，一匹膘肥体健的好马，一定会四蹄生风地奔跑在路上，奔跑是马的活计。一匹驾车赶路的好马，从驾车的那一刻开始，它一定知道，走路和奔跑是它一生中最重要的活计。树或许也一样，年轻力壮的树跑得快，也跑得很轻松，树的身体里一定有着向上奔跑的力量。我时常看见屯里人站在一棵小树旁，对那棵树温暖地说："几天没见，又蹿这么高了。"我知道那是夸一棵树跑得快了。在我小的时候，碰见几年未见的亲戚，他们有时会当着我父母的面赞扬几句："几年没见，这孩子蹿这么高个子了。"好像我即将长成一个大人了，即使我没长成大人，我想我的身高的确长高了不少，我奔跑的速度大概明显加快，这让那些奔跑得慢的人开始发现，心里有些慌乱，他们是不是想提醒我一下，放慢些速度。我知道那时，我同样也跑不过一棵树。

屯里人不知道树奔跑的速度，有时会爬到一棵树上，张望上一阵子。他们爬到树的顶部，砍去一些侧枝，人想让树一心一意地向上奔跑，断掉树的一些念想。人骑一匹马奔跑惯了，刺棱刺棱地爬到一棵树上，想找回这种感觉。我在屯子里爬过几次树，可我没骑过马，不知道骑马跑到另一处地方看到的和爬上一棵树看到远处的感觉是否一样。树有着自己奔跑的速度，那一定和人、和任何一种动物奔跑的速度不一样。我在上学时，和十几名同学跑过一次三千米，我拼上最大的力气，拼命地奔跑，那是我奔跑最快的一次，我把所有的同学都超在后面。可当我跑完的那一刻，我几乎瘫倒在地上，很长时间不能动，也不想动，我把力气用尽，再跑不动了。我偶尔会在屯子里发现一棵树，在有些年月里，一个劲儿地猛向天空蹿，像一匹脱缰的野马。可是跑着跑着，突然就不动了，看样子是累的，那棵树大概和我一样跑不动了。也许那树知道奔跑是件累活计，赖在那儿，偷回懒，让我们看上去，多少年再不想动的样子。我在跑累时，肯定步伐有些乱，只是向前奔跑的姿势一直没有变，我还不想停下来，在没有到达终点之前，我肯定想努力地跑下去。我在野地上偶尔会看见有些树，歪歪扭扭地生长在一块地上，我想树大概跑累了，这让它的步伐也有些乱，以至于让我们看上去都不能直直地生长。

树，跑多远才是一个终点，我不知道。我的年龄还小，还没有些经验让我比一棵树知道得更多。屯子里的人常被问道："你又跑哪儿去了？""这几天没见你，你跑到啥地方去了？"我心里清楚。屯子里的人也一直都在奔跑，他们白天黑夜地奔跑，跑够了一处地方，又悄悄地回来，悄无声息，习以为常。可我的爷爷曾经告诉我，我的一个更老的祖辈，大概在屯子里奔跑久了，再没一个新地方可以奔跑，或许是被问话问得烦了，他真的跑到一个屯里人没去过的地方，再没回来。他一定觉得那个地方比屯子里有更多的地方可以奔跑。他初到一处地方，看见哪里都觉得眼生，认为可以到处跑跑，打发时间。可是外面太大，他越跑越远，越跑越野，乐此不疲，再没时间回到屯子里，把终点荒废在途中。我时常认为每个屯里人都是一棵树。年轻力壮时，有的是力气奔跑，熬到腿脚硬了，有那个心思，却再没力气奔跑，剩下一把老骨头，笨手笨脚的不听使唤，再跑不起来，熬成一棵没有生气的老树。

　　树会不会一心一意地向天空奔跑？这是我的疑问，答案是否定的。我对屯子里所有的树木都给予了仔细的观察，没有一棵树能够全神贯注地向天空奔跑。树也会心生杂念，它们想近处地闻一闻树下一些青草的气息；一场又一场的风想拉住树奔跑的姿势；树也想念自己的儿女了，它们故意放慢脚步，放手放眼地看看满树的果实，那里或许孕育着一树的儿女，它们很久没这样做了，它们突然想和我们这些屯里人一样，好好端详一下儿女，看看它们又长高了多少，是不是和自己一个模样，这些都让一棵树不能全神贯注地奔跑，分心地把一根主枝长歪，把一根侧丫压低，让一棵树没有了奔跑的速度。

　　我常到老马家沟里去经管一小块土地，我要在那儿种些庄稼。那块地的下边沟里，有一棵树龄较大的公桑树，我习惯这样称呼一棵雄桑树，那会让我觉得它显得更雄壮，我在屯子里都这样称呼一头雄性的牛，它们是那样的有力气。我不知道那树的年龄，它一定在那条沟里跑了许多年，它不结一粒桑粒，没有了果实的羁绊，远远高出离它不远的几棵雌桑树，雌桑树大概年年有果实的累赘，时常忘记了奔跑这回事，多少年不见长高多少的样子，让屯子里馋嘴的人很容易摘到紫色的甜桑粒，满足了一年又一年吃桑粒的愿望。

树或许也在地下奔跑，它把自己的根在黑暗的地下到处乱探，寻找奔跑的道路。这有些像我们小时候到处走走看看，寻找发现一些新的道路，扩大对屯子的认知，树根不知道会不会这样想，可它可以这样做。我家院外的一棵椿树，我把它锯断，它用了两年半时间又长了一房高。在它周围数米内，也冒出了许多小椿树，我用镐一棵一棵刨掉它们，却发现它们都是那棵椿树的根发的芽，最终长出了地面。椿树的根大概在树的地下奔跑了很久，跑着跑着，实在看不清前面的路，也看不清后面和周边的路，一路摸摸爬爬的忒费劲，听见外面热闹，耐不住黑暗中的寂寞，索性钻出地面看看，发现自己也长成了一棵树，回不了头，只好也硬着头皮向上长，好看看远处到底啥样，为啥在地下奔跑了那么久，都没能让自己跑得更远。

我常听老辈儿人说："树有多高，根有多长。"我在屯子里居住了二十年的光景，挖过梨树的根、柳树的根、椿树的根、杨树的根，还有榆树的根，只是没有时间和精力，挖出一棵树最长的根，这让我始终没能掌握老辈儿人说话的可信度。可是，我在离树根很远的地方，因为某件活计深挖土地时，常常会碰见那棵树把根远远地伸过来，我不得不用一把铁锹或镐把它硬生生掐断，它碍了我的事，耽误了一件沾手的好活计。我其实看不见那根树根最细的底部到底跑到哪儿了，我还看不见树根在地里的活动，我也没有一点经验可以猜出树根活动的规律，我还远没活到能让我猜出那树根长度的岁数，我完成活计前，只有把它先弄断，这一定没能让一根树根跑得更远，也没能让我找到一棵树跑得最远的树根。我也猜不出那根树根会不会怨恨我这个忙活计的人，可我知道树比人大度。

树的内心其实一直都在奔跑。屯子里有高大粗壮的大树，也有矮小细弱的小树，每一棵树一定都在奔跑中。我知道屯子里即使年龄最大的树，也一直在努力地向高处生长。那些低矮的树，也同样一直在努力地挣扎着向高处生长。它们用心劲在改变自己。屯子里的人，他们的内心也一定在奔跑，他们看见伸枝吐叶的树们在一个屯子里，一年又一年地把身子向天空伸展，一点点高过自己，高过房子，高过另一些树，每一个屯里人的内心一定渴望更高的生长。那是用生命奔跑的生长。树或许是大地伸向天空的一双手臂，它一直想拥抱些什么，我们不懂。

树们在一个屯子里，安静地奔跑，长多粗，奔跑多远的高度，也不在那儿喊上几嗓子。这不像屯里人，有什么大事小情的，总想张罗一下，热闹一番。树不张罗这事，也没有另一棵树为它鼓掌。鼓掌了，我们也不了解。屯子里的树没事时，常在风中哗啦哗啦地摩挲着叶子，我不知道那是在说话，还是在鼓掌，我还没能成为屯子里的一棵树，我不了解那份心境。

树从一粒种子或一个树芽发育成树，扎根向上奔跑，内心一定兴奋无比。我带着第一声啼哭来到世上，谁说那不是兴奋的结果！我看见许多人喜极而泣。树多半不会学上我的样子，它看见自己成为一棵独立的树，周围还有那么多的大大小小的树时，它想拼力地奔跑起来，超过所有的树。我在更小的时候，常站在小伙伴之间，比比身高，比比学习，我一直希望自己的个子高过所有的伙伴，我的学习成绩常会好过所有的伙伴，可现在我发现，除了年龄还在增长之外，我的身高开始停止发育，记忆力也大不如从前，我的心里少了许多个渴望。我不再认为自己长多高就有多大好处，我的身高好像一点也不比别人低，我的一切都开始变得缓慢起来，抑或停止下来，好像我开始知道累了。我想放慢脚步，让另一些人重新开始奔跑。树，是不是和我怀有同样的心思？它现在知道累了，它想把奔跑的速度降下来或停止下来，让后面新长出的小树，快一些奔跑，这是一棵树内心的秘密。

每一棵树一定都在奔跑的路上。在奔跑的路上，我们生长、衰老，抑或死亡。这好像不只是一棵树的命运，我听见所有奔跑中的生命在歌唱。

作者简介：李广智，1974年生人，农民，三级作家、"新辽西派"散文代表作家。有诗歌散文小说见诸各类期刊，散文被《散文选刊》《读者·乡土人文版》《西部散文选刊》《新世纪文学选刊》《妙笔·阅读经典》《广州日报》《语文报》《语文教学与研究》《语文学习报》《学生新报》《农民文摘》等多次转载，并被收入年选、初高中语文阅读教材和作为高考语文阅读试题等。

已是不惑踪迹不惑心（节选）
——探访北票市下府开发区古村落三府村

李学英

将纳兰性德的这句"已是十年踪迹十年心"改作"已是不惑踪迹不惑心"，来描述再一次来到北票市下府开发区三府村，这个曾经的北票县下府蒙古族乡下府村，已然有了一种找到了家的感觉。每年开春，都会有北飞的天鹅在此落脚。这里曾经水草并不丰美，人群聚散忽东忽西，可是自从修建了白石水库之后，大凌河两岸有了大片的湿地，生态环境恢复得非常棒，所以被挑剔的天鹅们选作自己出行的一个驿站。可这里仅仅是它们的一个驿站而已，天鹅们的故乡到底在哪里，到现在我也弄不清楚，如此一来，我便感觉自然界的生灵和人类一样，都是漂泊着的。

我曾打趣老爸是个没有故乡的漂泊人，可他的心却有所往，不疑惑。老爸的故乡在绥中大李，现在叫东戴河，如今的一个旅游热点。今年清明的时候老爸说回家给他的父母上坟，因村庄整体搬迁，祖坟都动迁到了另外的地方——公墓。老爸还说要去北票下府找人说话，没办法就开车拉着老爸去河边兜了一圈，没有遇到可以说话的人，我说原来你的公社都成了淹没区，人动迁到了另外的地方。

老爸很黯然，一个自己曾经工作的第二故乡变成了旅游区，一片自己曾经带领当地乡亲种植水稻的洼地变成了泽国。

1976年春天，老爸在当时的北票县下府公社任党委书记，我写此文的时候是2016年，时隔四十年，老爸今年九十一。每年春天，扬花的不仅是树，还有地里的庄稼。辽西地方易春旱，抗旱种田是农民的必须，更是地委书记的中心工作。但人定胜天的思想根深蒂固。地委书记指示：有墒没墒都坐水。这下难坏了老爸。下府三万六千亩地，九千口人，地在山坡上，坐不成水，想坐水又上哪儿去弄水？老爸根据当地实际情况清理出了"有墒就抢，没墒坐水"的种地思路。

老爸工作以来一直在教育、宣传部门，搞教育搞理论在行，搞农村工作是第一次。去乡下工作时爸就提出这个问题，但军代表不喜欢提意见、提建议的人，也就是不喜欢在机关看到他，爸找来了在农村工作经验丰富的老同志。老同志告诉两点：一依靠群众，包括班子成员、大小干部，尊重这些人，多听他们的意见；二实事求是，不符合情理的就不干，符合情理的就好好干。后来老爸渐渐明白：上边千条线，下面一根针。党的原则是下级服从上级，但也要想好了再干，不然咋干犯错误的都是你。

之后老爸每天都去地里察看种地情况及墒情。一天在山头上，看过来一辆吉普车，爸猜测是地委来人了，就赶紧往公社跑。到办公室一问没人来。原来地委书记看这片地都种上了就拐到了红石砬。后来红石砬公社党委书记对老爸说："地委书记来了说下府的地都种上了，还不错，你们是咋种的？我说和下府的一样。地委书记高兴了说这就对了嘛，李名润的做法对了嘛！"

老爸就是那样实打实地干出名堂来的，让当地群众受了益，还利用水资源修水库，在河滩上第一次种上了水稻，吃上了自己种的大米。老爸曾给我们讲了一件小事，他说当地群众将我们这些干部一律都称为国家，去走访去帮扶去劳动去谈心，他们见面第一句话总是叫我们"国家好"。有一次他和一个同志为了调研，去了坤头龙沟的一户农家，由于天黑回不去公社了，就住他家。到了晚上睡觉时，男主人说："国家好！我们睡东屋五口人，西屋你俩睡，在你们屋还圈一头驴一头猪。不咬哎，没有虱子、跳蚤、臭虫、苍蝇，啥都没有，请两位国家放心！"老爸他俩正要迷迷糊糊进入梦乡时，男主人手里拿着一粒药片，推开西屋门说："老百姓看在眼里，国家好，你们两位白天也参加劳动，很是劳累，止疼片可管用了，干活累了吃一片能呼呼睡一宿。你们一人吃一片试试！"

老爸在回忆自己在北票下府工作的那段经历时，常常将他在这之前或之后奔走各地的工作经历联系在一起，当着众人给自己一个评价："有人给我提意见，说我说话直性，得罪了不少人。我觉得我这辈子工作生活都挺好的。我好说话喜欢碰硬的工作不假，但都公正，不昧良心。同志们对我也都挺好的。大官没做过，一个部门的领导还是做过的，我会领导一班人团结起来做好工作。毛泽东说书记是班长，那段话咋说来着？"老爸自说自话了一大套，说到这儿的时候突然考我。我从来就是一个没有记忆的人，让我背什么名人名言打死我也记不住。"在《毛选》四卷上，你查。"老爸书架上的书不多，有《毛选》、马恩列斯著作、《邓小平文选》，还有一本就是《新华字典》，所以我常常将老爸唤成红色老爸。我抽出来《毛选》四卷，寻着老爸书签上索引翻找，边翻边读："1948年《关于健全党委制》，说的是保证集体领导、1949年的《党委会的工作方法》讲的是'党委书记要善于当班长'，'党的委员会有一二十个人，像军队的一个班，书记好比是'班长'。其中还说：'要把问题摆在桌面上来。不仅班长要这样做，委员也要这样做。不要在背后议论。'"老爸听后，满意地冲我点起了头。

有着七十年党龄的老爸，只要一说起党的事就特别兴奋。"党的奋斗目标是什么？为什么说共产主义是全人类的最高理想？"不知道当时老爸为什么这样突兀地提出这个问题。不过现在想来，当时我们在看电视连续剧《井冈山》，在演从枪杆子里面出政权的斗争场面时，老爸问起我们这样的话来。老爸还说："我在北票下府公社当党委书记的时候发展党员，我就问这两句话，回答不上来的缓发展，要继续学习提高认识。"

记得去年端午节的清晨，我就把提前买来的艾蒿、红葫芦挂在了门口，说是辟邪，说是不能让"歪风邪气"撞进自己的小家来。早餐时剥好了粽子和鸡蛋，拿糖罐的时候才发现最爱吃的最香甜的玫瑰糖见了底，于是就想起二十天前老爸说的话："又做了两罐玫瑰糖，你拿去一罐，吃粽子的时候蘸着吃。"当时说这话的时候，老爸正在用绞缸捣那些玫瑰花瓣呢。

绞缸是石头做的，是老爸在下府工作时，一位石匠看着老爸的为人特意打制的，下府自古就出产上好的石材，因此石匠的手艺都很高，这个绞缸是老爸由下府返城后带回来的唯一一件纪念品，老爸很珍惜，就像珍惜那段经历那份情感一样。老爸很得意这件东西，说用它捣碎的东西不变味，就像人的情感，心交给下府了，老爸的一心一意让我敬仰。

让我敬仰的不仅是老爸，还有蒙古族文学奠基人——尹湛纳希。20世纪70年代中期我还小，老爸就仔细告诉我说，他工作的下府有位蒙古族的伟大作家、思想家、史学家，蒙古族文学的奠基人，被誉为"蒙古族曹雪芹"的尹湛纳希。于是我记住了这个名字，于是我长大后研读了他的《一层楼》《泣红亭》《红云泪》《青史演义》等许多作品，以他为题写作了多篇论文并获得了许多奖项，关键的一点是我现在已成为作家。

时至今日，为了这个题目的写作，一次次地深入尹湛纳希故里——下府，他的形象一次次清晰、一次次高大，他常进入我梦中与我谈论文学，我得以借工作之便文学写作之便，常常坐在尹湛纳希坐过的木椅上，学着尹湛纳希的样子看书喝茶，端详他的传家宝砚，也常常到尹湛纳希常去的棋盘山上，在尹湛纳希经常下棋的棋盘上做思绪万千的智慧对弈；到坐落在内蒙古自治区赤峰市喀喇沁右旗锦山镇的贡桑诺尔布亲王府，追踪尹湛纳希幼年时在姥姥家玩耍的足迹，还有成年后与叔侄表弟读书的地方；从北票到锦州的药王庙，渐渐呈现着尹湛纳希完整的一生。

下府、忠信府壮阔了波澜的水底世界，天鹅会看见，会托举她的精魂飞翔蓝宇。决策者与观光者也都不会忘记民族的骄傲，不会忘记中国的骄傲。

忠信府。下府最大的一处宅院，下府因忠信而闻名。1837年5月23日尹湛纳希就出生在这里。他的父亲旺亲巴拉，母亲满尤什卡，他家属于成吉思汗的"黄金家族"，他本人是成吉思汗第二十八代嫡系子孙。尹湛纳希的乳名哈斯朝鲁，汉名宝衡山，字润亭。他自幼接受良好的文化熏陶与家庭教育，熟读蒙汉典籍，通晓蒙、汉、梵、藏等多种文字，是游牧文化的精魂。他在特定的历史疆域中的文化选择与创作倾向，将传统血液注入肌体，大而化之，对农耕文化与游牧文化进行汇聚沟通，由点及面、由内向外进行整合建构，展示了中华和合文化生命智慧的历史风流。

在大的地理位置上，忠信府所在的卓索图盟，不仅是漠南蒙古诸部中距离内地和清朝京师最近的地区，也是中原和东北联系的要冲、清朝皇帝朝谒旧都——盛京的必经之路。这使得卓索图盟在经济、文化方面都比较先进和接近内地，容易受到内地思想文化和生活方式的深刻影响。据历史记载和一些有关资料可知，远在尹湛纳希出现之前，卓索图盟就已经成为以农业经济为主的蒙汉杂居区。蒙汉两个民族的文化在这里进行广泛的交流，出现了融合的趋势。内地的各种图书，有些是以译著的形式，更大量的则是以汉文原著的形式，广泛地流传到这个地区。

在清朝的社会中，忠信府是协理台吉衙门，实际上也是一座规模宏大的地主庄园。荟芳园就是其中的一座小型花园，八角井是当年花园的一个景致，尹湛纳希常常在这里玩耍，也常常把这里的景致收入著作中。还有棋盘山，当年尹湛纳希常在这里与哥哥们下棋，在这里还发生过许多关于爱情的动人故事。

忠信府藏书甚多，设有东坡斋、学古斋、楚宝堂。尹湛纳希在年轻时参观承德皇家图书馆——文津阁，临出来时管理员问他："这里比你们家的书多吧？"尹湛纳希回答说："皇家图书馆真大，可惜比我们家的只多一本！"可见尹湛纳希家有多少藏书，他家堪称漠南地区最大的私人图书馆。尹湛纳希就在这样的一个文化摇篮里，接受父兄熏陶、名师指点。尹湛纳希精通蒙古文、汉文，并掌握满文、藏文和梵文，被人称为"尹夫子"。

1891年，发生了金丹道教起义。为避战乱，尹湛纳希携带家小避居锦州。忠信府始遭破坏，几代人收藏的图书被毁，尹湛纳希因伤感而染疾，第二年的2月病故在锦州的药王庙，终年五十五岁。因为客死他乡，又死于绝日，尹湛纳希的遗体从锦州运回后没有葬入祖坟，而是埋在了忠信府东北部的毛盖吐。第三年移到蓝旗西山坡。1987年5月23日在尹湛纳希诞辰一百五十周年的时候，北票市政府将这位蒙古族文学巨匠的坟墓搬迁到棋盘山上，树碑立传。如今他的墓地就在大凌河南岸天鹅光顾的地方，蒙古包形状的坟墓，汉白玉的塑像每天瞩目远方，生平用一本打开的书承载着，尽诉深情。

惠宁寺整体搬迁到河对岸，这座1756年乾隆帝亲自题写匾额的惠宁寺，建筑格局效仿了北京的雍和宫，具有蒙古族、汉族、藏族的建筑艺术特色。占地面积一万三千平方米，院内苍松翠柏，冬夏常青，寺院门前傲然屹立一对高大石狮。"泣红亭内书青史；红云泪洒一层楼"，"武有成吉思汗，文有尹湛纳希"，记忆不变。

忠信府还是一个有很高文化修养的家族，父子数人都是蒙汉兼通。尹湛纳希的父亲旺亲巴拉（1794—1847）是成吉思汗的第二十七代嫡系孙，汉名宝衡山，曾任卓索图盟土默特右旗的协理台吉，是位文武兼备的爱国将领。在鸦片战争中因功受到清政府的嘉奖。致力于研究历史，且又擅长诗文，留有《大元盛世青史演义》前八回的蒙古文手稿。旺亲巴拉还特别嗜好珍藏各类蒙古、汉、藏、满文的图书，如同曹雪芹的祖父曹寅，也是一位图书收藏家。旺亲巴拉在世时收集了大量的图书，这些图书对尹湛纳希后来走上文学道路产生巨大影响。

尹湛纳希的兄长古拉兰萨也是一位造诣很深的杰出的现实主义爱国诗人，他创作的蒙古文诗既押韵头又押韵尾，开创了蒙古族诗歌的这一形式。

贡楚纳克是尹湛纳希的五哥，诗人、学者、画家。嵩威丹精是尹湛纳希的六哥，一位著名的诗人、学者兼翻译家，精通蒙汉语言。

尹湛纳希在文学上和思想上取得了这样高的造诣和他的家庭熏陶是分不开的。他的父亲和三个哥哥都是诗人和作家，而且都具有反帝、反封建的爱国思想和民主主义思想，这在中外文学史上都是罕见的。

尹湛纳希是我心中放不下的永远的牵挂。

牵挂的更是下府。下府在北票是一个相对来说较小的乡镇，三府村面积23.02平方公里，户籍人口1365人，居住着汉族、蒙古族和满族等民族居民。以畜牧业、蔬菜保护地种植和大枣为主业。村庄尽管小，但"小的是美好的"，她的文化让小村庄在大凌河畔熠熠生辉，因为人文的尹湛纳希，因为每年十万只天鹅的光临而厚重。

三府村距北票市东南部十五公里，东与长皋乡、西与凉水河乡接壤，南与白石水库水面为界，北与本区其他四个村相连。4月初我开始走三府村以后，就每天不停地叨念三府，也负担起解说的义务：由下府、中心府、上府和凌北村合并而成。于是，人们放下疑问，听我继续念叨。她传统悠久、底蕴丰厚、人杰地灵，都让人自信。站在新建的三府村的高处环视，后依山前傍水、山清水秀，天鹅盘旋在自家屋顶，我清晰地记得，第一次站在尹湛纳希老屋及集中连片具有传统建筑工艺的"清朝年间的青砖瓦房"前便有莫名的兴奋，"海青房、四合院"静谧沉稳的气象还在。村庄后移之后，当初的建筑保存下来的仅有十余户，她的一砖一瓦都保留了传统的历史特色，体现着三府村人的勤劳和智慧，窗棂上的雕花、屋顶的石刻、墙壁上雕刻的花鸟鱼虫，龙凤云彩依旧栩栩如生，古色古香，极具韵味。村里的古井，养育了一代又一代的三府的儿女，老磨盘上的沟沟槽槽，依旧在吱吱呀呀地讲述着三府村的故事。历经沧桑的青砖瓦房，曲曲折折的羊肠小道，古色古香的木雕窗棂，我都一一摸遍。

现在依旧是经常来下府，安静地来去，有时和老爸一起，有时和朋友，更多的时候是独来独往，在河边安静地站一会儿，看天鹅每年在这里落脚，每年从这里出发，三府村成为天鹅的栖息地和起始点，成为她的家园。有天鹅的地方就是我的家。最美不过天鹅，天鹅的来去牵动了太多人的心，以至于担心人多会打扰天鹅的生活，只要小心，自然和人还会和睦相处，成为互相关照的朋友。

还是这片土地，还是土地上每天生活着的农人，可他们心里装着的不再是简单的穿衣吃饭，也不再是简单的生产与耕种。他们离不开土地，更离不开在这片土地上生长着的民族文化，人传承文化，文化被人传承。文化，似有似无；文化，无处不在。世上什么都可以消失，唯有文化不能消失。如果一个地方消失，首先是文化的消失。

这里是一片神奇的土地，是文化的力量是自然的哺育才使得这里枝繁叶茂，是尹湛纳希的气息影响着人们在各自的领域发奋前行。

北票人杰地灵，它的鸟化石让世界震惊，而尹湛纳希更是让北票人头颅高昂，天鹅飞翔，从南到北，传递吉祥，三府也以获得北票第一个省级古村落的称号而屹立于世。

1976年至2016年，整整四十年，是古语所说的一个人的不惑之年，如今老爸年迈，他一个人都过了两个不惑之年还多，他虽腿脚有些不灵，可是思维却依然敏捷，脑子里常常萦绕着他的第二故乡。这在我而言，老爸的牵挂就是我的牵挂，我的心绪经常跟随着老爸在下府工作时的踪迹，我似乎在一片泽国之中寻觅到了令我释怀不下的这一沧海桑田的巨大变迁,"回廊一寸相思地,落月成孤倚",还是纳兰性德的这句词,戳中了我的痛点。

(这篇文章还没有全部完成时,老爸离我而去,离他的下府而去,他在离去前的最后一段时间里,念叨最多的是下府。说他还想去那里看看,可惜走不动了。安顿好老爸,我在2018年的6月再一次来到下府,河边那棵老树依旧茂盛,拴着许多的红布条在风中飘荡,站在老爸曾经站立过的下府的山上环视,白石水库的水浩大蓬勃,滋润着这块有灵性的土地。)

作者简介: 李学英,中国作协会员,辽宁省作协理事,朝阳市作协副主席,国家一级作家,省委宣传部"四个一批"人才。出版散文诗歌传记文学十五部,其中散文集《笔走龙源》获第四届辽宁文学奖。

读你，冬天的土地（外一篇）

张日新

在一个城市里，冬天真的没有什么好看的，那些高大楼房跟天空对峙着，那些明亮的马路跟人群拉拉扯扯，那些乌烟瘴气的小汽车，扭着各种姿势，在马路的白线上蠕动着。城市的骄傲天天这样上演。冬天，两种情态的豪迈会在城市抖搂起来，不走的，是立在那儿的建筑；行走的，是那些奔波的人流。在城市的眼帘下，土地消失了。我坐车出城，找到了土地的影子，可冬天的土地，又有什么好看的呢？

人，总是喜欢春天的灿烂、夏天的繁茂、秋天的金色，带上生命色彩的事物我们给它无限思想和美丽的渴望。这到了冬天，大自然的生命开始静了下来，它们有的沉睡了，有的冬眠了，有的完成四季的成长，就消失远去。大地，开始干干净净地再次出来。我是第一次在行走的客车上，拜读了辽西的土地。辽西的土地，在一座座山的脚下，在一座座山的沟沟里，还在那从山间流出的小河两岸，土地有了无拘无束的存在状态，有了这一拐、那一弯的姿势，于是，土地在空间的地理上，就落得哪儿哪儿都是了。想找一片规整有如江南的稻田一样的土地吗？这儿没有；想找北方一望无际的那样连片的黑土吗？这儿也没有。这里看到的，就是天天跟我们拉拉扯扯的山丘土地、河滩土地，还有那一小块一小块的梯田。有植被在上面生长的时候，没有在意土地到底都做了什么，心中只是认为，生命的万物就得在土地上生长，离开土地，生命的一切都会叫停。那些给人们激动的四季有生的东西，都来自土地的恩赐。

第一次来读土地，有点语无伦次了，因为，我不知道从哪里下手，来跟土地讲述一个自然给人们带来的命运、带来的思想、带来的渴望、带来的梦幻。在车上，我忘记了行走，我看着一幅幅流动的画面，第一次心动了，土地在冬天的美，是少女那种纯真的圣洁再现了，她让农民辛勤侍弄得安然地卧在每个山的脚下，我看到，丰收的秸秆早已回家了，土地淡黄的色彩拉开、延伸，有斜坡的给一个个馒头式的小山做了连衣裙，有梯田状的给山做了一阶一阶的梯子。土地这个时候是有思想的，它在我们的视野里，流动出一个读懂它的人所要表现的情感了，田垄疏放在那里，犁铧走过的痕迹，在一个文人的眼里，就是写在那里的散文或者诗句，它跟书本一样，有人喜欢，有人不理，喜欢的人是我们祖祖辈辈的农民；不理的人，是那些跟土地剥离了，还不能完全背弃的人。

读冬天的土地，才看到了啥叫永恒，山如果没有这些零散散的土地，山的延缓和山的蜿蜒之美就不存在了。山的松柏和山上的草木，也就找不到它们威武灿烂的英姿。在这里，可以想到，平原广阔，能让飞机来回巡礼，但是，它没有山山相隔、沟沟牵手的自然壮美。大爱的生命都在山里，都在我们这样的山间土地上。辽西的土地，没法弄出一连串的水乡诗意来，辽西的土地，在这个冬天里，却有让人看了产生童话一样的醉意。车还在行走呢，那土地呢，好像跟你捉着迷藏，一会儿是在很远的地方从山坡上过来，在眼前拉开一大片黄土地，那些庄稼的秸秆，堆成一个个方形之状，排成队，站成一条线，坐在土地的怀里，给这个伟大的土地母亲敬礼！我有点感动，想下车去，可是车呢，跟跳跃的兔子，在马路上蹦蹦跶跶，跑得飞快。我的眼睛啊！只能顺着车窗，看着土地一片一片地在我眼前飞过去。

好像没有人像我这样来认识土地的，秦牧先生曾经写过土地，他引用过历史典故，说的是土地对一个国家、对一个民族的伟大意义。我今天看到辽西的土地，想到的是我们的农民，农家有这山里的土地，生活也就有了老本儿，一个农民不管他去了哪儿，做了多大买卖，他要是后面还有自己灵魂安放的一亩三分地，这辈子可能就是最幸福的。出去看世界，回来有土地，应该过这样的日子。

我看到一个农民，在一块地里，那块地也就十几平方米，可是他把这块地上的玉米秸秆一根一根地捋起，然后放到停在路旁的小马车上去，玉米秸秆放好了，他赶起小马车，就在我坐的这个班车前飞跑起来，看得出，他很快乐，手里一个只有半截的鞭子，让他举了老高，在空中绕着，绕着，他的屁股起来，落下。司机看出了他的狂妄，一脚下去，油门加大，班车就超过了他的小马车。我呢，也就是在这个时候，看到那个农民把小马车一下子拐了个弯，人家下道去了。司机胜利的感觉就这样作废了。

这就是农民的思维，他在跟土地厮守，他在跟日子过往。冬天来了，阳光很明亮，土地依然是农民心中的儿女，从早到晚地侍弄，给我们的眼睛带来了土地幸福的温馨，给辽西的时空安放了生命永恒承载自然的壮美。

读一读冬天的土地，厚重的人生会在土地上找到答案。城里似乎不需要土地，但是，看看那些一座比一座高的大楼，就得感谢土地，它从前在人的脚下，现在是在楼的脚下了。人呢，就在生活中天天喊着接地气吧！

乡村小镇

一

存在了三百多年的古楼，它就在我的故乡小镇上。当初，中学的学生没有地方住宿，就住在古楼里。古楼分上下两层，楼板都是木制的。从一楼上去，踏着木制楼梯，一阵咚咚的响，那响声跟擂鼓一样，有时错落有致，有时就是乱七八糟。男生住楼上，女生住楼下，而且女生有特殊的待遇，学校在一楼都搭上了火炕，说女生不能着凉，男孩子是铁打的，住什么地儿都行。就这样，古楼冬天的日子，就分成了南北极。楼上是北极，夜晚脸盆里放水，早晨起床一看就冻成了大大的冰块，男生个个拿起鞋底吧嗒吧嗒地捅冰，冰裂了，水有了，手指去戳，激灵一下，缩回来，再去戳，几次试过之后，两手下去，撩起水，冲着还没有睡醒的蒙蒙眬眬的脸，就是一下，又一个大激灵，睡神飞，干劲来，下楼出操去。

古楼自从住上学生，它的传说、地位的显赫，就渐渐淡去了。学生都在顾着学业和自己的未来，哪还有心思去关心它啊！高大的身材，永久的站立。如果在那个时代看出它的价值，读懂它的内涵，也就不会留下感伤了。

古楼其实是为一座大佛建的，佛像的整个身子都在古楼里。佛像的上身在二楼，下身在一楼，佛的头部占据了二楼的三分之二空间。佛大腿上的两只大脚很大，有三米长，脚趾个个清晰地露在外面，看上去给人一种恐惧，同时也有一种浩大。到了二楼，就是佛光普照的大佛了。佛祖慈眉善目，泰然安宁，微笑含情，释怀旷远。见到这样的佛祖，人的心开始释怀，有了依靠，有了寄托。大佛，在小镇上，跟岁月比，它把岁月苍苍纳怀；跟自然比，它把自然的天地占上了一个空间；跟人比，它把升天之道释怀万物皈依。一尊大佛，现在远去了。古楼上的木板，人们踏出的脚印成了不灭的记忆。

现在看来，一座残断苍苍的古楼，青色砖瓦被风雨侵蚀，随风而落的情态没有了。它的外形，闪亮着历史艺术的还原，张扬着现代人思想的骄傲。修缮之后的古楼，巍巍独语，阳光映照，带上了当今人的理念，飘动出时代的神韵。

走近它，心态沉稳，看苍苍世界，得人生感怀。

二

小镇上，有几棵出了名的古松，古松在寺庙的周围站立着。我在读书的时候，毕业那年几位同学叫上我，在古松底下照了一张相。那时没有彩照，黑白的一张相片我留到了今天，当我拿出来看一看时，心中对时光的远去有些感伤了，记忆在自己的岁月中一直让生活过滤，记忆也让自己的人生中折射出美好。

有一条小小的河，把小镇包围了起来，几座寺庙，又有几棵老松，风景就是一个又一个特写镜头。无论近观，还是远看，这个独特的地理位置都让人激动。有一棵古松叫"鹰爪松"，当初在它脚下生活的时候，没有感到它的鹰姿美在何处，可是，当我们在它的身旁照了相，过了二十几年来看相片时，就一下子想起了好多，这是生活阅历丰富了，还是人生学识增长了？反正，一眼就读到，这古老的松，真的如鹰一样在我们几个伙伴的身后展翅。风景用人陪衬之后，风景就大气，就有意义。古老的鹰爪松，主干有两搂来粗，那在主干上的三个分枝，就是一只鹰。一枝为头，头在空中高高仰起，两枝为翅，苍劲展开。望着这鹰，看它在动，听它在叫，心中涌来一种天地造神的感觉，心中生出一种见而生畏的胆怯。

小镇历史上叫东仓，也叫王爷府。东仓比王爷府更有说服力。当年康熙帝来到这里，是考察民情，也是为自己寻找休闲住地。这个小镇北靠莲花山，南对悠悠流动的大凌河，四周还有一条清澈的小溪。山依靠，水相随，远处凌河滔滔声，近处小溪窃窃语。这对小镇生活的环境来说，就是天然作美、地理生辉。康熙有心思要把休闲的山庄建在此地。可是，当走到莲花山的对面那座孤山时，康熙读出了自然鬼斧神工的壮美。一座孤山，独自在一块平原上站立，周围都是绿油油的庄稼，开阔的平原，起伏的绿色，一座孤立的小山就如小船坐在绿色大海上，荡着悠悠的风，望着远近的山。再看四周，白狼山在西面相对，莲花山在北相依，立龙山在东翘首，这个小小的孤山啊，让康熙立刻悟出："人间胜景孤山处，三山相拥江南无。"于是，他问当地人，当地人开口就说"猪山"。康熙听了，心里不是滋味，明明看着的是个孤立的小山，怎么是猪山呢？要是猪山，就不能在此落脚，猪是要吃糠的啊！康熙离开了孤山，休闲山庄也就与小镇擦肩而过。奴才为他栽下了这棵鹰爪松，建起了寺庙，从此，寺庙与松就在小镇上与岁月前行。

一个小镇，有古老的东西，才显得沉稳，显得大气。小镇在历史文物的映衬下折射出当今时代的光辉。给人创设优美，给生活增添活力。小镇的人气旺了起来。每一种古老都是文明的历史，每一种古老都是岁月的记忆。

三

现在的小镇，前面有一条光亮亮的柏油路，后面有一条20世纪70年代修的小铁路。小镇的人一直很勤快，一直有超前意识，也许正是因为有古老王爷府的生活底蕴，今天的人们还带着那点派头，在小镇上日夜忙碌着。快到过年的时候，小镇最热闹，有一种板画是小镇上的特产。说是特产，有点不合情理，他是出自王爷府家中的一种手艺，用木板做底板，文字与花纹都刻到木板上，然后用木板往纸上印。有点像雕版印刷。木版是用上等的安梨木做的，梨木不走形、不开裂，用起来长久。每年小年过后，有几户人家就印这种画，画的名字叫"土爷祈福"。我在小镇上看到之后，回家问老人，老人讲出了它的历史、它的来历。当年，王爷府有一位公子，王爷进京向康熙述职去了，公子在家主持家政。这一天，送信使者来了，公子一看不是原来的色格，而是一位俊美的日娜姑娘。日娜把信交到公子手里，转身上马走了。公子一眼就看上了日娜，可是，日娜已经飞马走远。于是，公子就叫仆人打听，日娜是哪一家姑娘。知道后，他叫人上门提亲，色格知道王府是是非之地，一个信使的女儿是没资格嫁进去的，色格不答应。等到王爷从京城又来信时，日娜又来送信，公子留下日娜，向她表白心意。日娜当场拒绝。但又不能不送信啊！日久天长，公子的人品渐渐显露出来，日娜也一一看在眼里，记在心上。就在腊月二十三小年请灶神的这一天，日娜又来送信了，公子为了表达对她和她家人敬意，就把木版印刷的"土爷祈福"送给了日娜。日娜接受了，带回家，全家人在"土爷祈福"的画前膜拜叩头。从此，"土爷祈福"就流传至今了。有人说古老的寺庙与千年的老松，就是公子与日娜的见证。日娜把"土爷祈福"传下来，公子追求日娜做了古松。

冬寒落在这片土地上，雪花灿烂生辉，亮亮升华。小镇背靠着的莲花山，在白雪覆盖下，形成一条蜿蜒曲折的白龙。小镇的古老，影响着人们的精神与生活。康熙驻足，王爷驻守。公子与日娜，相爱传奇，增添了小镇日子的有情有义。

作者简介：张日新，男，辽宁省作家协会会员，喀左县作家协会副主席，喀左企业作家文学艺术创作协会会长。散文集有《借一束秋天的阳光》《心灵飞过朗朗的天》《灵动的风景》《接春天回家》《利州笔录》；发表中篇小说《黑子》；出版长篇小说《种一颗太阳》《情在山乡望水流》《青山长河》《大槐树》。

父亲的匆匆流年

庞 滟

坐经沧桑流年,一位学究式的英俊男子,有时埋头整理陈年旧账,有时吟诵《论语》的之乎者也,有时也被金钱流放于生活的荒芜中艰难前行,有时又耕作于广袤的土地。他是我的父亲。

一、视若珍宝的账本

父亲本是没有资格上学的,爷爷家里孩子多,父亲很小就和大人一起下田干活。识文断字的二姑教会了父亲识字,导致他常拿自己的干粮去换别人的书看。爷爷见他倒背如流,狠狠心去东挪西借把他送进了学校,同时又分了一块田地给他,告诫道:田侍弄不好,学也别想上了。

父亲乐此不疲往返几十里外的学校,白天在书里耕耘,晨曦和月光下在田里劳作。苦尽甘来,父亲成了乡里第一名考进县高中的人,然而,他赶上了特殊的年代,读书梦于此夭折。一本《论语》成了他教导我们的启蒙书。

是金子不会腐烂于泥土。才华出众的父亲被聘为村会计,十几年未出一点差错，他的同事却因挪用公款犯科入监。父亲常说，文行忠信，饭疏食饮水，曲肱而枕之，乐亦在其中矣。不义而富且贵，于我如浮云。

因为生活的变故，父亲不再做会计，账目交接后，一些旧账本也成了无用的废纸。父亲没有扔掉，把空白页也做了编号，视若珍宝不许我们动一下。他严厉地说，土地是农民的命根子，万一谁来查旧账，这都是证据的老底子。

他爱账本胜过稀缺的粮食。一个狂风暴雨的日子，屋顶的一块油毡被风掠走，屋内成了水帘洞。母亲原本珍藏在木箱子内的白面和米，都被他搬出来，把留了十来年的旧账本用唯一完好的塑料布裹严实，放进去束之高阁。

让我没想到的是，脾气不合的父母，那一刻这般相爱和谐——归来的母亲看到完好的账本和泥水中湿透的粮食和衣物，竟未埋怨父亲，默默摊到热炕上晾晒。这一年春节，我们吃的都是发霉白面包的饺子。

小时候，父亲最疼我，却因一张白纸痛打了我。为得赛船第一名，我偷撕了一张硬实的空白账页纸折叠成大纸船，暗自侥幸：撕无字的账纸是无罪的。当我还沉浸在纸船王的欢呼里时，父亲的柳条鞭已从天而降。我受不住痛打，晕头转向跳进河里，被救起时已奄奄一息。母亲抱着屁股红肿的我和父亲大吵，说他因为鸡毛蒜皮的小事差点害死亲生骨肉。父亲怒吼："小孩子知法犯法、铤而走险还不教育，大了就悔之晚矣！"

过后，他语重心长地对我说："孩子，爸不该打你。可是，我不止一次和你讲过：人而无信，不知其可也。大车无輗，小车无軏，其何以行之哉？这些账本是父老乡亲们对我的信任，不能辜负愧对啊！"

自童年起，父亲的话就像无数颗种子，落进我心里生了根，让我不敢辜负人生这沉甸甸的账本。后来，当我的工作遇到重大转折向父亲求教时，他郑重地送我八个字：文行忠信，责任担当。我收之视为家训之一，谨记一生。

父亲的旧账本终于等来了用场。家乡土地流转被政府征用后，一些多年外出的农民回来找自己的田地到处受阻,父亲的老账本成了他们最后的凭证希望。村霸吴二非法占有了大片土地,他提着一大皮包钞票,来收买这些旧账本,父亲拍着桌子把他骂跑了。

从此,家里也再无宁日,砖头经常破窗而入。当父亲头破血流倒在路上时,他却笑着安慰失魂落魄的家人:"智者不惑,仁者不忧,勇者不惧,邪不压正,不怕不怕!"

胆小的母亲搂紧我们,默默和父亲一起扛着不可预知的危险。事后,找回土地的乡亲们送来酬金,他却分文不收。

父母搬家数次,旧木箱也跟着辗转上楼。岁月的霜雪浸染了父亲的韶华,他眼睛里始终流淌着明亮的温暖,每天依旧喜欢噼噼啪啪拨打算盘,如坐禅敲木鱼般虔诚;依旧喜欢用手指敲击木箱如叩家门;经常翻出几十年前村委会的老账本和一本家谱,念叨上面每个人的名字,如同和老友们唠着家常。

这么多年来,我时常梦到父亲和木箱,梦里梦外都能听到如洪钟亘古不变的沉甸甸的回声。

二、被生活流放的父亲

简易的工棚,一盏昏暗的灯,疯狂的电锯,等待被肢解的新鲜树木,鬼魅幢幢的灯影中,父亲疲惫的身影在电锯疯狂的嘶鸣中倒下。这些破碎的场景,经常出现在我的噩梦中,成了我的电锯惊魂。每次醒来,都要反复验证现实——我那可怜又年事已高的父亲是否一切安好!父亲所遭受的这些痛苦烙印,伴随了他的后半生。

那年,我考上高中时,哥哥考上了中专,爷爷大病做了手术。我偷偷办理了退学,一个人外出打工。父亲知道后,费尽周折把我从工厂拎回来,又送进了学校。他第一次对我动了大怒,严厉地告诫我:"有我在,天塌不了，好好给我去念书。"

从此，为了生活，父亲从一名被人羡慕的会计变成了高薪的电锯工人。

秋雨连绵，妈妈让我去给父亲送厚衣服。一路上，我浑身打战，好像冬天过早侵入了我的身体。

在没有围墙的瓦棚下，父亲正把一棵大圆木塞到电锯下面。闪着寒光的锯片杀气腾腾地转着，发出狰狞的尖叫，飞转的锯片如同一道闪电劈进坚实的树木身体。我浑身一抖，害怕那闪电伤到父亲，恐惧地大叫一声："爸爸，危险，快躲开！"

父亲停下手，猛地转过身见是我，憔悴不堪布满红血丝的眼睛，瞬间绽放出明亮又温暖的光彩。在问过我生活和学习的情况后，他又嘱咐我好好吃饭，好好学习，好好为人处世。我刚说到让他放弃这份工作，太危险了，就被他打断了话题，他安慰我说："在这儿干三年多了，不会出事的，你赶紧回校吧。"说着，他披上大衣，又去忙了。

我往父亲住的工棚放毛衣时，看到他的帆布包里放着那本破旧的线装本《论语》，还有我初中时写的一本作文本，那里面有一篇作文是《我伟大的父亲》。我的眼泪终于拦不住，扑簌簌滚落下来。

走出木材厂，路过一片坟地时，几只猫头鹰在林中哀鸣。那似哭非哭、似笑非笑的叫声，唤出我心中无限的悲凉。再次回首父亲劳作的荒郊野外的木材厂，我想到了牧羊人苏武的荒凉流放。父亲被苦难的生活流放到这里，远比苏武凄凉多了，整天淹没在刺耳的喧嚣里，"远离如浮云的富贵"于他已是一种高不可攀的追求，他之乎者也的书生气也被这日夜轰鸣的杀戮声掠夺去了。父亲的高雅被生活的苦难磨平了，再也不能像孔子清高地去论世。他如同古希腊荒谬的英雄西西弗斯一样，一个紧张的身体千百次地重复一个动作。他把家人应受的苦难都一个人来承受，被钉在命运的十字架上独自受难，却从未抱怨过。

不幸还是在我的忧患中降临了。这天傍晚时分，妈妈来了电话，哽咽着急迫地说："我们在医院，你爸的手指……被电锯切断了，大夫说，可能救不活了……"

母亲的电话断了，再也打不通。我在天旋地转的瘫倒中爬起来，火速赶去收留父亲的小县城医院。

手术室的灯一直亮了六个多小时。出来进去的护士在我们的乞求中透露：断指骨碎严重，被切断后五个多小时才送到医院，错过了最佳抢救期，断指不一定能成活了。

什么？五个小时？我震惊得要发疯，在满眼泪光中看到：父亲鲜红的血滴，在无数个秒针的蹦跳中坠落、破碎，流失在那片他热爱的土地上，这是何等残酷的一种痛啊！

母亲擦着眼泪诉说："老板开车去外地了，厂里没人敢做主你爸这事，直等到天黑老板回来，才送到这医院来……"

父亲终于被推出手术室，苍白的脸，疲惫失神的眼睛，看到我们时，满眼对余生的眷恋。我瞬间泪流满面，紧紧抓住他的胳膊，生怕一松手，虚弱的父亲又会受到什么伤害。

医生交代："手指的手术是成功了，但成活率比较低，看好这个电烤灯，要时刻照着这根伤手指取暖，不能让人在房间里抽烟，尼古丁会杀死伤指。"

我对医生的话遵若圣旨。时刻不离那小团黄色的灯光，父亲的断指裹着厚厚的纱布，如一个早产的婴儿在寒凉中顽强地求生。我日夜不敢眠，小心翼翼保护断指的净地，连门外的走廊都成了我监督的禁烟区。

木材厂老板没来，他儿媳妇的妈妈来了，说亲家的木材厂是新开的，资金紧张，但医疗费什么的，一定会给报销。她看上去是个实诚人，自愿留下来一起照顾父亲。

哥哥从外地赶回来，听到事情经过，火冒三丈，给老板打去电话，要求按工伤赔偿走法律程序。老板恐吓哥哥，别把事情做绝了。

"不要经官,不要伤和气,看好病就行。木头太湿了,怪我手打了滑才丢了一根手指头。"父亲自责地劝慰哥哥。

"爸爸,不是你的错,是木材厂施工设施简陋,雨天让你危险作业,他是违法的。"我气愤地说。

"躬自厚而薄责于人,则远怨矣!要替别人多着想。"父亲宽容地说着,突然紧蹙眉头,痛得额头渗出密密的汗珠。

第三天早上,哥哥气恼地进来说:"真是倒霉催的,刚电话那老板交住院费,听说又出事了,一个工人下雨天装车,掉下来摔死了,所有工人都没给上保险,老板跑了。咱们得把他的亲家母扣住,要不然就一分钱也捞不着了。"

父亲擅自放走了老板的亲家母,淡定地劝大家:"人谁无过?过而能改,善莫大焉!不要伤及无辜。"我无言以对父亲的仁慈。

父亲的手指保住了,成了一根不能弯曲的半截废手指。这一年,爷爷也病逝了。我自动辍学外出打工了。

后来,我补上了一所不太好的大学,算是圆了父亲一个心愿。每当他酒醉时,看着那半截断指,依然会黯然落泪,痛苦地自责:"我姑娘的好大学啊,被贫穷给偷走了。"

三、父亲的寂寞乡愁

一个漂泊的人如同南北迁徙的候鸟,一生都在飘摇的岁月里流浪。喧嚣奢靡的霓虹灯惊扰着宁静的夜空,夜夜笙歌的城市,吓跑了失魂落魄的星星,我也没能留住一定要回乡村寻根的父亲。

劳碌的城市奔波,野蛮地霸占了我与父母的团聚。当我夜半抱着生日蛋糕出现在家门口时,父母心疼地嗔怪我,回来也不事先告诉他们。突然间我发现,父母头顶的白发已如霜般凝结不再化去,皱纹密布了好多,腰也弯了,妈妈拖着一条病腿,步履沉重。我陡然惊愕,独自悲怆起来:他们怎么一下子就老了呢?如此仓促的变化,让我不知如何来接受这岁月刀锋对父母残酷的雕刻。

初春的傍晚,我陪着父亲去散步。一路上,不断接到一些老者热情的问候,感受着别人对他一生的敬重,我心里温暖地自豪着。

我奇怪地问父亲:"这几天,怎么很少看到村里的年轻人呢?"

父亲沉重地叹息一声,说:"年轻人都长翅膀飞大城市去了,剩下走不动爬不动的老人,都像老树一样不愿挪窝,快成老人村了。老话说,天地之道:博也,厚也,高也,明也,悠也,久也!可惜这大片大片的良田好地,都撂荒着,叫人心疼啊!"

说话间,北风带来了雪花。这场春雪像一位暮年老人,积攒一整天的力气才撒下一些单薄无力的细碎雪花。父亲一边看天,一边摇头,叹息声像村子里软弱无力的炊烟,被风四处吹散。

父亲来自岁月深处的叹息,让我心里也下起了雪。这时,去城里打工的表弟打来问候电话,他听了我的忧愁,感慨地说,他在城里活得也挺累,早想回老家了。等开春化冻了,他买上一套种地的机器,承包那些撂荒的土地,当一回大"地主"。

望着天,望着衰老的村庄,望着执着前行的父亲,听着表弟盛大的春天计划,我眼前的田地绿油油铺展开来。雪花在我的脸上温暖地流着清泪。

作者简介:庞滟,原名庞艳。中国作家协会会员。作品散见于《鸭绿江》《安徽文学》《北京文学》《小说选刊》《微型小说选刊》《小小说选刊》等百余家报刊,多次获省市级奖项,作品入选各年度文选及各文集。已出版长篇儿童小说《星星的孩子和梦魇》《小喜鹊吉吉》,小说集《红火焰,白火焰》,出版及发表作品一百余万字。现任盛京文学网执行总编,供职于沈阳市文联。

我的备考

洪兆惠

我是在去大寨的途中听到恢复高考的消息。那是1977年9月初,我们一行从山东的东平到山西的大寨,边考察边取经。同行中有人说北京正在开会,研究恢复高考。我心里仅仅动了一下,但不敢奢望。前一年推荐工农兵大学生,给我们公社的那个师范学院中文系名额,让我眼馋心跳。作为公社报道员,我多么渴望到中文系里学习写作,可是这想法连边都不沾,因为我没有身份。虽然生活在农村,吃的却是商品粮,中学毕业后既不下乡也不回乡,我成了社会闲散青年。我曾回校代课,又到公社当报道员,但都是临时的,开工资时我的名字写在工资表后面另外一张纸上。虽然没有资格,但我一直盯着那个中文系名额。后来知道,它戴着笼头下来,给一个有背景的女知青。她被推荐到县里,上的学校换成财经学院。也在那一年,一个回乡的女同学上了农学院,我眼巴巴地看人家走了,满心忌妒和羡慕。

那次从大寨回来路过北京,晚上十点我坐在天安门广场的水泥地上,地上留着阳光的余热。我漫无目的地环视广场四周的一切,想到此时京城正在开的会议,心里莫名地惆怅。那一刻,不敢有的大学梦又在心底复活。代课时，有次参加语文教研会，会议间歇，有个老师一个人到操场上跑步，那状态独立自在，好像置身于世界之外。他是县师训班的老师，北师大毕业。我想象不出大学什么样，但这位老师唤起我对大学的无限向往。这时我才清楚自己身体深处的意识：读了大学，我才能像他那样孤傲而优雅。

回来后公社马上落实这次外出学到的经验，在上大堡村搞平整土地大会战。我负责会战的宣传，办广播，写稿子。临时抽调来的广播员是个知青，整天吵吵要复习，我的心也随她而乱。10月21日《人民日报》发布消息，传到工地已是两天以后。我着急的不是复习，而是担心有没有资格报名。11月6日报名时果然遭遇拒绝。当晚我和另外两名没有身份的同学去了公社文教组长的家，当面恳求机会。组长不说话，只听我们说。说完了，他还是沉默。他的夫人同情我们，上前说好话。他最后淡然地说：报名吧。那年，他的小女儿和我们一起参加了高考，读了卫生学校，她也和我们一样没有身份。其实，那颗悬着的心一直到28日拿到准考证才踏实下来。全公社有文理考生四百二十名，我是其中一个。那天从当地驻军的俱乐部领到准考证时，憋在心口的那口气终于吐出，我为得到平等而轻松。

报名后离考试只有二十几天，我没有时间系统补习，一时不知所措。电视里开始辅导，而我们那儿只有同学晓祥家里有台电视，几个同学结伴去他家听课。卫生院马大夫的女儿要考医科大学，从外地赶来与我们一起看电视。她只听了一次就不再露面。晓祥的父亲说：人家说你们聚在一起嘻嘻哈哈，哪是复习啊！马大夫的女儿刺激了我，复习得耐得住寂寞和孤独。于是我也离开，回家自学，不再左顾右盼。当时我就预感她能考上大学，她和那个操场跑步的老师一样特立独行。后来听说，她考上了中国医科大学。虽然只是一课之交，但我始终记着她。

为留后手，我坚持每天到公社半天。去公社要坐火车，上午坐客车去,下午搭货车回。父亲生前是铁路职工,我就以铁路家属之名求货车车长让我搭乘。一到家,母亲总找借口离开,把安静给我。母亲隔一两天就去趟街里,去街里要走很远的路。母亲去街里不是买回一盒烟,就是买回几个拳头大的国光苹果。我把饭桌放在炕上,身子整个伏在那上。隔着窗户见母亲从大门进来,心里有种七八岁孩子那样的期望。母亲把烟或苹果放在桌边,烟给我提神,苹果给我败火。我知道,那时花几毛钱母亲要下很大决心,她变得大方,不再心疼钱了。

奇怪的是,我在备考中从没有想过考上大学家里怎么办。实际上我没有条件上大学,年末三姐结婚,家里剩下母亲和我们哥儿仨。两个弟弟正念中学和小学,母亲没有工作,我是家里唯一挣钱的人。我一走,家里没有一分收入,五十多岁的母亲只能去街道做工,或者靠出嫁的姐姐接济。母亲看着我复习,心气似乎比我还高,她好像也没有想过我一旦考上大学家里怎么办。母亲怎么能不想,那是现实,不过她在我备考时从不表露,不想让我分心。1978年春节间,我把大学录取通知书拿回家时,母亲只说了一句"你们都走吧",然后哭了。这时我才意识到作为长子,我太自私了。我把家扔给谁?

这时,我仍然没有动过弃学的念头。那时太向往全新的人生了,那个操场跑步老师的孤傲和优雅,像束灵光一直在我眼前。我不能放弃。这也决定了我的大学生活必然沉重和孤独。

作者简介:洪兆惠,现任辽宁省文史研究馆馆员、辽宁省文联副主席、辽宁省文艺理论家协会主席。一直从事文艺评论工作,近年发表研究艺术观念的论文有《艺术作为一种信仰》《艺术本身就是目的》《剧场是灵性觉醒的空间》《电视剧还是不是艺术》《艺术变了吗》《电视剧作为艺术的品质内涵》《与生命方生方成》《新媒体时代艺术的选择》《根本性精神问题与艺术的先天质量》等。

长长的三月

高海涛

胡世宗是我的朋友,作为著名的军旅作家和诗人,多年来他走遍南陲北疆、战地边哨,其行程之远、足迹之深,可能在同辈和同行中都鲜有可比者。尤其20世纪70~80年代,他曾两次重走红军长征路,堪称不凡经历,人生壮举,令我等羡慕不已。

红军长征胜利八十周年之际,有关部门为他举办了一场"重走长征路报告会",时间正好是八一建军节,作为世宗的老朋友和一个参过军的人,我接到电话就赶去出席。不见世宗久,匆匆又经年。

寒暄、拥抱、合影、开会。我一边听世宗讲他在长征路上的见闻体会,一边翻阅他写长征的一本诗集。有些诗句很优美,有些诗句很传神,有些诗句很亲切,还有一些诗句,联系着诗人在台上的讲述,让我这样轻易不会感动的人也感动了。比如他写红军陵园,本来只有清静和寂寞,却突然出现了"一个背诵英语单词的少女,穿一身水红的衣衫"……

我的思绪一下子回到了过去。当年,我也是个背诵英语单词的人啊,而且也恰好认识背英语单词的少女。那是在1976年,我从部队复员,回乡当民办教师,后来就被派到一个桃花小镇上去参加县里举办的英语培训班。我们是从ABC学起，学员都是各公社选派的年轻教师，少男少女，一共三十人。开头两个月，我们每天都是背英语单词，从早到晚，我们都在背啊背，一开始每天能背两三个，慢慢地能背八九个、十几个、二十几个，终于有一天，老师开始给我们讲课文了，并让我们试着翻译。

　　一个女同学站了起来，我忘了她来自哪个公社，只记得她每天的样子是既羞怯，又沉静，不管碰到谁，总是一低头走过去。老师在黑板上写下两个单词：Long March，问她是什么意思。我听到她声音很低地回答：很长的，长长的，三月吧。大家都笑了起来，老师也气得忍不住笑了——长长的三月？你是怎么学的呀？Long March——这是长征，举世闻名的二万五千里长征的长征，我们要进行新的伟大长征的长征！

　　那天中午这个女同学没去吃饭，她在教室里哭了很久。她穿的不是水红的衣衫，而是普通的蓝制服，男女不分的款式，这是当年的时尚，水红的衣衫离她还很遥远。但哭也没解决问题，在那之后，同学们偷偷地叫她"三月"。

　　直到培训班快结业的时候，我才有机会和"三月"说话。那是在校门外的小树林里，我们都拿着课本复习，准备结业考试。小树林旁边还有一条小溪，溪水清亮亮的，据说是从南边的桃花山上流下来的，但为什么叫桃花山，不知道。我在小溪边散步，"三月"恰好想迈过小溪，于是就顺手拉了她一下，于是有了说话的机会。她还是那种羞怯的样子，低着头走路，后来把脸一仰，下了很大决心似的：有个问题我想不明白，你别笑话我行吗？我说啥问题啊？她说我就想不明白，既然March这个词有三月的意思，那Long March为什么不能译成"长长的三月"呢？

　　是啊，这是个问题。我记不清当时是怎么回答了，好像说这是固定译法之类，总之并不太有说服力。而此刻，在一个关于长征的报告会上，我又想起了她的问题：Long March？为什么不能译成"长长的三月"呢？如果说这是一个错误，是绝对的错误吗？这样的译法，至少在象征的意义上，在美学的意义上，有没有一点可取之处呢？

那是1976年年底至1977年年初的时候,是"文革"已经结束、高考即将恢复的一段日子,我们在那个桃花小镇上每天学英语,那书声琅琅的小树林,那流水潺潺的溪边漫步,好像一切都刚刚开始,那么新鲜,那么美好,那么令人难忘。其间确曾有过一个三月,而整个培训班生活,也好像都是在三月完成的。所以在结业的那天晚上,我们都喝醉了,唱了许多歌,有个男生喊道:啊,这真是长长的三月啊!大伙儿也跟着喊:长长的三月,长长的三月——就仿佛这是一首伟大诗篇的开头,而接下来的所有句子,都要等着我们在以后的日子里去续写似的。

不过没听说有谁后来成了诗人,多数仍然还是在乡村当教师。恋爱结婚,还是当教师;生儿育女,还是当教师;接近退休,还是当教师。有几个考上了大学,包括我。我在大学读的是英语系。许多年后,我开始试着译诗,还出版了一本译诗集。其中有一首我很喜欢,是美国诗人兰斯顿·修斯(Langston Hughes)的,共两段——

> 当年轻的春天到来,
> 带着银色的雨滴,
> 我们几乎都能
> 重新变得更好。
>
> 然后却到了夏天,
> 夏天用飞旋的蜜蜂,
> 红罂粟,以及海葵,
> 来取悦很老很老的爱神。

这首诗没有题目,而如果要加上,我觉得就用我们当年的口号,叫《长长的三月》很合适。诗中春天和夏天的对比,几乎说出了整个人生。

春天过去了，就到了夏天，但春天是本源，是起点，经常回到春天，真的能让我们重新变得更好。

俄罗斯画家列维坦有一幅名画就叫《三月》，也是我特别喜欢的。这幅画给人最难忘的印象就是春天的美、大地的美、劳动的美。特别是画中的那匹小红马，它像一面飘扬的旗帜，也像一个安详的梦境，一副"倚银屏，春宽梦窄"的样子。在小红马的梦境里，回响着大地无声的召唤，显示着大地对劳动和耕作的渴望，表征着大地从冬冥中醒来的明亮与欢快。总之，小红马表达了对劳动的渴望，也象征着对改变世界的期冀，它就像一把英勇的紫铜色的小号，响亮地传达着大地回春、万物新生的情绪。

实际上，列维坦的小红马也是有出处的。不久前读到一本英文书，《俄罗斯乡村的生活与爱情》(Life and Love in Russian countryside)，书中提到一个关于"三匹白马"的俄罗斯民间传说，指的是每年的十二月、一月和二月，因为这三个月总是冰封雪飘，故被称作"三匹白马"，而三月春回大地，冰雪消融，则意味着"三匹白马"都已走远，于是，就像列维坦所描绘的，小红马出现了，小红马就是三月，三月就是小红马，因此它站在初春的雪地上，才显得那么精神抖擞、意气风发。

这就是八一建军节那天，在胡世宗重走长征路的报告会上，我的全部思绪。当轮到我上台发言时，我还沉浸在这样的思绪里，大脑一片空白。说什么呢？尴尬了好几分钟，我才振作精神，鼓足勇气，讲了我当年的女同学"三月"的故事。

——我说多年以后，当我站在这里，很想重新回答那个叫"三月"的女孩儿当年怯生生提出的问题，她并非全是错的。英语中的三月和出征，在词源和语义上有很深的关联，这甚至可以追溯到古希腊，而在中国的历史和现实中，它们也同样有着内在的精神关联。"烽火连三月，家书抵万金"，在一定意义上，长征就是长长的三月，长征的精神也就是三月的精神、春天的精神。

毛泽东就是喜欢三月的，当年离开西柏坡的时候，他曾充满深情地这样感慨："又是三月。三年，三个转折，都是在三月。"

　　三月是早春，是初春，是春天的先声，是年轻的春天。

　　长征是艰苦卓绝的，也是可歌可泣的，但无论怎样艰苦，如何卓绝，就中国革命的历程而言，长征仍属于春天的记忆。或者可以说，长征就是从三月出发的，从春天出发的。而正如人们所说的，我们走得再远，也不能忘记根本，不能忘记初心，不能忘记为什么出发。这就是为什么，直到今天，每当人们提起长征，那种意气风发的气概，那种同甘共苦的情怀，那种崇高的理想和纯正的豪情，那种前赴后继的奋进和不屈不挠的坚持，哪怕只是一些片段，也都会在我们心中唤起强烈的春天感。

　　我这个即兴发言，不知道是否切合主题，也不知世宗是否满意。人在生活中的许多瞬间，都可能会被一种思绪和情调所充满，就像我那天，随着生命中一段往事的回忆，心境瞬间被三月的诗意和画面所充满，而这是很难控制和改变的。不过几天后，我接到世宗发来的微信："被你的深情和优美而打动，一直在想着你的发言。"真不愧是军人，话说得很谦逊，又很得体。他说自己正出行中，在黑龙江上的黑瞎子岛上，还随信发来与边防战士的合影。我问他去做什么，回答就像子弹，一下子把我击中："我在寻找你那长长的三月啊！"

作者简介：高海涛，散文家、翻译家、文学批评家。曾任大学教师、辽宁文学院院长、《当代作家评论》主编、辽宁省作协副主席。发表出版有《马克思主义与后现代批评家》《后现代批评的美国学派》《精神家园的历史》《鲁迅与东北作家群》《〈红楼梦〉与〈洛丽塔〉之比较》《英译本中的俄罗斯白银时代》《北方船》《剑桥诗稿》《英格兰流年》《美是上帝的手书》等著译和作品集。中国作协会员，美国文学研究会会员。一级作家、辽宁省优秀专家。

父亲的烟笸箩

郭宏文

父亲从生产队会计做起,到从村支书的岗位上退下来,工作了整整四十年,可以称得上做了一辈子村干部。在我们家里,他最亲密的伙伴不是我的母亲,而是那个不大不小的烟笸箩,所以,我一直把它称为"父亲的烟笸箩"。

父亲的烟笸箩,是用硬纸壳、旧报纸和香烟盒,使卤水打的糨糊糊成的,四四方方的,一直精致在我的心里。使卤水打的糨糊,糊啥都不生虫子。我家糊窗户、糊墙用的糨糊,都是使卤水打的。

父亲的烟笸箩,几乎是父亲一个人把持着,不会让别人轻易乱动。不但我和妹妹们很少直接接触到它,就连我的母亲,也是偶尔当一当搬运工而已。也不知为啥,父亲总是不让我和妹妹们把弄他的烟笸箩,说"小孩儿家家的,离烟笸箩远点"。

那烟笸箩里,通常必有三样东西:适量的旱烟、一沓卷烟纸和一盒火柴。这三样东西,缺一不可,但唱主角的,还是旱烟。

烟笸箩里的旱烟,不是买来的,而是父亲自己栽种的。每年春天,父亲都会在我家的菜园子里栽几垄旱烟,并一直精心地侍弄着,让烟棵长得更健壮，让烟叶长得更肥大。

到了秋天，父亲会用一把磨得飞快的镰刀，从一棵烟的顶叶开始，由上而下地割下烟叶。每一片烟叶上，都留着一个一拃长的烟秆。烟叶几乎一个形状，烟秆几乎一样长，堆放在一起，就成了一道美丽的风景。

父亲把这些带着烟秆的烟叶用麻绳绑成串，晾在我家的院子里。父亲对晾烟的事很上心，生怕晾晒着的烟叶被雨水淋着。父亲说，被雨水淋着的烟叶，就会失去纯正的旱烟味道。在父亲的精心照看下，晾晒着的烟叶就渐渐变得黄里透红。这种色彩，让父亲在脸上溢满笑容时，还会自言自语一些什么。

父亲把晾晒好的烟叶，用马莲绑成五片一把，然后用牛皮纸包裹起来。这包裹起来的烟叶，一旦被父亲装在他的烟笸箩里，就成为父亲接待上级领导，尤其是接待山屯父老乡亲的最好物品。在我的眼里，它也是父亲做村干部工作的秘密武器。

父亲常说，我是经过旱烟经久考验的老党员，也是经过旱烟经久考验的村干部，我最拿手的，就是用旱烟来做群众的思想工作，用旱烟来做自己的思想工作。父亲的话，像是玩笑，又不像是玩笑。

父亲十九岁当生产队会计时，就递交了入党申请。由于家庭出身的原因和社会关系的问题，父亲被党组织考验了长达十五年之久。有时，父亲会一边抽着旱烟卷，一边写入党申请书。对此，母亲不知说了多少次"你真是一个心眼儿的人"。

1971年7月，身为生产大队会计的父亲，终于被公社党委批准，在党旗下庄严宣誓，成为一名党员。大队老支书在全体党员会议上，说我父亲十五年来，一共写了九十多份入党申请书，是全大队入党时写申请书最多的新党员。那一天，父亲以一名新党员的身份，用从自己的烟笸箩里装来的旱烟，恭恭敬敬地给十几名老党员都卷了一支旱烟卷。

父亲入党后，家里的事，就几乎都由我的母亲接管了，父亲只管照看他的那个烟笸箩。由于我家住在公路边，交通方便，老支书和其他大队干部，经常到我家里来，与我的父亲商量工作上的事。每一次，父亲与老支书以及其他大队干部说的第一句话，几乎都是"来，先卷上"。父亲会把已经放上适量旱烟的卷烟纸，递到老支书或其他大队干部手中。烟点着了，屋子里的气氛就很快融洽起来，什么事情都可以迎刃而解了。

1975年春天，县林业局要在我家附近的一个叫大石洞的地方，建一个小型国有林场。大石洞地处三个公社的交界处，生长着树种比较贵重的原始次生林。县林业局的领导在物色林场场长的过程中，看中了我的父亲，认定父亲是林场场长最为合适的人选。县林业局的领导说，如果父亲能够担任场长这一职务，就有机会转正挣工资，吃"皇粮"。父亲知道，这么一个职务，很有可能彻底改变自己的人生命运。对此，父亲自然很高兴，很快就做好了到林场就职的各种准备。

当县林业局的领导经过深思熟虑后，向公社党委书记提出要人时，公社书记一下子坐不住了。他马上骑着自己的自行车，风尘仆仆地跑了十多公里，赶到我家，还叫来了大队的老支书。

那天正赶上一年一度的端午节。公社书记像我家的亲戚一样，坐在炕头上，让父亲把烟笸箩端上来，给他卷了一支旱烟卷。公社书记抽了一口旱烟，连连夸奖"好烟、好烟，味道真是纯正"。

公社书记已经不止一次来我家了。每一次来，他都会抽上一支父亲亲手给卷的旱烟卷，每一次都会夸奖说"好烟、好烟，味道真是纯正"。这位公社书记，或许也是父亲用他的烟笸箩所接待的最大的领导。

抽完了一支旱烟卷，公社书记无奈地说了许许多多富有人情味但也很是无奈的话。他说，一个大队，能有你这样的一位曾经写了九十多份入党申请书的好党员、好同志，是很不容易的。他还说，我知道你非常适合担任林场场长一职，但你们大队更需要你，今天我是来挽留你的，真诚希望你留在大队继续工作。

公社书记又让让父亲给他连续卷了两支旱烟卷，每点着一支都会说那句"好烟、好烟，味道真是纯正"。同时，还以乞求的眼光，让大队老支书帮他做父亲的工作。看着公社书记很是无奈的表情，父亲终于答应继续留在大队工作。父亲后来说，是自己的烟笸箩，是自己亲手卷的那三支旱烟卷，帮了公社书记的忙，让他继续留在了大队。

唠完了嗑，公社书记干脆不走了，和大队老支书一起，在我家乐乐呵呵地过了一个端午节，一起吃我母亲包的大黄米粽子。吃完了饭，公社书记跟我们一大家子人说："这个节过得好，这个节过得好！"说着说着，公社书记像是要从衣兜里掏什么，让大队老支书给死死地按住了。我猜想，大队老支书一定知道公社书记要掏啥，或许就是钱和粮票之类的东西。

后来，公社书记回城担任了县粮食局的局长了。他离开公社之前，又一次骑着自行车来到我家，又让父亲端上烟笸箩，给他卷了最后一支旱烟，他也最后一次说了那一句"好烟、好烟，味道真是纯正"。再后来，在我担任一个街道的党委书记时，那位公社书记的女儿，恰恰在这个街道的一个社区做公益岗位工作，她的父亲已经去世多年了。

公社书记在我家过端午节走后没多久，父亲就被公社党委任命为大队长，成为仅次于大队老支书的二号人物。于是，父亲的烟笸箩所发挥的作用越来越大了。除了大队干部和各个生产队干部经常来我家外，父老乡亲有点啥事时，更是经常来我家。不管谁来我家，父亲都会端上他的烟笸箩，说一句"来，先卷上"。父亲的烟笸箩，总会在接待的环节上，发挥着不可替代的调和作用。

为了让烟笸箩里的旱烟永远不会变味，父亲依然保持着自己的老习惯：亲手侍弄几垄旱烟，亲手割旱烟，亲手晾晒旱烟，亲手把旱烟绑成把。山屯里的父老乡亲不管谁来到我家，父亲还往往亲手卷上一支旱烟卷递过去。后来，父亲担任了村支书，依然用着自己糊的烟笸箩，烟笸箩里装的，依然是自己侍弄的旱烟，对来家里的所有人，依然说那句"来，先卷上"。

父亲从村支书的位置上退下来后，依旧是农民的身份，也必将永远是农民的身份。我曾劝说父亲，如果实在不想戒烟，就少抽一点带过滤嘴的烟卷。父亲说，抽旱烟习惯了，屯中的不少老少爷儿们，也都抽习惯了，可一旦换了烟卷，大家就会感到生分的，自己侍弄的烟，绿色，抽着心里踏实。父亲的理论，是对还是错，也许我还不具备评价的资格。

父亲离不开他的烟笸箩，是因为他的心里有好多好多离不开的东西。

作者简介：郭宏文，男，辽宁省葫芦岛市人。中国作家协会会员，在《读者》《散文选刊》《中华文学选刊》《散文百家》《海燕·都市美文》《文学与人生》《鸭绿江》《安徽文学》《福建文学》《山东文学》等报纸杂志上发表散文数百篇，发表各类作品五百多万字。已出版系列散文集《山屯物事》《山屯情愫》和《山屯光阴》，合称为"山屯系列三部曲"。

诗歌

根深叶茂
——庆祝改革开放四十周年"深入生活,扎根人民"作品集

孤独的花园（组诗）

李见心

当你说，你的孤独是一座花园
我的孤独像一朵轻微的野花
迎头被你击碎
就像彗星撞在了地球上

你的孤独含着重金属的味道
你眨着夕阳一样烧红的眼神
醉醺醺地望着大地上——
你全部的俘虏

或许我的孤独没有你的老练
像青草托着的火苗
但它不次于你的完整
被你击碎后反而开出了更多的完整

你说花朵的季节在外面
芳香的季节在心里
女人的芳香弄弯了空气
只有绝望的手才能够到蝴蝶的标本

而我知道，想象的花园里
也会有真的蟾蜍
花可以消失在花园中
可孤独却消灭不了完美的孤独

我是你花园中的花园，比绝望还小
自我嘹亮，自我疗伤
就像一个怀抱荆棘的女人
浑身开满不断的鲜花

五月五瓣花

你到来，从天鹅漂流的湖边
抵达我灯笼花挑亮的夜晚
连海水都出汗了
躲闪的光被蜡烛的泪
一点点洇开

我失手打翻了五月的蜜坛
让蜂蜜粘住花朵
仿佛烛光粘住夜晚，小船粘住流水

仿佛我的残缺正是
家中盛开的多余的美

我头戴花冠和颂词
迎接你——我记忆的死角
我们在字眼儿里挖,永挖不尽
仿佛记忆没有源头
早于今生遇见的那天

每一朵花都是爱情之花
每一行诗都是爱情之子
我们出奇的静止
比星空的玫瑰更刺激
比蜜蜂的谎言更甜蜜

我们睡眠的头发粘在一起
失乐园一样扎紧土地
做梦的手开出五瓣的花
多么美呀!除了粘住你的记忆
我在世上不再寻找别的美事

花朵开碎了春天

就这样细细地寻找
失踪在丁香的紫雾里
四瓣,三瓣,五瓣

直到把幸福看成一场病变

就这样细细地寻找
花朵众多的脸向你蜂拥
恍惚有如前世的记忆
清晰有如数清了你的睫毛

花朵开碎了春天
你一瓣一瓣拾起往日的心碎
只有美得令人心痛
才是美的本能

花朵沸腾在你的脸上
有如寂静停在你的内心
什么人也不能阻止你
就这样碎碎地寻找

百年孤独者

你终于结束了百年孤独
却把孤独遗传给了我们
遗传给了千年万代

你是世界上最漂亮的溺水者
唤起所有女人滔天的狂想
只有完美的死者才能成全完美的爱情

没有人给你写信吗?上校
南美的太阳太毒,容不下雪花的信笺
你于是给世界写信,发出呼救的信号

你为一个女人而得罪了众多的女人
你为一个女神而得罪了各路的神
你和她只能漂流在霍乱流行的河流上

终于结束了,随大海远走高飞
你魔幻的一生进入星期二午睡时刻
炽热的尘土惊起灰蝴蝶,比魔幻更现实

作者简介: 李见心,1968年11月生于抚顺,中国作协会员,一级作家。1987年起先后在《诗刊》《诗选刊》《诗歌月刊》《人民文学》等刊物发表诗作,作品收入历年年度选本,获过多次全国大奖,参加诗刊社第二十一届青春诗会,著有诗集《初吻献给谁》《比火焰更高》《李见心诗歌》《五瓣丁香》《重新羞涩》,现供职于锦州市文联。

我得坐车去一趟普兰店

李　皓

出国旅游的时候我是中国人
在徐州念军校时我是东北人
在东北师大读研时我是辽宁人
在鞍山沈阳当兵时我是大连人
在大连做记者时我是普兰店人
在普兰店工作时我是墨盘乡人

我得坐车去一趟普兰店
就像我从未去过一样

我一遍一遍不厌其烦地向人们
解释墨盘乡在古镇城子坦的北面
虽然我父母现在住在城子坦
但我是生在墨盘乡的乡下人
解释现在的普兰店市就是当年

旅大市下辖的新金县。虽然我们
一家三口住在大连，但我不是
正宗的大连人，我是普兰店人

我得坐车去一趟普兰店
就像我从未去过一样

就像雷平阳只爱云南省昭通市
我只爱普兰店市，狭隘，偏执
只有这样我似乎才像个真正的诗人
尽管在大连生活这十来年
我已很少写诗，我看不惯圈子里
一些所谓诗人的狭隘与偏执
想写诗就回普兰店去写！那个
诗人扎堆的小城可以最大限度地
容忍我，放纵或者胡言乱语

我得坐车去一趟普兰店
就像我从未去过一样

我身体里牢牢的普兰店的印迹
不时被我的口音泄露，被我
城里的女友诟病，她总是对我的
方言进行秋风扫落叶般的打击
总是希望我变成地道的大连人
才好跟她般配。我说的话

根深叶茂
——庆祝改革开放四十周年"深入生活，扎根人民"作品集

不是海蛎子味大连话，也不是
普通话，但朋友们都说我说人话
性情，不装，骨子里有小城人的
耿直，自卑，不合时宜的豪爽

我得坐车去一趟普兰店
就像我从未去过一样

我打肿脸充胖子一样胖了起来
伴随着酒精肝脂肪肝高血压
我像个小有成就的城里人一样
胖了起来。当我坐车回到普兰店
我先前那些绯闻女友都说我
这个样子好派，像个主编
你总拿来说事的我的那些绯闻女友
这些年我已把她们当成了亲人
我有时甚至忘记了她们的性别
她们惯着我，容许我说脏话
说那些来路不明的荤段子
我很享受这样的心无芥蒂

我得坐车去一趟普兰店
就像我从未去过一样

我向一个老女人低头认个错
并不代表我的低贱，除了膝下

男人的豪气，大度，都是黄金
我考研，我混个一官半职
不是为了与你们拉开距离
这个浪漫的城市里有太多太多的
陌生人。我需要一张光鲜的名片
它的质地，必须与一块敲门砖
相媲美。而回普兰店只需一辆车
或者一张名片大小的车票

我得坐车去一趟普兰店
就像我从未去过一样

兄弟你说什么我都不怪你
就像我回普兰店你请不请我吃饭
我都不在乎。档次高的玫瑰园
档次低的胖嫂烧烤四哥羊汤
乡里乡亲的农家菜都有各自的
深意。普兰店是我的乡土与后路
源源不断的素材成就着我的
新闻理想，在大连做记者
我不敢犯一丝一毫的错误

我得坐车去一趟普兰店
就像我从未去过一样

那些年在普兰店工作累了就去文联

坐坐，或者干脆去帮忙筹备文代会
那时我是作协秘书长哩！我们
都没有去想什么时候能够当上
作协主席，我只是把内部刊物的
诗歌稿费截留了一小部分，充作了
咱们小酌的酒钱。我一直讳莫如深
的行径，希望得到一口唾沫抑或
口水，把一个今天已是全国公开
发行刊物的主编，公开淹没

我得坐车去一趟普兰店
就像我从未去过一样

如果我对普兰店缺乏足够的敬畏
一不小心伤了大家的心，兄弟
你别怪我！我不是普兰店的传奇
也不是离开故土就咸鱼翻身的神话
我离开你们是万不得已。我多么
欣慰，在那些个不管有没有
预谋的饭局，我都能成为朋友下酒
的话题。偶尔故意泄露的短消息
让我耳聪目明，在城市暧昧的暗夜
分得清友谊与善意，挑拨与敌意

我得坐车去一趟普兰店
就像我从未去过一样

在玫瑰园吃一顿海鲜大餐
在洪盛羊汤馆喝一碗四哥亲手
熬制的羊汤，在乡里乡亲点几个
地地道道的农家菜。酒
是断不能缺的，喝到称兄道弟
喝到信口开河，喝到我们就像
从不曾相识。酒后，胖嫂烧烤店
是一定要去的，听说憨态可掬的
胖嫂得了不治之症。在胖嫂烧烤店
见不到忙前忙后大呼小叫的胖嫂
普兰店的夜晚让我怅然若失

我得坐车去一趟普兰店
就像我从未去过一样

作者简介：李皓，1970年8月31日生于大连市普兰店区。现为中国作家协会会员，辽宁省作家协会理事。文学硕士，一级作家，大连民族大学客座教授。中学时代开始文学创作并发表作品，1989年3月投笔从戎。1999年12月调入大连晚报社，2010年12月任《海燕》文学月刊主编至今。以诗歌创作为主，散文为辅。曾获第七届冰心散文奖、首届蒲松龄散文奖一等奖、陈子昂诗歌奖提名奖、杨万里诗歌奖二等奖、曹植诗歌奖一等奖等。著有散文集《一个人的辞典》，诗集《击木而歌》《怀念一种声音》。

两地书·三沙情（组诗）

宋晓杰

一、主权碑

对一座石碑宣誓，并被众神看见
拳头的力量，便有了原型

风是干净的，把大海这匹华贵的
绸缎，洗了又洗
——自然状态，从来都是最美的
但仍要夜观天象
防霉，防盗，防虫

夜晚降下清凉，在枝形的吊灯下
我们吃石斑，讲抗风桐，谈古
说说《旧唐书》中的"长沙"如何"千里"

说说隋唐的船舸，满载陶瓷、香料
如何把友好的诗篇，画上浪线，再仔细分行
说七十年，真的算不上太久
与海比起来，我们需要反复出生

谁说石碑都是铁石心肠
它不动，却有自己的语言：
如果来自上苍，那就是天意
是石和铁躲不开的宿命
如果落地生根，那就是说它要开花了
——当爱过于庞大
不过，它也细小：
如孩子微笑的酒窝，清澈的眼眸
恰好盛得下两小盅海水、美酒，微微荡漾
赞美事物而不落空
如果，还有什么不够完美
去看看将军林吧，看看是否有军舰鸟
打着呼哨，在自己的领空自由栖落

石头，完全可以有姓名
但尊严和纪念，从来都在骨头里
"以不泯灭的爱热爱生活，
以无限的恨恨那毁坏者……"
——它不朽
多像我们忠贞的爱情

二、三沙，三沙

三沙，是三粒沙吗？
是珍珠，或者疼？
透明的金属，针尖，多棱镜
每次想起，都会多见到一面水晶

苍穹辽阔，海水碧绿
向上与向下的路，都是无穷
我愧疚，已没有青春可以派上用场
黄昏，正在途中……
弧度的美，营养的部分
无法留给叶，我试试，可不可以还给根……
孔雀蓝的宝石，贴心的护身符
是上天带来的礼物
从古希腊，翻山越海，走到今生
好吧！但愿祈祷能被神明听到
祈祷也能倾万物、动群星

古人说：事不过三……
忍耐，要送给值得深爱的人
古人还说：三生万物……
和平就是放飞鸽群，拆掉篱笆
狮子和绵羊，一同在橄榄树下聚拢

是的,三沙是稳固的三角形
三沙也是无限的可能
——像安泰和神话一样
我们是山海经的国度
但是,更遵循星辰和道德的准则:
伏下身子,我们获取力量
——飞上云天,就是翻卷的龙

三、中国士兵

你的青春,不菲
自身携带的美,是重金属
无法估量

而你的一言一行,干净、俏皮
像天幕中眨眼的星星
你说起"永兴"
珍珠和贝壳,就是碎钻
你说起"南海"
岛屿和礁岩,就是桂冠
为母亲和好时光……加冕
——好吧,你的"头盔"坚硬
长长的跑道,是锁紧火舌的枪管
是闪亮的磨刀石
为鹰的冲刺,准备着闪电和雷霆……

不过，这个夜晚，你是背着行囊的羞赧新兵

多像三十年前海口椰林中的那个小排副

你站着，在北京路

十字路口的红色信号，根本不起作用

——你只是一个劲儿地笑

哦，此刻，你在世界的眼里，你不知道

你也在母亲的怀中……

（注：永兴岛，像一只军绿色的钢铁头盔）

四、坐"三沙1号"，去看你

清晨，我在小号声中醒来

——这不是梦！

"睡眠的不远处

一颗永恒的心烧得通红"

爱在体内，从来不在钟表之中

那么就是说：贝壳和海螺

都是骗人的明证

——不走了，我就住在海岛上

看你肩披彩霞，头缀繁星

我们大声地说家乡话，吵嘴

再和好，把小日子过得花样翻新

傍晚，我们在岛上顺时针跑，逆时针跑

假装惊喜，假装重逢……

然后,手拉手,我们坐在蔚蓝之上

地球的顶端,吹着南海自由的风

你不知道,你是我的红珊瑚

藏在深水中,我也能看见

价值连城

或者,我们一起变成黑斑条尾鲨

用蓝色的血液,冒充誓言

也不吃惊

二百万平方千米的海洋,做一只大摇篮够不够

理想,快艇,幸福的眩晕,在浪尖上俯冲

太阳花又红了几分,故事书中没有阴影

你看,沙洲和岛礁都有自己的品质

像我们的爱,一点也不陌生

它们一出生就有了祖国

——像我们的小女儿

使我们成为父亲、母亲

"……使有山、有水、有房屋的地方,

有了人烟。"谣曲和恩情……

——只有故园、水土,没有坚冰

五、雪国来信

我的小海螺

见字如面……

坐北朝南，我就来到了夏天
两个人的角色，我一个人就能承担
如渔歌互答，一遍又一遍

雪在后半夜，落了下来
如你的海，慢慢舒展
该问候你"晚安"，还是"早安"
这安宁带来的礼物，令我发愁
但更多的时候
"一片叶子说是，一片说不"
所以，还是说说稻米吧
说说乳牙、热泪、单音节的称呼
说说母亲的茶、合唱团、花圃
说说我们相见的倒计时还有多少天

不用回答，我也知道
你要说你的枇杷、三角梅、酢浆草
说车轮、麦穗、五角星和神圣的夜空
说古老的"唤鲨人"，怎样捕了鲨鱼
又放生，依依不舍，泪光闪闪……

我喜欢看中国地图
喜欢大面积的蓝
温软而体恤，不带风险
像你的爱，使所有的日子都是晴天
好心情，是一种奖赏

汐水和信仰，也是
寂静里，也能听到回声

纸短情长，先写到这儿吧
白鲣鸟开始鸣叫了
当我写下经纬、道路、薄霜
就是我在双子星上等你：
一半守着白发的芦荡、微笑的摇篮
一半枕着涛声和白细的沙滩
一半在空中飞，一半在月下停
一半是海水，一半是火焰

珊瑚需要温度，才能复活
红豆需要相思，才会更红
看看你的小女儿吧——
小小贝壳，睡得正甜
即使沉睡中，也参与了建设
祖国的花瓣，叶绿素，波浪的痒
怎么也忍不住的笑声……
在渤海与南海间，以梦为舟
沿着你的声呐
我们出发了，一路向南……

六、在夜里也能发光

没有什么能够独自旋转

在这个寂寥而孤独的星球
因此,所有的水,必定相连
所有的光,都是安慰

在渤海、黄海、东海的南边
理所当然,你应该叫南海
于是,在北中国——
我伫立窗前的习惯
就这样养成了

有什么比土地更稳妥
比海水更宽广
越寂寞,越庄重
面朝大海,智慧和野心相形见绌
而微笑、力量、信仰……生生不息
我不说石油、食粮、珍珠
不说面积和储量
当然,也不说潮汐、风云和火焰
你的美,多么无辜多么值得

岛屿、沙洲、礁石是闪亮的图钉
固定了蔚蓝的版图
——不!这么说没有温度
分明是点点朱砂
是心跳,是骨肉……是祖国
是暗夜里的满天星斗……

作者简介：宋晓杰，生于辽宁盘锦。已出版各类文集二十部。一级作家。曾获第二届冰心散文奖、华文青年诗人奖、辽宁文学奖、冰心儿童图书奖、第六届全国散文诗大奖、首届《扬子江》诗刊双年奖等。参加过第十九届"青春诗会"和"鲁迅文学院第七届中青年作家高研班"。2012—2013年度首都师范大学驻校诗人。

工厂的声音（外一首）

张笃德

身在其中是听不到的
身在其外那就更听不到了

韵律优美　节奏铿锵的不是工厂的声音
叮叮当当　听着烦心的不是工厂的声音

什么是工厂的声音
我用近二十年的时间
俯下身子倾听
低下头倾听
跪下双膝倾听
把耳朵置于工业的胸膛里倾听
才隐约听到一些工厂的声音

这声音从白天响到夜晚

从夜晚响到黎明
起初是蜂鸣鼓噪耳膜
三百六十五天二十四小时从不间断
不是被麻木得不以为然
就是习惯中成了生命的一种律动

有时是单一的
天车的窗口里探出一张抹着油泥的脸
随即一串清脆的响铃在厂房里流动
有时是复杂的
乒乒乓乓夹杂着嘈杂和鸣叫
像生活中的厮打和争吵

有时是有形的
譬如工厂的夜里富有节奏的声响
像亲人打着鼾声睡眠
有时是无形的
隐秘　细小或者巨大　突然
绷紧的神经在忙碌和变化中不得安宁

这就是工厂的声音吗
我更留恋上下班时车水马龙中
自行车欢快的铃声
还有一身轻松地哼着小曲或吹响的口哨
更喜欢走进厂门时听年轻女播音员
甜甜的问候和配乐诗朗诵

究竟什么才是工厂的声音呢
离开厂区　工友们送别的话语
从厂房里急三火四地喷涌出来
高一声　低一声
在钢铁间撞击出火花
少女尖细的嗓音从天车上
慢一阵　紧一阵地尾随你
在设备间折过来　转过去
穿透血肉与筋骨
如同蜂鸟不停地向你袭来
汹涌的潮汐般拍打你的胸膛
直至把你的泪水从眼眶里推搡出来

啊　我终于明白了
什么是工厂的声音

写诗的时候

稿纸在工业的腹地
铺展开来
随着机器的蠕动
生产出长长短短的句子
在工厂里写诗
感觉像寄生在钢铁里的虫子
当工人们把自己悬在高温的炉旁

成为一条烤鱼的时候
诗歌在远离劳作的办公室
平平仄仄地雅颂
淬火后的汗水
被挥洒得激情昂扬

写诗的时候
工人们用两腿不停地
剪裁八小时的紧张和繁忙
用超越自己极限的能力
与机械较量
因负重而被绷紧的神经
每一丝的断裂和炸响
都和生命有关
眼睛因运足了力而充血
那暴戾的凝视
使危险一步步退却
我感觉到诗歌在工厂中
雕龙刻凤的孱弱
叹词和形容词的无力

工厂的纵深处
诗歌的美触不到的地方
除了伤残和死亡
就是隐匿在噪声背后的
夜以继日的疲惫和梦想

粉尘中的呼吸使诗歌缺氧
想象的翅膀
在高温　磁场　沥青烟的滋润中
氧化成深入骨髓的沉疴

写诗的时候
喷泻积聚的韵律和词汇
工人却没能卸下一身的劳累
滚烫的血液
总是交给一勺子凉水来冷却
让力气变成一摊泥水

我多希望诗歌的句读
也能成为机器的一部分
在和金属的撞击中
不断闪烁出生命的火花
把那矫情的吟唱
铸成火红而浓重
铿锵作响的立体诗篇

作者简介：张笃德，笔名竹马。中国作家协会会员，抚顺市作家协会副主席。1964年生于抚顺。1986年开始在《人民日报》《诗刊》《中国作家》等报刊上发表诗歌作品，著有诗集《竹马诗选》《一个人的生命能走多远》《最后的工厂》。

深扎诗歌（组诗）

林　雪

连翘之事

"半辈子了，连翘开花都不是个事
现在县里弄了个黄花节，就成大事了"①

安泽县府城镇飞岭村出连翘
也出名人。比如村民尚春喜
前些年他出大名是因为贫困
这两年有声望是因为脱贫
作为一位致富代表
飞岭村的村民尚春喜

---

① 引自2018年6月20日新乡新闻网报道《连翘"扶贫花"结满"致富果"》。

欣然接受采访，言谈中无有私意

国计是大事，日常的连翘不容小觑
比如这个四月，在山西安泽
虽然希望在时代里丛生
也要小心个人旧病复发
此谓发陈。借插深一枝连翘好接地气
借登上黄花岭广步于庭
在春天阳光里进一步晾晒自己
经书上说早睡早起，头发应解开
穿衣服要宽松
不杀生、不吃肉、不暴戾
借陡峭的山坡以及阳光和水分充足之地
演绎中药里的哲学和春秋大法

春天宜多立志，多做事，像一株连翘
宜有作为，宜做有觉有心之人
如同尚春喜同志的名字之意
致敬着春天的喜乐
借我一份大快乐大如一个山西
也不放弃小如意
如一枝连翘在风中战栗

过壶口镇

两个壶口镇：西边陕西，东边山西

它们对我都一样美
导游说山西这侧可看黄河之浩浩
陕西那侧可观黄河之汤汤
黄河如此慷慨公允，捧出了自己的私酿

一级一级再一级
故土从海滨升上高原
而西边有大河
在此集结中转

从源头牵出细流如牵出幼崽
一路徘徊过，迷途过，折叠过
任人间用时序体作传
而我此生也晚、所来太迟
从被俘虏的漫长岁月里一两首诗
几声夯硪号子
到被传染的墨客口吃症
借醉酒的黄河骈文

沿着哪条河航行，就唱那条河的歌
这是诗书和谣曲的魔法教学
人、畜和工农业都渴饮你的水
你的全部意义就是奔流
电、光与能量只是人类索取的副业
你挟走土表的部分，是你溺爱的部分
而一路抛洒的可以再次称国

你在壶口出发
留下中央的、首府的、国度的身姿
汇聚出社区和乡愁的政治中心
跳跃在你波浪上的诗句
是历史上几个好学生的范文
他们做官、漫游，用一两首诗做台账
在水面摇曳着远去
而一大波年轻的乡愁正渡过河去

在阿嘎，在以达

我走在我的兄弟高山
与我的姐妹峡谷之间①?

他们就在那里，在山地上
岭高谷深，与傍晚的暮色合体
他们的服饰以黑白为主色
妇女双耳佩金，或银，或玉贝
颈部戴银领牌
多安宁，多纯净

他们的村支书是位健壮的男子

---

① 纪伯伦诗《深切的渴望》开头一句"在这儿，我坐在我的兄弟高山与我的姐妹大海之间"。

叫吉克发甲。讲阿嘎乡
有了农民夜校
种植经济作物
他讲村子从古至今的山歌和约会
也讲吉米河去年的那场洪水

他们给我们演示
从热水器和院坝里的水龙头上
放出水来。而矮小黑暗土房
成了照片上的旧物

他们眼睛里有黑苦荞的余晖
目光有苦荞花的影子
孩子们在小学校的院子里雀跃着
他们中的一个天真地朝我们敬礼

核桃树的浓荫在街道铺开
高大的树影轻轻摇晃
仿佛在讲述历史
仿佛弯下腰身，代表新彝人和新事物
寻找某种丢失的东西
也像一只大手在搅动
使他们融合

作者简介：林雪，辽宁省作协副主席，辽宁新诗学会代理会长。1986年出版诗集，1988年参加诗刊社第八届青春诗会。2006年获诗刊新世纪全国十佳青年女诗人奖，诗集《大地葵花》获2007年第四届鲁迅文学奖。2010年作为中国作协诗人代表团参加华沙国际诗歌节。2012年获中国出版集团年度诗人奖。2014年出任第六届鲁迅文学奖诗歌委员会评委。2017年获百年新诗最具影响力诗人奖，2018年获当代十佳优秀诗人奖。出版诗集《淡蓝色的星》《蓝色钟情》《在诗歌那边》《大地葵花》《林雪的诗》等数种。随笔集《深水下的火焰》，诗歌鉴赏集《我还是喜欢爱情》等。现居沈阳。

报告文学

根深叶茂
——庆祝改革开放四十周年"深入生活,扎根人民"作品集

闪光的青春

刘文艳

对"80后"青年人的担忧,在我内心留存了很久。我担忧他们大多是独生子女,娇生惯养,惧怕艰苦;我担忧他们个性自我,对别人缺少感情;我也担忧他们未经磨炼,缺少临危不惧、勇于牺牲的血性;我更担忧中华民族敬老孝亲的优良传统不能在这一代继续传承。

盛夏七月,骄阳似火。我同十几位作家一起,开始了"爱民固边十周年巡礼——辽宁作家边海行"采风。七天时间,从黄海之滨丹东中朝友谊桥至渤海之滨葫芦岛止锚湾,在三千多公里的边海防线上,实地考察了边防检查站、边防支队、边防机动大队,深入走访了十多个边防派出所和警务室。近距离接触的大多是"80后""90后"的青年边防官兵,与他们同吃、同住、同活动,切身感受了他们火热的战斗生活和精神风貌。

采访过程中,官兵们经常是含着眼泪介绍战友事迹,作家们也是不断抹着泪水倾听他们的事迹。几天的采风,我的心灵被震撼了,无数次被深深地感动。

采风结束后,我不仅彻底改变了对这一代青年人的担忧,而且对他们的英雄壮举和爱民情怀肃然起敬。

鲜活的事实证明：他们已经成为共和国海防线上的忠诚卫士，他们英勇无畏，不怕牺牲，勇抓歹徒，谱写了一曲曲英雄的赞歌；他们发扬人民子弟兵的光荣传统，纪律严明，爱护群众，热忱服务，无私奉献，成了驻地群众的贴心人；他们在艰苦的环境中磨炼意志、忠于职守、爱岗敬业，用生命诠释着军人的坚强；他们有着丰富的情感，把对亲人的情与对岗位的爱、对祖国的忠，都铭记心上。他们用热血和忠诚，在军营内外书写着壮丽而无悔的青春。他们是新时代最可爱的人！这是值得我们信赖的一代，也是值得我们骄傲的一代！

无畏的气概　英雄的壮举

在丹东边防检查站，我们见到了被授予"辽宁省十大缉私先锋"称号的王俊刚。他高高的个子，明亮的眼睛方脸庞，给人第一印象是既聪明机敏又虎虎生威，浑身充满了睿智和力量。当兵守边防十多年来，王俊刚始终冲在打击跨境违法犯罪活动的最前线，凭着赤胆忠心和过硬技能，先后破获贩卖毒品案二十多起，缴获冰毒近万克，抓获犯罪嫌疑人七十多名；多次参与破获特大海上走私案，查获走私物品案值三千余万元。王俊刚在一次次缉私缉毒战斗中屡立奇功，先后荣立个人二等功两次、三等功六次，集体二等功一次，成为声名赫赫的边防卫士。

战友们说，王俊刚的这些荣誉，都是用鲜血和生命换来的！

几年前，他曾经在破获一起贩卖毒品案时，与持枪歹徒进行了多个回合的殊死较量。最后，穷凶极恶的歹徒将手枪顶在了他的脑门儿上，当时还不到三十岁的王俊刚丝毫没有畏惧，而是厉声喝道："把枪放下！你就是把我打死了，你也逃不了了！你这样顽抗是罪上加罪！"在他无畏的威喝声中，歹徒手软了，把枪放了下来。王俊刚在头部、身上已多处受伤的情况下，仍与战友们一起全力追击。最后终于成功将歹徒制伏，当场抓获八名犯罪嫌疑人，缴获两辆车、八支枪和六百多发子弹、四千多克冰毒和百多万元毒资，严厉打击了毒品走私的嚣张气焰。

我称赞王俊刚说："你年纪轻轻，面对歹徒的枪口无所畏惧，这真是英雄气概！"

王俊刚却很低调地说："这真不算什么，这是一个军人、警察必须具有的精神。穿上这身衣服，就得不怕死！为了祖国边防安全，为了人民生活安定，就是牺牲了我也在所不辞，我觉得这是责任与光荣！"

在丹东边防机动大队，我们听到了一个令人惊心动魄的故事：

2016年3月19日，丹东安民边防派出所接到报警，一歹徒手持两把长刀在大街上行凶。已劫持烧烤店女老板，正用刀逼着她向二楼后退，情况十分危急。

丹东边防支队机动大队战士孙超，与战友们一起接到围捕任务，立即赶到现场。他们先与歹徒进行攻心战，劝他不要伤害人质。歹徒边提条件，边伺机脱逃。僵持一段时间后，歹徒将人质劫持到二楼，并蹿上二楼房顶逃跑。前面就是小学校，凶手如窜入学校行凶，将会酿成惨剧！

说时迟，那时快，孙超徒手从楼外窗户跃上二楼，向歹徒追去。歹徒狗急跳墙，挥舞尖刀砍向孙超。孙超临危不惧，紧追不舍，身中两刀，因穿着防刺背心而幸免受伤。这时歹徒又挥刀向孙超的头部砍来，孙超躲闪中用手抓刀，手被砍伤，鲜血染红了手臂。孙超英勇无畏，一个伸腿横扫，将歹徒踹下了二楼，歹徒终被守在楼下的民警捕获。

机动大队政委高松介绍说：孙超是个"90后"，当兵来丹东机动大队还不到两年。他虽然个子不高，看上去也很瘦小，可他意志坚强，训练刻苦，不怕失败，百折不挠，练就了擒拿格斗、攀高索降等各般武艺，加之他英勇机智、有不怕死的精神，所以能赤手空拳，擒住歹徒，被当地群众赞不绝口，传为佳话。我们采访时，孙超正在外地比武训练。很遗憾，没能亲眼见到这位武艺高超勇士的风采。

我们很有幸在丹东边防支队机动大队，观看了战士们的格斗拳、硬气功、索降、攀登、驯服警犬、自动步枪小组应用等演练。他们生龙活虎，技高人胆大。六层高楼房，他们或攀着阳台窗户，或顺着排水管子，或蹬着相距一米宽的两个墙垛，几分钟就能爬上去，显示了他们的机警和速度。三块砖叠在一起，他们大吼一声，挥臂将砖齐刷刷砍成两段，体现着他们的意志和力量。这个机动大队曾连续三次全国比武夺冠，这是一支让人敬畏的部队。

在大连边防支队龙王庙边防派出所，我们见到了被团中央、公安部、公安部边防局分别授予"全国优秀共青团员""优秀共产党员""十大边防卫士"等称号的陈伟强。他个头不高，身体也不算魁伟，初一见面很难想象，他就是那个与劫匪拼死搏斗，被劫匪刺伤后还紧追不舍，竟然忍着伤痛、捂着伤口又追出去三十多米，终于将劫匪制伏的英雄。

可是，当我们走近陈伟强时才发现，他的胳膊上、身上，都是因受伤后免疫力低下，湿疹难以治愈而留下的疤痕。这让我们真实地感受到，他为保卫人民生命安全付出了沉重代价。陈伟强1985年出生，英勇负伤时才二十三岁。

那是七年前，大连边防支队驻地内，连续发生了十多起持刀抢劫出租车女司机案，在市民中引起巨大恐慌。陈伟强主动请缨，到抓捕组参加案件侦破工作。

那天下午，正在执行蹲守任务的陈伟强，发现一辆出租车急速行驶，又骤然停车。接着，一持刀男子跳下车，威逼女司机到副驾驶位置，自己坐到驾驶位置。

无疑这就是劫匪！陈伟强立即冲上去，紧紧抓住车门。发现事已败露的劫匪猛踩油门，陈伟强被拖出去三十多米，仍紧拽车门不放手。

被劫女司机看到警察，顿觉绝处逢生，与匪徒拼力反抗，终于使出租车在驶出一百多米后熄火。这时，劫匪惊慌跳车，疯狂逃窜，陈伟强紧追不舍。劫匪跑出八公里后，已经精疲力竭，见逃脱无望，突然转身，掏出尖刀对准了陈伟强。面对穷凶极恶的歹徒，陈伟强丝毫没有退缩，毅然冲了上去。在近身搏斗中，陈伟强不幸被刺中左胸，但依然追出三十多米。劫匪被随后赶到的战友们制伏了，陈伟强终因失血过多昏了过去，被送进医院。医生们发现，陈伟强的左胸，被深深刺开一道口子，伤口距心脏仅有三厘米，真是命悬一线啊！当医生们听说他在受此重伤后，还奔跑了三十多米追歹徒时，几乎都惊呆了！这是英雄的壮举，这是生命的奇迹！医生们眼含着热泪奋力抢救，次日陈伟强终于脱离了生命危险。

一路采访，我们听到了许许多多这样催人泪下的英雄事迹。这些"80后"的年轻军人很值得赞佩！他们忠肝义胆，是忠诚的战士；他们身上有着英雄的气概，是无畏的英雄。

群众的贴心人　人民的子弟兵

"爱民固边"战略是公安边防部队的创新举措，也是边防官兵的重要任务。在辽宁边防三千多公里的边海防线上，大多乡镇设有边防派出所，村设有边防警务室。边防官兵兼有军人、警察双重身份，具有保卫边境边海、负责辖区治安和经济发展双重任务。因此，广泛开展爱民服务，军民共建、共守边海长城，成为他们的工作常态。一批批"80后"的边防警察，演绎着一个个动人的爱民故事。他们与一代代的子弟兵一样，已经成为驻地群众的贴心人。

为抓劫匪英勇负伤的陈伟强，伤愈后被分配到大连龙王庙镇兴民警务室当片警，兼任村党支部副书记。他满腔热情投入工作，把辖区当成自己的家，把村民当成自己的亲人，村里人的大事小情他都尽心尽力。

兴民村在城乡接合部，外来人口比较多，矛盾纠纷也不少。为了有效调解村民纠纷，他在警务室腾出一间房做调节室，室内墙上写着"和为贵，平为福"。村民有了纠纷，他不躲不闪主动调解。三年下来，解决纠纷一百三十多起，特别是许多陈年积怨都得到了化解。

随着新区的开发建设，大量外来人员涌入兴民村。为更好地服务外来人员，陈伟强多方听取意见，协调成立了由相关部门、村委会、社区民警及外来人员代表组成的"外来流动人口管理服务协会"，先后为五百多名外来务工人员找到工作，为一千九百多名农民工讨回工资七百多万元，辖区六十多名外来人员子女全部实现免费入学。

在兴民村，每家都有陈伟强的名片。村民有事就直接打陈伟强的电话，陈伟强有问必答，有求必应。有事找"强子"已经成了村民的习惯。陈伟强说："百姓的事没小事，哪件事对一个家庭来说都是大事，都得办好。"

丹东宽甸县河口村，是个极其偏僻的山村，村里人家都散落在九沟十八岔里。几年前李庆峰警校毕业，来这里当了驻村边防民警。刚进村时，他对分散在沟沟岔岔的几百户人家，一点也摸不着头脑。谁家报警了，他就急得晕头转向不知所措。

从那时起，李庆峰就下定决心，一定要对所辖村的情况了如指掌！他顺着九沟十八岔开始一家一户地走访。从天蒙蒙亮到满天星斗，每天走访十几个小时。一连仨月，他马不停蹄，全村所有户都走到了。白天他把每户所在位置、家庭成员、承包田在哪儿等都装在心里，晚上回警务室一一整理，画出草图。他先后画出了二十八张草图，又将这二十八张草图合并为一张大图，图中标明了每家的方位和行走路线。谁家有事情了，他摸黑也能及时、准确地找上门去。如今，这张图已经成为这个边防派出所的镇所之宝。

我们见到李庆峰时，他表现得很腼腆，不善于表达，只是说："那时初来乍到，一个人在沟里走，也有恐惧的时候，也有顺沟摔下来的时候。可这没啥，都是一个边防警察应该做的。"他说自己也是来自农村，为村里居民保一方平安，能为他们经济发展、生活和谐做些事，那是自己的责任，也是最令自己最开心的事。从李庆峰那纯朴与真诚的表达中，我们感受到了这个年轻边防警察对农民百姓的深厚感情。

来到锦州王家窝铺边防派出所，民警们介绍最多的就是他们的所长梁文龙。

现任三角村警务室民警的苏伟航说："我刚到任时，村民说得最多的，就是前任民警梁文龙。我初次走访一对爷孙家，孩子才五岁，见到我怯生生的，用一种警觉的眼神看着我。爷爷对他说：'这是你大龙叔叔的朋友！'孩子马上对我笑了。童言无忌，童颜无忌。孩子的笑容，再生动不过地体现出了梁文龙与村里人的情感。"

苏伟航接着强调说："当时梁文龙已经离开三角村两年了，可见他在这个村的影响有多深！他是竭尽全力为老百姓办事，真正成为老百姓的贴心人啦！"他说这话时，充溢着对他前任的敬佩之情。

接着他又介绍说，梁文龙1983年出生在吉林公主岭，2005年入伍。连续做了八年三角村警务室民警。其间，他为老百姓做了多少好事，是说也说不完的。

有一年发大水，村里唯一的一座桥被冲垮了，眼见着粮食和海产品运不出去，梁文龙和乡亲们一样心急如焚。他四处奔走，找领导汇报，找企业赞助，找亲友、同学募捐，终于筹集到了四万元钱。他又和乡亲们一起昼夜奋战，不到十天，就把桥重新修好了。从此，乡亲们真是对梁文龙这个"80后"刮目相看了。

前几年，由于渔民的作业海域"谁抢到是谁的"，渔船间总是冲突不断。偷网贼来去无踪影，渔民网具丢失案时有发生。梁文龙根据农村联产承包的经验，提出了海上责任田的设想，很快得到了上级领导肯定，也受到了渔民自治组织的欢迎。全村海上责任田很快落实到户，渔民们在自己的责任田上捕捞作业，再也没有了你抢我夺的争执，再也不担心网具被别人扯断，网具丢失的案件也少再发生过。

三角村的村民大多有渔船，需要每半个月到派出所办理一次报关手续。来回坐三轮车，车费得二十多元，还得小半天工夫。为了方便村民，梁文龙把大大小小的办公用品，都塞进了大包，塞得大包有十多斤重，谁家办业务他就上门服务。

时间长了，村民不再跑派出所，无论大事小情，都等梁文龙上门来。村民方便了，可长时间的负重走访，使梁文龙的膝盖被严重损伤。2008年的一天，他倒在了走访的路上。经医院诊断，是半月板损伤，需手术治疗。村民知道，梁文龙的病是为三角村的村民累的，都争着去看他。村党支部感到，去太多人病房容纳不下，就让每家写一封慰问信，派了几个代表带信去看望。当村民们听说，梁文龙的身体已经不适合再在乡下工作时，真有些急了！有的村民要腾出自家的正房来让他养伤，只希望他不离开三角村。梁文龙也不辜负乡亲们，伤还未痊愈就又回到了三角村。

近两年，梁文龙当了王家窝铺边防派出所所长，他组织民警建立微信公众号、警民服务微信群，成立了民警公益电影放映队。为百姓服务的范围更大了，办法也更多了。

葫芦岛市边防支队孙家村警务室民警吴魁，二十三岁大学毕业后转为现役，成为边防驻村民警。他家住北京，却一直坚守在这个边海小村，现兼任村党支部副书记。十多年来他全身心地为这个村保平安、做公仆。他是村民依赖的"公正人"，也是化解矛盾的"公平秤"。他依靠"化解纠纷八法"先后调处纠纷一百五十余起，使这矛盾重重、纠纷多多名声在外的后进村，成为远近闻名的平安和谐文明村。村民送给吴魁警务室一副对联："职务小责任大心系千家万户，化矛盾解纠纷促进社会和谐"，横批："大魁真行"。

那年夏日的一天，孙家村遭遇暴雨袭击，部分房屋倒塌，吴魁蹚着齐腰深的雨水，将行动不便的孤寡老人背回所里妥善安置，随后，又和战友挨家挨户帮助村民遮挡漏雨的房屋、转移受困的群众。同是那一天,千里之外,吴魁位于北京顺义顶楼的家里,也在不停地漏雨。他身怀六甲的妻子,只身一人将漏下的雨水一盆一盆地倒进下水道,整整忙活了一宿。

吴魁把自己全部的精力和心血都投放在了孙家村,在孙家村几年中,他没回家过过一个年,不光是妻子怀孕,就连最疼爱他的姥爷去世、母亲动手术,他都没有赶回去!有人问吴魁:"你不想家吗?你不惦念你的父母亲人吗?"听到这儿,吴魁把头埋得很低,他的泪水始终在眼眶里打转!过了好一会儿,吴魁才说话:"咋能不想呢,但我越是想他们,我就感觉更应该为村里多做些事!因为,我也是农民家的孩子,更能体会到农民生活的艰辛!"吴魁把对亲人的爱,都无私地奉献给了孙家村的父老乡亲。

在孙家村有件事一直被人们传颂着:村里九十五岁老人刘高氏病危了,家里的亲人都到了,可老人的眼里还是充满着渴望,嘴里始终念叨着:"大魁,大魁!"

当时吴魁正在县里开会,接到电话就往回赶。见到吴魁,老人紧紧抓住他的手,断断续续地说:"大魁来了,大魁是好孩子啊,大娘舍不得你呀!"当时在场的人都落泪了。吴魁紧紧握住老人的手安慰着她,直至老人面含微笑安详地离去。

老人把吴魁当亲人,是因为吴魁也一直把她当亲人。有一次老人家家里的旱厕满了,来看望她的吴魁二话不说,脱下上衣就淘大粪,让老人感动得直抹眼泪。

在艰苦中磨炼　在风雨中成长

当兵的生活是艰苦的,而这艰苦让他们经受磨炼,使他们健康成长。部队是个大熔炉,把战士炼成具有钢铁意志的人。

姚林是个很有刚性的人，他说话的语速和语调以及他的每一个手势，都传递着一个军人的坚强勇敢和不屈不挠的精神气质。那天，他眼含着泪水，讲述了他的成长经历。

　　1984年姚林出生在黑龙江省鸡东县一个普通家庭。三岁半那年父母离异，妈妈走了。妈妈走那天他追出了很远，他把背心脱下来在手里晃动着，喊着："妈妈，你别走，你别走！"妈妈擦着泪，还是走远了。

　　孤独的他，逐渐形成了很倔强的性格。当兵走时，父亲扔给他一句话："就你这个样子，你当兵不被部队赶出来就是好样的！"父亲过激的一句话，竟然成了他一定要当个好兵的有效激励。

　　他在部队既体会到了家的温暖，也铸就了不怕艰苦、勇打敢拼的品格。几年后，他成了带兵的班长。他说："带兵人是新兵的模子，自己过得硬，才能带出过硬的兵。"

　　有一年冬天，姚林带兵新训。那天北风裹着清雪，寒气袭人，新兵瑟缩着脖子，拿枪的手也直往棉衣里躲藏，队伍零乱得不成样子。

　　姚林没说什么，而是一声口令："立正！"然后就把自己的冬装上衣全部脱下，赤裸着上身，为战士们讲解起了动作要领。如何摆臂，摆臂时哪块肌肉用力，他都讲得清清楚楚，做得一丝不苟。

　　新兵被他的英雄豪气、勇士精神深深地震撼了，顿时都收起了娇弱之心、瑟缩之态，抖擞起精神。没有人再说冷，没有人再叫苦。四十分钟下来，姚林一直光着膀子示范，新兵们个个也都做得像模像样。他们内心里树立起了军人的神圣和坚强，因为带兵的班长给他们做出了榜样。

　　姚林在日记中写道："今天我特别高兴，战士们送了我一句话：班长，看见您，我们就仿佛看见了一尊不灭的战神！这让我太有成就感了！"

　　新兵训练不久，姚林发现一个战士，一次就在超市买了上百元零食，明显还带着富家之子的娇气和傲气。姚林马上找他谈话："你不能这样奢侈浪费，父母挣钱也不容易。手脚大不是好习惯，勤俭才是我们应有的品格。"姚林说，我带兵，首先要让战士知道什么是军人，怎么做一个好军人。

一次，他发现食堂的泔水桶里竟然有被战士整个扔掉的馒头。那天，他把全班战士在食堂集合起来。然后，他径直走到泔水桶旁，把几个完整的馒头捞了出来，用力地摔到地上，又从地上把馒头捧起来。他眼里含着泪水激动地说："你们不爱吃的馒头，就这样白白地扔掉了是吗？你们知道农民种出这些粮食，有多么不容易吗？这是农民的血汗换来的，我们没有资格这样浪费啊！"说着他就当着战士的面，把捧在手里的馒头大口地吃下去！

战士们被感动了，都抢着吃这从泔水桶里捞出来的馒头，并十分坚决地表示："请班长放心，再也不会扔馒头了！"

姚林说："我们的战士真可爱，只要你做出了榜样，他们就绝不会差样！他们能够吃得了苦，也绝对能够坚强！"

边防派出所都在海防线、边境线上，有的在海岛上。有的海岛人烟稀少，只设一个警务室，有的警务室就只有一个民警，被称为"一个民警的海岛"。

已经调入大连市长海县边防大队机关的民警徐贺，曾经在只有一个民警的海岛——乌蟒岛坚守过。他说："在一个民警的海岛工作，确实很艰苦。首先是生活条件艰苦，岛上没有商店，没有浴池，更没有旅店、电影院。其次是感到孤独，网络不通，电话难打，就连广播电视也信号不好，时断时续，与外界的联系很不方便。"

徐贺接着说："其实最难的，是要独自处理村里的纠纷。村民之间的纠纷难断，村民与村干部之间的纠纷更难断。村主任在村里很有权威性，即使这样，遇到问题我也必须秉公处理。我年龄虽小，但职责不小，我得对得起自己穿的这身衣服，因为这身衣服代表着公正。经过几次纠纷的调解，群众对我很信任，村主任也对我刮目相看了。经过这样艰苦的磨炼，我觉得我成长了。有在一个民警的海岛上工作、生活的经历，对坚强品格的培养特别宝贵。"

坐落在宽甸县振江镇西江村的边防派出所，被称为"第九户人家"。因为这个村只有八户人家。这里地处偏远，从县城要坐公共汽车，然后走一段路坐船，下船后还要坐公共汽车，然后再走一段山路才到村里。

那年腊月二十七，教导员孙吉平到县城办完事，顺便回家看望妻子和儿子。妻子挽留他说："你反正已经回来了，就在家里过个年吧！已经好几个年没在家过了。"

孙吉平看见妻子恳求的目光，心里很不是滋味，他何尝不想在家过个团圆年呢！可是越是过年越要严守海防，所里的战士们不能回家过年，自己更不能啊！

妻子看出了他的心思，也不再强留，就改口说："那你要走也明天走吧！我把给你织的这件毛衣织完，就差一只袖子了。"妻子几乎一夜没睡，第二天一早，她把毛衣织完了，给孙吉平穿上，眼里含着泪水说："你走吧，给战士们带个好！"

孙吉平依依不舍地告别了妻子和儿子，带上给战士们买的水果、蔬菜、鱼肉和对联等年货上路了。心里想着战士们的渴望，一路奔波，孙吉平来到江边，此时的江面已结冰不通船了。他搭乘了一个农用四轮车从冰面过江。江面没有灯光，农用车司机小心翼翼地行走在冰面上。

那天晚上，西江边防派出所的战士们和往常一样照常执勤，照常看书活动。突然，所里养的狗大黑狂叫起来。战士们看看院子里外没有人，也没有什么动静，可是大黑还是叫个不停。

这时战士们想到，是不是教导员回来了，他们也预感到是不是教导员出事了！他们带着大黑一路小跑地追到江面。当他们发现教导员时，只见结冰的江面塌了一个大窟窿，教导员的身体已经直直地僵在了江水里，他的周围还散落着他带给战士们的水果和蔬菜。

战士们拼命地哭喊着,想叫醒教导员,可教导员再也不能回应战士们了!战士们把教导员的尸体打捞上来后,都抱着他痛哭失声:"教导员,我们的好兄长,你是为了我们才牺牲的啊!"

多么壮烈的青春啊!孙吉平牺牲那年还不满三十岁。

边防民警的生活是艰苦的,可就因为这艰苦,才让他们深深地感受到了军营的温暖和战友的情意,才更磨炼了他们的意志,才让他们更珍惜他们所拥有的一切,才让他们更健康地在风雨中成长起来。

难舍的亲情 别样的爱情

这次采访,感受最深的,就是边防官兵对亲情的依恋和愧疚。自古忠孝难两全,许多官兵都是含着泪花,甚至是流着泪水,讲述着他们对亲人的思念和不舍。特别是他们对爱情,都有着自己执着的追求和别样的表达。

王俊刚这个孤胆英雄,在歹徒将手枪顶在他的脑门儿上时,他镇定自若,毫无惧色,他是一个合格的军人,也是一个铮铮的男子汉。可是当他说到母亲时,却控制不住自己的激动,泪水就在眼圈里打转,说话的声音也有些哽咽。

他说:"我心里最放不下的就是我的母亲,我觉得我作为儿子,真是愧对于她。在她有病住院的时候,我正在破获一起贩毒大案,想好了等我破了这个大案后,一定好好地陪一陪她。可是,直到母亲已经病危时,我才赶到她的床前,第二天,她就永远地离开了我们,我再也没有机会在她面前尽孝了!"说着他已经泪流满面。他说:"我现在经常是两三点钟就醒来,起来总是想自己的母亲,一想两三个小时睡不着觉,对母亲我心里真是很愧疚啊!"

谈起自己的妻子,他说:"她开始对我办案顾不上家,还有些不理解，后来就很支持我了。"他讲了个小故事：

有一次，我为了跟踪一个嫌疑人，扮成一个商贩，骑着三轮车在大街上走，一下子被我妻子遇上了，她喊我说："你骑个三轮车干啥呢？"我怕身份暴露就急忙说："你是谁啊，我不认识你！"她说："你怎么不认识我了？"后来她看到我十分着急的眼神就明白了，改口说："对不起，我认错人了！"

后来妻子成了我的编外得力助手。有的时候，需要跟踪嫌疑人，我就拉上妻子，装成一对情人在僻静处谈恋爱的样子，妻子配合得特别好。

听了王俊刚的介绍，我说："你这个工作也是有危险的，你还拉上了妻子。"他说："我妻子也知道危险，但她说我们是在打击犯罪，保护民安，担点风险也值得。嫁给一个警察，就不能贪生怕死！从这一点上说，我们是志同道合的战友。"

那个血气方刚的姚林，虽然母亲从小离他而去，可他对母亲，却有着强烈的母子之情和尽孝之心。

现在母亲组建的新家庭，就生活在离他不远的城市。姚林每到节假日都去看望母亲，又怕打扰母亲的生活，就经常买好东西，放到母亲家门口，不进家门。在外面转悠一会儿，给母亲发个短信："妈妈，儿子来看您了，东西放在门口了，是儿子的一点心意，您收下吧！儿子祝您生活幸福！"

姚林的妻子是他资助过的第一个大学生。他说："我们两个人结婚时没有举行婚礼。回妻子娘家见亲人时，我们就说已经在部队举行过婚礼了。到现在，我心里还有些过意不去，我欠妻子一个婚礼，我欠她很多很多。但是我向她承诺过：我在部队，就要全身心地保家卫国。我离开部队回到你身边，一定要好好地照顾你、呵护你一辈子！"

陈伟强追捕劫匪受重伤，在手术治疗的过程中，他坚强地一声不吭，可是他出院回到家里，见到母亲却禁不住流泪了。母亲看着他缠着厚厚绷带的胸膛，用手去抚摸，一边抚摸一边说："儿啊，这刀是给你扎在那儿了，这刀是扎在了娘的心口上了！"

那一刻，陈伟强再也抑制不住自己的感情，抱着母亲痛哭失声："妈妈，儿子对不住你啊，让你为儿子担心了！"陈伟强特别体谅母亲对儿子的疼爱与牵挂，可他更忘不掉军人的责任与坚强，他伤还没有痊愈，就又告别母亲踏上了征程。

陈伟强与妻子刘薇，从小青梅竹马，感情甚笃。他警校毕业来边防，刘薇医学院毕业，也放弃留在大城市的机会，来到他所在地的福利院当了个临时工。两个人结婚没有婚礼，也没有新房，就在离兴民警务室很近的地方，租了一个只有几平方米的小房住着。

"回头想想，咱们相识已经十多年了，虽然我从没说过多么爱你的话，但是，在我心里你的分量很重很重。在我被歹徒刺伤昏迷不醒时，你体贴的气息萦绕在我身边。当我睁开眼时，看到的是你布满血丝的双眼。我知道，二十多个日日夜夜对你来说是多么煎熬；当弟弟去世的时候，当母亲病重的时候，当我刀伤复发的时候，每一个人生最艰难的时刻，你都是强有力的精神支柱，牢牢地支撑住我。请原谅我，把这场求婚拖了又拖！刘薇，感谢你一直以来的不离不弃！现在，请把你的未来交给我。从此，你不再孤独地守候，你的生命里，我将永不缺席，嫁给我好吗？"

这一幕是在辽宁边防总队先进典型事迹巡回报告结束后，活动组织者利用报告会的会场，让陈伟强给妻子一个迟来的求婚仪式。这浪漫、这真情直让刘薇幸福满满，泪流满面。她激动得与她深爱着的英雄陈伟强，紧紧地拥抱在一起。

这就是边防军人的故事，这些军人、民警，大多是"80后"，在他们身上，我似乎感觉到了那份平凡中的崇高。他们有热血、有担当；他们能吃苦、能战斗；他们有亲情、懂爱情。他们是可亲可爱的人，他们是可尊可敬的人，他们也是可赞可学的人。他们是新时代最可爱的人。

青年兴则国兴，青年强则国强。中国梦是全中国人的梦，更是中国青年的梦。我们有理由相信：有这样的中国军人，有这样的中国青年，中华民族伟大复兴的中国梦一定能够实现。

原载2016年《啄木鸟》公安文学专号

作者简介：刘文艳，中国作家协会会员，曾任辽宁省作家协会第九届主席团主席，现任辽宁省作家协会名誉主席。20世纪80年代开始发表文学作品，先后有若干小说、报告文学、散文、诗歌、文学评论在《人民日报》《光明日报》《中国青年报》《文艺报》《散文海外版》、香港《大公报》等报纸杂志发表。纪实散文集《爱的诉说》，荣获全国第五届冰心散文奖散文集奖、第八届辽宁文学奖辽河散文奖。

报告文学

我爱四嫂

赵 凯

四嫂是我们乡下十里八村公认最漂亮的姑娘。当年有很多小伙子追求她,四哥光荣胜出了。我第一次看到四嫂,是她和四哥定亲时来我家认门儿。我和小伙伴们在院门口弹玻璃球,四哥引路,四嫂和她的娘家嫂子一起来做客,四嫂容貌俊俏,腰身窈窕,推着自行车从我身边走过,有淡雅的清香飘散开来。我骄傲地问小伙伴们:我嫂子好看不?往后咱们也找这样的媳妇。小伙伴们笑着起哄。

四嫂冯平和四哥赵科原本就相识,在乡镇中学里,四哥比四嫂大一年级,四哥是优秀的学生干部。四嫂嫁到我家,是我四哥缘分好,也是我们家有福气。四嫂选择了一个好人,却选择了一个境况最差的家庭:爷爷和奶奶年过古稀,坐在炕头上,丧失了劳动能力;二哥和三哥因类风湿病瘫痪十多年了,一个整天躺在炕梢,一个白天黑夜都佝偻萎缩在墙角的靠椅里;那一年我十二岁,也患上了类风湿,走路一瘸一拐的。后来,四嫂说,面对这样一个家庭,她也犹豫过。四嫂敢嫁进门来,真是需要勇气的。我总觉得四嫂就像神话中的仙女,看到我妈妈太苦了,就来到我家帮我妈妈,或者是上天派四嫂这个天使给我家送来希望与力量。漂亮媳妇进寒门，四嫂像一束阳光照亮了我们这个被灰暗阴霾命运笼罩的病贫家庭。

四嫂进门后从未嫌弃过老人和病人。做好饭菜，四嫂总是先端到老人和病人面前，妈妈给我们病人换下衣裳来，四嫂就拿过去洗。最初，病哥哥都对劳动弟媳妇不好意思，四嫂笑说："我们是一家人了，别把我当弟媳妇，当妹妹看，就好了。"奶奶年龄大了，遇到肚子不好时，又行动不灵便，脏了衣裤，妈妈和四嫂帮着奶奶脱下来，就在院中洗。几年中，爷爷、奶奶和三哥相继病故，我治疗无望也瘫痪了，没有想到不幸的家庭又遇到了新的困难：父亲晚年患脑萎缩，神志不清，出走不认家门，有时还打人。只有四嫂去哄劝，父亲才会安静下来。有时父亲像孩子一样不吃饭，四嫂就一勺勺给父亲喂饭，父亲边流泪边吃饭。

在俺们小村庄里，亲友和乡亲们一提起四嫂，就挑大拇指称赞，说她是勤劳贤惠、敬老爱亲的好媳妇，都为她婚后三十多年来伺候爷爷奶奶公爹婆母四位老人和三个患类风湿瘫痪兄弟的爱心付出而感动。有一回因操劳过度，四嫂累得因脑供血不足而摔倒，脸色灰白，贫血昏眩，痛苦呕吐，脑后起了红肿大包。四哥背四嫂上汽车，送去县医院治疗两天，身体稍有恢复，她就坚持出院。大夫和亲友都劝她在医院多治疗几天，可她说："家里还有老人和病人等着我呢。"

我家缺少干活的人，父亲和四哥是教师，家里、田里的活计主要依靠母亲和四嫂，四嫂怀孕后腆着大肚子去铲垄，差点把孩子生在田地头。四嫂操持家务，忙得没时间抱孩子，孩子交给老人和病人们带着，只有在孩子饿了想吃奶的时候，才喊四嫂来喂，四嫂这时候方能歇一歇，抱一抱孩子，获得妈妈搂抱孩子的欢乐。小侄的诞生，为我们家带来了极大的幸福与欢乐，有了希望，这幸福、欢乐、希望也是四嫂给予我们的。

侄儿三四岁的时候，就给病大伯们倒尿瓶，四嫂从来没有阻止过，没有嫌这样会脏了孩子。我家的房门槛很高，小孩子过门槛像爬墙一样，小侄也过习惯了，但有一天，他拿着尿瓶过门槛时绊摔了，门槛外是踏板石，尿瓶就是玻璃罐头瓶代用的，瓶子摔碎了，小侄跌哭了。小侄眉头和两只小手让碎玻璃扎破淌血了。且不说尿瓶玻璃碎片是否有菌，单说让人后怕的是正巧扎破在眼眶眉毛里，差一点就碰到眼睛，真是万幸！现在侄儿洪洋已经三十岁了，可是眉头上的疤痕还在。侄儿从来没有为这块疤痕抱怨过。小孩子受伤，最疼处在母亲心头，可四嫂这位母亲也没为孩子抱怨过。

四嫂在日常家庭生活中帮我们做的，就必不可少有倒尿瓶、倒粪桶这项活计。妈妈在家的时候，我们病人拉撒事情喊妈妈，可是偶尔就会有妈妈外出不在家而我们病人又憋不住的时候，记得四嫂第一次帮我倒粪桶就是妈妈没在家，我又恰巧肚子疼了，我挣扎着倚在炕沿边，勉强拉完后，挂着拐杖想自己把粪桶送出去。我身体强直，不能弯腰，挂一支拐杖，用另一支反过来钩着桶梁。忍着关节疼，慢慢挪蹭到房门口，四嫂正在院墙边筛黄豆，急忙赶过来，还说我："咋不吱一声？"我不好意思地苦笑说："我能行。"四嫂说："你得了吧，快给我吧。"四嫂拎走桶去房后了。原本不好意思喊四嫂做这种事情，后来也就习以为常了，一天天、一月月、一年年。

起初十年间，四嫂是我妈妈的帮手，但后来妈妈也老了，四嫂就不让我妈妈再做饭干农活，只让妈妈照看我和二哥，家务和田地活计都是以四嫂为主了。妈妈患病住院，四嫂天天陪护照料，陌生人看了误以为是母女。四嫂之所以这么好，有极大一部分也是缘于我妈妈的言传身教。奶奶在世时，给四嫂讲过妈妈当年照料我爸爸的奶奶的事情，我太奶奶严重气管炎，佝偻蜷曲在炕头，连串咳嗽，还便秘，妈妈就帮我太奶奶抠大便。家风传承！婆媳关系是人伦中非常微妙的亲情，处理不好就导致家庭不幸福。

在母亲过世时，我和二哥虽然大悲痛，但并没有惊慌，因为有四嫂——

父母相继过世后，二哥和我就完全依赖四嫂照料了，吃喝拉撒、洗脚、倒尿桶，全是四嫂一手在劳作，而且四嫂总是微笑着做这一切。如果四嫂在照料我们时，是没好脸色地做，那我们也难于接受。四哥有时候下班回到家，还因为家里或者单位的什么事情而皱紧眉头，但四嫂脸上的笑容总是晴朗的，很少有阴天的日子。四嫂的笑容，在白天是我们家的太阳，在夜晚是从不缺亏的圆满的月亮，母爱的光照亮了痛苦的暗角。

我们爱吃烂熟一些、软乎一些的，四嫂做饭就以我们的口味为主，不让我们冷着、饿着。我感恩四嫂，也同样感激四嫂的娘家人，四嫂的老父亲和哥哥、姐姐、嫂子们都支持鼓励她，没有一个人挑拨说"那样一个破大家，你管不起，别管了"。我记得，四嫂的老父亲来我家串门，对女儿说："这个家里，老的老、病的病，你婆母不容易，你要帮婆母多干一点。"四嫂的老父亲过世多年了，这句话，我永远也忘不了。

四嫂有很多机会可以放手不管我们，比如，还要说到1995年大洪水后，因为房屋倒塌，四哥上班的学校里很多老师就干脆把家迁到镇里或者县城，四哥也有了心思，四嫂也想到镇里去，因为娘家人都在那儿。四哥和四嫂同我们商量，老父母及二哥和我都不想搬家，一是恋故土，二是觉得在村子里家族亲友多，遇到事情更容易有照应。四哥和四嫂这时候很为难，夫妻俩想搬家是下决心要把我们老人和病人带着，没有想到丢下我们，现在我们不走，四哥和四嫂就放弃了搬家的念头，我们拖累了四哥和四嫂。而且，因为父母年岁大了，无力把被洪水冲倒的房子重新盖起来，四哥和四嫂在大哥和五哥的支持下，辛辛苦苦地在废墟上建起了新房。

四嫂的做法，也耳濡目染地带动了她的儿子和儿媳妇，还有小孙子，都对老人和病人非常好。我若是读书写字吃饭晚一点，小侄孙就一直陪着我，直到把我拉上饭桌一起吃。四嫂嫁进门时，我十二岁，三十年过去了，因为我患病没有成家，在嫂子心中，我依然是那个没有长大的少年，把我当孩子一样看待。当年，四嫂给侄儿买了好吃的，总要分给我一些，并告诉孩子"给你老叔点"。四哥买了两根猪排骨，四嫂炖酸菜，然后，把排骨分给我和小侄一人一根。

　　还有两件小事，许多年过去，我也忘不了：一天清早起来，天阴得要下雨，怕淋湿柴火，家里人抢着堆柴垛，妈妈没来得及做早饭，我就空着肚子一瘸一拐地去上学了。我正在教室里听老师讲课，忽然看到四嫂来到教室门口，打着伞，原来是特意给我买了两根大麻花送过来。那时候，生活困难，乡村家家都是一天吃两顿饭，孩子早晨吃不上饭、饿肚子上一天学是常事。四嫂笑着递给我的大麻花，让我在同学们面前非常有面子，很骄傲，有四嫂真好！四嫂生小孩儿后，有一天下午我放学回到家，饿了，四嫂就给我盛了一大碗白面汤。当时天天吃高粱米饭和玉米面饽饽，细粮难得吃到，我高兴得狼吞虎咽地吃光了，四嫂还要给我盛面汤，妈妈不让了。原来，这是因为四嫂身体瘦弱，奶水少，妈妈买了猪蹄煮汤、炖白面疙瘩，给四嫂催奶的。而且，催奶偏方要求不放盐，怪不得四嫂给我在面汤上浇了酱油。就是这样的"好吃的"，四嫂也分给我一些。

　　我因为贪恋在电脑前，双脚在凉地上久了，犯胃寒引起胃痉挛，接连几个晚上痛得厉害，额头渗出了豆大的汗珠。用电话把村里的医生催来了，都没有好办法，可四嫂有办法，她去县城给我买了一个小电热毯，缝在厚棉垫里，铺在脚下，我再也没胃疼过。

　　2006年，老妈妈陪护我去医院做人工关节置换手术，从春天到秋天，这四个多月里，因为有四嫂在家里照料病二哥，老妈妈才能够放心地全扑在我身上。当时，四嫂不仅要天天照料二哥，我手术时，侄媳妇正好生小孩子。那一段时日，四嫂照料病二哥，照料侄媳妇，照料小孙子，真是难为她了。我能够在瘫痪十八年后重新站起来，有四嫂的功劳。

　　在这些之外，四嫂还给予了我另一次生命健康的更新。

　　我的肾结石感染，有脓性炎症，因为我是先天畸形肾，加之是稀有特殊血型，沈阳最好的三家大医院都治不了我的肾病，让我转院去北京治疗。可是，在我们村庄里，别说我是没有收入不能完全自理的残疾病人，就是富裕一些的健全人家，又有谁能去北京治病呢？就在我几乎绝望的时候，四嫂和四哥决定，把家里的粮食卖了，凑齐家里的全部积蓄，让我侄儿洪洋拿着，陪护我去北京。四嫂送我上车时说："钱不够的话，告诉家里，我们再给你借。"我点点头，什么话都没说，也说不出来。我低下头不再看四嫂，怕泪水掉下来。我心里明白，四哥和四嫂让我去治病，其实是四嫂为主，四哥和我是一奶同胞，如果四嫂不同意，四哥一个人也决定不了。我还明白，这时我其实是很自私的，按照医生的预想，我这病已经复杂到不知能不能顺利下得了手术台，为了去治这前途未卜的病，我就倾尽家庭所有去赌命运了。我更明白，假若四嫂本人有病了，她都舍不得花这么多钱去北京治疗。

有位作家老师对我说："身罹疾患，是你的不幸；有此嫂娘，是你的幸运。"一位文化界的朋友来我家做客，悄悄对我说："一般家中长年有病人，屋里都会有一种难闻的气味，可你家没有。"我说："这都是四嫂的功劳，辛勤打扫，清理卫生。"

我是一名农民作家。在四嫂和全家人的照料下，在作家协会领导老师的关怀下，我这个病瘫整整十八年的人，被党和政府救助治疗，免费置换人工双髋关节，重新站立起来学会走路，并且登上了长城和泰山；初中只读了一半的我，在乡下小屋里写作的长篇小说《马说》发表在高端大型文学刊物《中国作家》上，并且被《中华文学选刊》头题选载，获得了沈阳市"五个一工程"奖；我被聘任为辽宁省作家协会正式签约作家，是签约作家制度实行九届十八年来首个获此殊荣的残疾人作家。中国作家协会公布2013年新发展批准入会名单，我也榜上有名，是沈阳市第一个农民残疾人国家级作协会员。因病少年失学的我，通过自学，获得了文学创作专业二级的副高职称，说是相当于副教授；我被国家新闻出版总署评选为"2013年度全国十大读书人物"，是辽宁省唯一获得此项荣誉称号的人。在残联组织的大力支持下，我创建了沈阳市残疾人作家协会，这是在民政部门注册的正规社团，又创办了全国范围内第一本较大型残疾人文学刊物，和爱好文学艺术的残疾人兄弟姐妹一起进步，为残疾人文化事业做一点力所能及的努力。我取得这些成绩，有赖于四嫂多年照料，我才能安心学习创作。

2011年夏天，市政府和残联组织关怀安排我到沈阳残联通讯杂志社任记者、编辑，我光荣地成为从事文化事业的农民工，实现了自食其力和生活自立。虽然现在我来到了城市，但有时也依然要倚靠四嫂：2013年春天，我因为炎症要输液一周，在城市治疗，身边没有人照料，我打电话给四嫂，四嫂对我说："你快回家来打滴流吧。"我真的回去了。回家：妈妈不在了，还有四嫂。

2013年元旦，二哥赵永文因重感冒引发综合征于医院中病故。二哥最后病重的半个月，四嫂和四哥一起尽心尽力照料，白天黑夜地陪在病床边。恰巧这时候县委宣传部推荐四嫂参评"感动沈阳"活动，记者们来采访，记录下了亲情和睦的影像资料。其中《沈阳日报》有一篇报道《丈夫的哥哥就是我的哥哥，嫁给了丈夫就是嫁给他们一家人》写道："昨天中午11时，在辽中县乡镇医院二楼的一个普通病房里，五十一岁的冯平正在帮助身患类风湿和脑血栓的二哥翻身、起床。冯平微笑着告诉记者，二哥其实是二大伯哥（丈夫的二哥），今年六十一岁，一生未婚。在这间普通的病房内还住着三个病号。病号们告诉记者：'最初入院的时候，还以为他们是夫妻俩，女的侍奉男的非常熟练，擦身、倒尿、换衣服，都像妻子照顾丈夫，很了不起啊！'听到病号们这样说，冯平笑笑说：'丈夫的哥哥，也是我的哥哥。'"

二哥解脱了痛苦，四嫂三十年来为我们家四位老人和三个病兄弟的关爱付出也做到了善始善终。我一直记得乡镇妇联领导郭敏大姐对我四嫂说的话："如果只做一天，我比你做得还好呢，但一做三十年，我比不了。"四嫂被授予沈阳市道德模范称号，在妇女节时和各界妇女代表一起受到沈阳市委书记曾维的接见。有意思的是，市妇联宣传部领导打电话邀请我四嫂参加一些活动时，四嫂还每次都和人家商量："让别人去吧，我不参加了。"我"恨铁不成钢"地对四嫂说："别人想找这种机会都难，这是荣誉，你老躲什么，怕啥啊？"四嫂腼腆地笑。她不是和上级客气，她是真想推托掉，她习惯了村里家里的生活，对到隆重的大场所中怯场。唯其如此，四嫂更可爱。四嫂最放松快乐的时候，是和小孩子们在一起，我五哥的孩子小时候不愿意跟着妈妈，总喜欢跟在四娘身边，我侄女的孩子小时候，也乐意围着四姥姥转，四嫂平时和大人们不太爱说话，但和小孩子们却有说不完的话，而且总是耐心地笑着说，我说过，四嫂最适合做幼儿园教师。孩子们跟在四嫂身边，喜欢；我们跟着四嫂，快乐。曾维书记听完妇女代表的报告发言后，总结说："冯平的家庭是最幸福的，一炕的病人，可因为有了你，痛苦就少了。"

在我的长篇小说《马说》召开研讨会时，我把四嫂也请过来了，嫂子的发言很简短，主要就是惦记我，对我自己一个人在城市生活不放心，希望能早日有个媳妇，像她一样照顾我。会议主持人辽宁省作家协会副主席高海涛老师点评说："赵凯嫂子的发言尤其令人感动。今天对于赵凯来说，是他人生的一次辉煌，借用黄蓓佳小说的题目比拟'这一瞬间如此辉煌'，所以当赵凯提出要请他嫂子过来，我说不仅是应该的，而且是必须的。当看着从小长大的弟弟有了一份能够自食其力的工作，并还在文学创作上取得成绩的时候，这位多年悉心照料他的嫂子最有权分享他的幸福。冯平是辽宁省优秀母亲、沈阳市十大杰出母亲之一，让我们大家和赵凯一起谢谢她，也谢谢天下所有像她这样贤良的嫂子和母亲！"

有记者采访时，问及四嫂照料我们的事情，希望我说得很多，在细节上很丰富。其实，四嫂照料我们三十年，都是家庭日常生活琐事，很单调，年复一年，今天是昨天的重复，今年是去年的重复，我们在屋子里连季节的变化都忽略了，仿佛只有白天与黑夜。四嫂对我们家最大的贡献，是支撑起了我们贫病家庭的日子；四嫂最令人感动的是为我们家辛勤劳苦付出三十年没有抱怨的长度，时间证明了一个普通平凡女人的不平凡，可以说是伟大，母性之爱的伟大。从母亲到四嫂，女人是我们家的坚实支柱，保证了家庭没有坍塌。母亲和四嫂，她们读书不多，并没有刻意去按照道德规范的标准去做，但中华民族的传统美德潜移默化地活在她们的骨子里。四嫂所做的只是家庭中的日常小事，在做这些敬老爱亲的事时，她并没有想到将来会获得表彰。她的愿望非常朴素，就是亲人和睦，家庭幸福，不求大富大贵，只盼平安吉祥。幸福是多种多样的，我感动于黄梅戏《天仙配》一句唱词：夫妻恩爱苦也甜！我们一家人亲情相依，融洽和睦过日子，清贫中也有笑声，痛苦中也有爱的温暖。后来，我在长篇小说《马说》中写老父亲对儿子说："你要记住，小畅是在咱们家难为的时候来的，是咱家的媳妇，也是咱们家的恩人！"这句话，我就是因为四嫂有感而发的。我从来没有对四嫂当面说过感谢的话，大恩不言谢，电视台记者让我按惯例在节目中表达对四嫂的感谢，我也没有说出口，一切都在我们家的小日子里了。如果一定要对四嫂说一句话来表达感激，那么，我发自肺腑最想说的是：

我爱四嫂！

作者简介： 赵凯，中国作家协会会员，鲁迅文学院第三十二届中青年作家高研班学员，辽宁省作家协会第七、九届签约作家，沈阳市残疾人作家协会主席，文学创作专业副高级职称。散文《想骑大鱼的孩子》获得冰心儿童文学新作奖；作品集《我的乡园》选入全国百部农民作家大地印丛书，并获得2009年度图书评选辽宁作家十大好书；长篇小说《马说》入选中国作家协会重点作品扶持项目，获得辽宁省曹雪芹长篇小说提名奖。另著有长篇小说《蓝眼睛的中国人》，长篇纪实文学《扛住》和电影剧本《法律红娘》《爱情的故乡》，有文章被翻译成日文。

梦里边防

黄 瑞

海的气魄，海的胸怀，谁能说渤海与黄海有所区别？海的浪花，海的激流，谁能分清哪朵是渤海湾的，哪朵是黄海边的？

同样的边防派出所，同样的边防军人，他们对祖国人民的赤诚，对保家卫国的忠心，是一样的肝胆，一样的情怀！

但是，迟武正在为难着。

2001年，迟武是大连边防支队瓦房店大队渤海边防派出所所长，所长当得好好的，上级突然要调走他。

迟武对渤海所已经有了感情。他入伍的第二年，1988年就从盘锦支队调来这个所，那时所小人少，全所战士加干部才六七个人，有时把战士当干部用，这对迟武来说，是个锻炼的机会，学到了很多。两年后，迟武考上了宁波船艇学校，毕业时，大部分同学都上了舰艇，但他却选择了回边防部队，到瓦房店大队松木岛所当了一名正排级干部。几经拼搏和努力，1998年1月，他当上了渤海所的所长。

迟武上任后，使渤海所这个原先并没有名气的小所，三年中名气大振。在瓦房店大队中，各项工作都走在了前面，而军事训练竟获得全支队第一名。大队领导来的次数多了，支队领导来的次数也多了。渤海所的变化，都记在了各级领导的心中，而所长迟武的能力也记在了领导们的心里。

而在这时，大连边防支队最大的、业务量最多的所，大连湾边防派出所的所长出现了空位，谁来当这个所长成了大队、支队领导心中一件大事。

说最大，一个所的管辖面积有三十多平方公里；说最多，一个所的业务量几乎占全支队的三分之一。一年最多的接警次数达五千七百多次，最多时案件发生达六百余起。所以，这个所长的位置十分重要。

牵一发而动全身！位置重要，人选就更重要。支队领导决定，从全支队中选拔，让大家推荐，要优中选优。

经过民主推荐，主要领导研究，最后人选都集中在迟武一个人身上。事后得知，已升为辽宁总队参谋长的董黎明与当时支队政委丑勇、主持工作的副支队长孙义敏他们三人的意见也不谋而合，全都是迟武。

迟武被选中了，但当时支队班子决定，不要给迟武更大的压力，不要命令式的，要征得本人同意。

那天，支队政治处主任来到渤海所正式与迟武谈话。

主任说："能选上你，这是组织上对你能力的肯定和信任，但这次不是命令，要看你本人的意愿，因为这个岗位十分重要。"

迟武回答说："是啊，正因为重要，我才不知自己能否胜任。"

主任说："能去就去，不去我们再选别人。真的去了，有困难时可不能说是组织硬叫我来的。但组织考察了，目前你是最合适的人选。"

迟武没有直接回答。

主任又说："想去，就要做了充分的思想准备，苦一定要吃的，一两个月回家一次也是有可能的。给你一周时间，你好好考虑一下。"

迟武历来办事果断，但这次他没有马上答应。他深知这个岗位的重要性，草率答应是对组织不负责任；再者，一旦走上这个工作岗位，家里的负担，可要妻子一个人承担了，这要与妻子商量一下，就是去，也一定要得到妻子的支持。妻子身体不好，孩子也刚刚五岁，都需要他在身边，但大连湾所这个具有挑战性的岗位，的确很吸引他。迟武是个越是艰难越向前的人。

迟武没想到的是，妻子是那样通情达理，那样理解自己，他吞吞吐吐地说出想法后，妻子没说什么就答应了。妻子说："你的心思我懂，其实你心里已经答应人家了，就等我这句话呢。去吧，家里的事你不用惦记。"

初春的田野，小草已现嫩芽，大黑山上的映山红，成片盛开。美好的春天开始了，希望的季节开始了！

2001年4月24日，迟武上任了，他带着一种责任、一种使命，还有一种信任。他把压力变成动力，把困难变成挑战。

组建新班子，调遣新人马，拜访地方领导，周六周日从没休息过；整纪律，抓大案，打渔霸，有时彻夜不眠。三个月他没回一次家，三个月下来，大连湾边防派出所焕然一新！

三个月后的一个周日，他回家了，看着他疲惫的样子，本想抱怨的妻子没忍心再说什么，看着丈夫躺在床上呼呼睡去。

迟武的工作作风与他的性格一样，果断、雷厉风行。看准的事，一定要干出个结果来。他既爱护干部，也对干部十分严厉。他要求干部们做的，首先他自己要做到；要求干部们遵守的，他先遵守。

越是危险的时刻他越冲在前。

2002年5月7日，这是一个令人难忘的日子。

这天晚上，渤海湾的上空，乌云密布，风雨交加。海面漆黑一片，犹如无底深渊。中国有史以来最大一次空难，就在这天晚上，就在渤海湾的上空发生了！

中国北方航空公司一架CJ6136麦道客机失事了！大连边防支队接到

有关部门紧急通知，立即开始搜救工作。

迟武接到通知时，正在所里值班。他意识到问题的严重性，立即给中队长苗壮和家在附近的干警们打电话，要求他们火速赶回所里执行搜救任务。干警们赶回所里后，迟武立刻组织十二名干警，到辖区调集大马力渔船。由于已到深夜，船长船员都已经回家休息，于是干警们到船长、船员的家中找人，动员出海搜救。

很短时间内，迟武找到三只大马力渔船，他把人分成三组，迅速乘船赶往出事海域。并责成在家的所里人，继续找大马力渔船，出海搜救。

出发前，中队长苗壮问迟武："所长，我们都捞什么？"

迟武回答说："见什么捞什么。"

二十二时刚过，迟武他们就到达了出事海域。海上伸手不见五指，只能靠渔船的灯光，进行搜救。几分钟后，迟武他们发现了海中的漂浮物体。首先发现的是一个只有上半截的女人尸体，战士们看着不敢动手去拉，迟武二话没说，伸手同战士们一同把尸体拉进船里。他对战士们说："不要怕，我们是在执行任务！把遇难者当作亲人，你就不怕了。"看到所长动手，战士们也打消了顾虑。

二十三时，迟武发现海面有一个两米宽的物体，当把物体拉近时看到，是一个飞机尾翼的残骸。

战士问："所长，这东西太重了，还拉船上吗？有用吗？"

迟武说："拉，我不说了吗，见什么捞什么，有没有用，得专家说。"几个人费了很大的劲，才把重达二百多公斤重的飞机尾翼残骸拉进船里。当时，他们谁也没想到，这个残骸是个十分有价值的东西，它的内部保存着重要的飞行资料。打捞上来后，把这一情况向边防指挥部做了汇报，按照要求将尾翼迅速送往大连港6号区，让专家进行鉴定。

此时，迟武让所里寻找的大马力渔船，也陆续开往出事海域，大连湾所先后动员了十二艘大马力渔船进行搜救工作。

直到第二天清晨，大连湾边防派出所，共打捞上来飞机尾翼残骸一个，遇难尸体十一具，还有人民币等其他物品。

"5·7"空难搜救结束后，公安部部长贾春旺专门做出批示说："很好，各沿海边防总队要加强紧急救援的准备和训练，以增强能力……望你们认真总结经验，紧密联系群众，加强实战演练，为搞好边防治安，打击犯罪，完成各项紧急救援任务，再立新功。"5月10日，吴邦国副总理专程接见了边防搜救官兵，并表示："边防立了头功，我感谢你们。"5月13日，公安部党委委员、纪委书记、督察长祝春林来连慰问参加"5·7"空难救援的边防官兵。大连边防支队受到部局嘉奖，两个单位荣立集体三等功，迟武、方铁军荣立二等功，二十四名干警荣立了三等功。

空难结束了，但它留给那些遇难家庭的痛，是无法消失的。

几度春秋，几度风雨；风霜雪雨见忠诚，大业巍然显能力。

迟武一路走来，先后担任了大连湾边防派出所所长、大连甘井子大队大队长、大连边防支队副支队长、辽宁边防总队盘锦支队支队长、辽宁大窑湾边防检查站站长、大连边防支队支队长等职务。

职务改变了，但他对边防事业的忠诚没有改变；官职提升了，他对边防事业的情感没有改变。想干事，干成事，为边防事业，这是他一生的追求。

2005年，迟武走上了大连边防支队副支队长的领导岗位。在其位，谋其政。看到支队经费不足，影响部队发展，他积极创造条件，千方百计想办法，增加支队的经费收入，以适应部队的发展需求。

如何让地方政府理解，如何让地方政府增加经费投入，他把这项工作作为自己主管支队后勤工作的一件大事来做。

迟武想，你的困难要让人家知道，你的未来发展也得让人家知道，你差什么，你少什么，人家就一目了然。

这一天，迟武来到大连市财政局，他是来拜访大连市财政局一位主管大连边防部队经费的处长。电话中虽然诚恳地进行多次沟通，但没有第一感观，没有第一手材料，处长是不好做多少审批的。

迟武的用意很明显，他是想请这位处长亲自到支队走一趟，让他看看支队目前的困难，让他了解部队的发展前景，让他多给部队批些经费。

这位处长第一次被请进军营，也亲眼看到部队生活某些方面的艰苦，部队建设中某些方面的不足。三天时间，迟武陪他走访了支队所属的九个大队、十个边防派出派，摸清了部队多方面的困难，了解了部队一些亟待解决的问题。

营房建设滞后、官兵伙食偏低、办公设备落后等问题，让处长看得一清二楚。他笑着对迟武说："副支队长，以前坐在办公室里打报告，真不知你们这里的实际情况，我从来没想过，边防派出所竟没有取暖设施，营房还有透风的。看来我们地方政府，早就应该给你们增加费用了。"

迟武说："我们也理解地方政府的难处，但部队的现状你看到了，经费的确影响了部队的现代化建设。"

处长说："我看你这上心劲儿，比自己家里的事都着急。"

迟武说："真是自己家的事我就不急了，边防部队发展的事，可是大事。处长，你就高抬贵手，如实给我上报吧。"

三天过后，迟武还要带着处长跑，处长跑累了，他对迟武说："行了，基本情况都了解了，不用再跑了。"

迟武的举动，感动了处长，大连边防部队困难的现状，也影响着处长。

处长报告如实地打上去了，从2004年以前的二百多万元，一下增加到八百万元。报告批了，经费增加了，支队上下一片欢腾。而第二年又增加到了一千四百万元，经费保障有了，一些实际困难解决了，这使大连边防部队的发展，上了一个新的台阶。

2011年3月7日，迟武走上了更重要的岗位，他被任命为大连边防支队支队长！从入伍至今，二十多年的边防部队生活，使他对边防部队有着深深的感情。而他对大连边防支队，更加眷恋。

在盘锦支队长的职位上，他只干了两年多，就又回到了大连；而在大窑湾边防检查站的岗位上，他只干了一年多，就回到大连边防支队了。在边防部队近三十年中，除了这几年外，几乎都是在大连边防支队里工作和生活。

离开支队看支队，离开支队想支队。几年的离开，是组织的安排，是他本人并不情愿的。但在几年的离开中，客观地讲，他也看清了支队许多问题。走出支队看支队，这让他看到支队好在哪里、差在哪里。

迟武本来就是想干点事的人。特别是想为大连边防支队干点事，因为这块土地养育了他，这个支队培养了他，就连他的梦，更多的时候都是做着边防支队的梦。

他出生在大连瓦房店市一个干部家庭，他的上面有三个姐姐，但传统思想浓厚的母亲一心想为迟家生育个男孩子，没想到，却生了一对双胞胎。想要一个儿子却一下来了两个。父亲自然高兴，为这双胞胎儿子取了文、武之名，大的为文、二的为武。父亲的希望实现了，长大后，大的真的从文，二的真的从武了。

迟武上任后，大连市公安局的主要领导与迟武谈话时说："欢迎你回支队工作，你是能干事的人，你来支队，支队会有变化的，我这块会全力支持你。"

迟武说："我一定努力，不会叫领导们失望的。"多次交谈中，迟武的想法与领导的想法有的极其相似。

领导说，要树立典型，要以典型来影响官兵。而那时，支队树立的"全国优秀人民警察"陈伟强，又把迟武推上一个新台阶；领导说，支队女干部这么多，成立个女子巡逻队，将是支队工作一个特色。不久，星海湾畔一支女子巡逻队出现了，而且成了大连地区又一靓丽的名片。

支队第一个女所长出现了！支队第一台现代化指挥车出现了！支队船舶自动化系统出现了！多少个第一，出现在迟武的手中，出现在迟武这个班子任期！

而出现在迟武手中的大手笔，是支队指挥中心的建成和使用！这是几届班子的梦想，是支队全体机关干警多少年的梦想！

支队指挥中心的建成，既提高了部队指挥作战能力，也改善了机关干警的办公环境。如果说最初的一千平方米的小二楼，已成为历史，而三八广场那个两千多平方米的二期办公楼，早已适应不了支队机关办公的需求。

在那里，七八个人挤在一个小办公室里，拥挤不堪。院子里连停车场也没有，干警们停车，都要求附近的市民，让人家给面子。

而支队最重要的设备机房，只有二十多平方米，每到夏天，空调要整天地开着，才能保证机房正常工作。

迟武到任后，心里除了支队其他工作外，最重要的想法就是要建成一个新的办公大楼。让办公条件适应边防部队工作需求，让干警们有一个良好的工作环境。

谁都知道，这是一项耗神费力的工程，从选址开始，要立项，要动迁，要争取资金，要建设……

要付出多少精力，牺牲多少时间，吃多少苦头，才能实现的？！但是，迟武顾不了更多，他只有一个想法，在他任职期间，这个项目一定要完成，这个愿望一定要实现！

天空的月色早已隐去，只有星星眨着眼睛，子夜已过，黎明就要来临。迟武一边做着计划，一边想着即将开始的工作。这种夜不能寐，在迟武这还是第一次，让他既兴奋，又感到压力重重。

选址开始了！迟武一边选择场地，一边收集各方信息。大连市的中山区、西岗区、沙河口区、甘井子区各区的区域里，他反反复复地考察着、寻找着。不久，他准确地掌握了一则信息，地处沙河口区的中山公园对面，有一处场地，原来是一家企业搞地产开发后，想建一个变电所，但附近居民不让，认为变电所对人身体有辐射作用，变电所没建成，土地一直闲置在那里。

有了土地，找谁联系？通过朋友找街道了解情况。街道说，是有这块地，老百姓不让建变电所，还在那闲置着。要想启动，得找区里。那时迟武不认识区里领导，只好陌生拜访。他向区领导说明来意，并请求关照。

区领导听完后，很高兴地说："现在哪个区都有你们边防部队，就我们沙区没有，如果能把总部建在我们沙区，这是好事，我们高兴。但是，这块土地不属于我们区里，是市土地管理中心的，想要这块土地，必须市土地中心同意才行。"

迟武就找土地中心，中心领导说："部队建设是大事，地方应该支持，但这块土地，我们是花三千万买来的，现在最少值一个亿了！你能拿出一个亿，这块地你就用。"一句话说得迟武心凉了半截。

迟武只好另想办法，重新考察大连市区。但是，把市区重新考察一遍后，仍没有理想的地方。有同意的，但离市区太远，不具备支队建设的条件。

迟武想，既然别处没有理想的地块，这块合适，就下决心攻下这个地块。部队建设毕竟是百年大计，这不是土地储备中心领导个人的事，也不是他迟武个人的事。这之后，他又三番五次地找中心的领导，告知部队的难处，讲透部队建设指挥中心的必要性。

几经波折，终于做通了土地中心领导的工作。中心领导说："建设可以，但是，边防支队要与大连海洋局和中山公园街道一同建设，因为他们早就看好了这块地方，办公环境也需要改善。"迟武想，只要你答应同意建设就好办，至于海洋局和中山公园街道，再想办法做他们的工作。

同意建设了，规划局的来了，告知不能建高层，高层挡光，居民不让。这样，这块地最多只能建一万多平方米，一万平方米三家分，谁家的面积都不大。迟武开始做街道工作，他说"不论从支持部队建设的角度，还是从军民共建的角度，地方都应该支持一下部队"，地方的问题，地方政府会有解决的办法。

总而言之，街道的工作做通了，同意不参与这个办公楼的竞争。

街道退出了，又做海洋局的工作。没有更多的理由，迟武只希望对部队多加照顾，对部队官兵多加关怀。而且，部队与地方在一个环境里办公，互相都是影响。地方影响部队要小，但部队影响地方要大。

海洋局最后也退出了。这块地处大连市黄河路南、联合路东的占地0.4公顷的黄金宝地，最后属于大连边防支队了！

大连市人民政府出于对大连边防支队的支持，最后把这块土地按部队建设用地无偿划拨给大连边防支队。大连边防支队，以三八广场支队办公楼的产权，作价三千五百万元，交给大连土地储备中心，作为新楼址地块上的动迁费用。

2011年5月10日，大连市主管这项工作的副市长，在相关文件上签了字，从这天算起，直到大楼建成使用，整整四年时间！

跑规划，跑配套，跑资金；看建筑，看质量，看进度！四年时间，他几乎没有一个休息日，四年时间没陪老婆孩子度过一个周末！

从一楼到九楼，哪层楼做什么，哪层楼应有什么样的功能，迟武都要一一研究；从建设到装修，哪一笔资金如何使用他都要一一过问。从最初的预算七千万，到最后以六千万元的投入就建好了整个大楼，不是精打细算，怎么会有这样的结果?！有人问迟武："你何苦这样，又不是你自己家的钱，算计这么细，谁都不满意你。"迟武说："这钱是国家的，就更不能浪费。各级政府这样支持我们边防，能省一分是一分，浪费了良心上过不去。"

迟武一天天忙碌着，大楼一天天建设着。

在大楼即将竣工的时候，门前一个两千多平方米的违章建筑，叫迟武和支队领导们十分头痛。早就通知这家违章企业自行拆除，可这家企业像是没听见一样，仍我行我素。不但不拆，还进行了装修。

原来支队考虑到军民共建的影响，动员自行拆掉。现在看，自行是不行的了，就与当地政府协商，得到同意后，当天夜里，支队组织地方有关部门配合，一夜间，两千多平方米的违章建筑被拆一空。没想到，第二天早晨，附近的居民高兴地放起了鞭炮，以示对正义的支持。

楼建好了，土地证办了，产权证办了！大楼载入了大连边防支队的史册！

2015年5月25日，大楼正式竣工投入使用！这一天，机关干部们像过年一样，个个兴高采烈，进入新的办公环境。

这一天，大楼前没有鞭炮声，没有锣鼓声，附近的居民甚至不知道一个师级单位已经入驻这里！

然而，在大连边防支队的官兵心里，支队长迟武那忙碌的身影早已深深地印在了他们的心中。

迟武更不会想到，这一天，支队电台台长李齐营是最兴奋的，机房由原来的二十多平方米，一下子扩大了三倍，再不用一到冬季就要二十四小时地吹空调了。机房里宽敞明亮，设备让战士们擦得跟新的一样。

楼下的院子里，干部们的小车一辆辆排列有序，他们再不用为一上班就要四处寻找车位而发愁。

院子一角，那辆集群通信车，更加显眼，人们叫它小型通信中心。在支队，李齐营主要负责技术和设备，但在辽宁总队的同行中，他是最自豪的。这种自豪，不是因为他牵头研制成功了"船舶动态管理系统"，也不是他在总队里技术工作时间最长，让他自豪的就是那辆集群通信车。

全辽宁总队，只有大连支队和总队有。不论称它为集群通信车、小型通信中心，还是现代化指挥车，总之它的功能是一流的。它标志着支队的通信能力水平，支队的科技强军的步伐，都是一流的！作为主管技术和设备的，能不自豪吗？

最初，当李齐营听到总队来了集群通信车时，他异常兴奋，可他并不知道支队长迟武是什么态度。这么先进的集群通信车，在全国也数量不多，可支队眼下正在建设指挥中心，资金紧张，还能挤出资金购买吗？

集群通信车总价格在三百万元左右，车的自身价格一百万元，它还带一百部对讲机，还带有转信台，仅对讲机每部价值就是一万元。集群通信车是照顾各支队的，只要你拿出四十万元，车就可给你。

李齐营把这一信息第一时间汇报给了支队长迟武。汇报过程中，李齐营的目光里有种渴望，有种期待。

迟武也明白，不论从科技强军的角度，还是从部队现代化建设出发，这辆集群通信车都应该买回来，眼下资金虽然紧张，但不能因此错过大好机会，使支队通信设施落后于其他支队。他也知道，此时一分钱当两分钱花的时候，再拿出一笔钱买集群通信车，是叫他为难，可是，建设指挥中心是硬件，硬件虽强，软件不配套，这硬件不就是摆设吗？

党委会上，迟武把买集群通信车的想法说了出来，并得到了大家的认同。

2013年"十一"刚过，当别的支队还在讨论买和不买的时候，大连边防支队已把集群通信车开回来了。

由此，大连边防支队的通信工作又上了一个新台阶。

迟武整天在忙，他有忙不完的事，但忙的都是支队的事；他满脑子都是事，但想的都是支队的事。家里的事，他很少想，想了也很少做。他不是不顾家的男人，他是顾大家的男人。他也不是不疼妻子的男人，他是把妻子装在心里的男人。他知道亏欠妻子的，他想等退休了好好给妻子补偿，可他现在真的没有时间来想妻子的事。

从1995年结婚到现在，家里就扔给了妻子管。一开始，妻子是有意见的，但时间长了，意见就变成了一种习惯。

在大连湾所，离家那么近他三个月回了一趟家；去盘锦任职，最短也要半个月才回一趟家。迟武说："回家有种负疚感，像是回旅店了，说走还要走。"妻子却说："不论多长时间回家，家也是你的港湾。"

妻子越是这样说，迟武越是难受。

做军人的妻子，就是牺牲，就是奉献。迟武的妻子身体一直很弱，大小手术做过两次，身体最好时体重有六十五公斤，而现在只有五十公斤了。

从怨到理解，从理解到心疼。妻子明白丈夫是干大事的男人，自己帮不上什么忙，但也不能给丈夫添负担。有些事，只要自己能做的，一定自己做。她不会开车，可为了接送孩子，硬是把车学会了；孩子小时，感冒发烧她从不告诉丈夫，她一个人带孩子去医院；而自己有病，她更是很少与丈夫说，她怕丈夫分心，更怕丈夫难受。

那天，是他们的结婚纪念日，还是二十周年纪念日。她已不奢望丈夫有什么表现了，因为这么多年，忙得丈夫几乎把这个日子早都忘掉了。因为昨天丈夫还告诉她今天晚上支队有个会，不回来吃晚饭。

妻子像往常一样，准备点饭菜等孩子回来。

门铃响了，她以为是孩子回来了，可一开门，门外站着的竟是丈夫迟武。妻子有点惊讶地问："你怎么回来了？"

迟武笑着问："回来不高兴啊，今天是什么日子，我能不回来吗？"

进到屋子里，妻子说："你心里还记得？昨天不说今天有事吗？以为你早忘了，你看菜也没弄，我再炒个菜吧。"

迟武说："你别炒了，就是怕你累着，才没告诉你，我来炒吧。"

妻子说："有你这份心，我就高兴了。"妻子说完就进了厨房，迟武也跟了进去。

这天晚上，妻子偎依在迟武的身边说："没想到，你做梦都是边防的事，心里还有我，还记得我们的结婚纪念日。"

迟武说："能不记得吗，只是太亏欠你了，这么多年，你为我，为这个家付出得太多了，我是个不称职的丈夫啊！"

妻子说："你不用说了，现在我理解你了，只是一条，把身体可给我看好了，我的身体已经这样了，为了家，为了孩子，照顾好自己。"

窗外，月亮正在中天，圆圆的，亮亮的。

这一夜迟武和妻子都睡得好香好香。

作者简介：黄瑞，中国作家协会会员，现为大连市作家协会副主席、大连市传记文学学会会长、辽宁传记文学学会副会长，东北作家网总编辑。辽宁省作协理事，国家二级作家。鲁迅文学院第六届学员，辽宁文学院第二届至第五届签约作家。曾在《人民日报》《中国青年报》《十月》《诗刊》《诗林》《鸭绿江》《中国诗人》等报刊发表诗歌、散文、报告文学作品。已出版作品：诗集《达紫香》，长篇小说《敏感地带》，传记体长篇报告文学《为了这方土地》《铁血河山》《情满人间》等二十二部作品，五百余万字。曾获辽宁首届报告文学奖、首届传记文学奖。